但願夢裡沒有你

荷莉・米勒 著

趙丕慧 譯

THE SIGHT OF YOU

Would you choose love, if you knew how it would end?

A NOVEL

HOLLY MILLER

前言

喬爾，對不起。像那樣再見到你……我為什麼要搭上那班火車？我應該等下一班的。不過也無所謂，反正我錯過了我那一站，而且我們也沒能來得及參加婚禮。

因為到倫敦那一路上，我滿腦子都想著你，想著你給我的字條上可能寫了什麼。後來我終於打開來看，我瞪著好久好久，等我再抬起頭來，黑衣修士橋已經過去了。

我想要——需要——跟你說的話有如一片汪洋。但是我一看到你，我的心就故障了。也許我是害怕說得太多。

不過，萬一今天就是呢，喬爾？萬一今天就是最後一次我會看見你的臉，聽見你的聲音？

光陰似箭，而我知道即將來臨的是什麼。

我真希望我留下了。只多留個幾分鐘。對不起。

第一部

2

喬爾

半夜一點，我赤膊站在客廳窗前。天空一片寧靜，星光點點，月亮有如一顆彈珠。

我的鄰居史蒂夫隨時都會離開我上方的公寓。他會去開車，寶寶在推車裡激烈扭動。他帶帕琵半夜兜風，想要用輪胎轟隆聲和他的農場動物聲響播放單來哄她入睡。

來了。他充滿睡意的腳踩在樓梯上，帕琵在哭。他和我們難搞的前門的招牌奮戰模式。我看著他走向汽車，打開鎖，猶豫不決。他在疑惑，知道有哪裡不對勁，但是大腦還沒明白過來。

終於，靈光一閃。他咒罵，一手拍頭。繞了汽車兩圈，不敢置信。

抱歉了，史蒂夫——四個輪胎全扁了。絕對是有人把氣放掉了。你今晚是哪裡都不用去了。

一剎那間，他就像尊雕像，被街燈照亮。然後他莫名其妙地筆直瞪著我在往外看的那扇窗。

我屏氣凝神。只要我不動，他就幾乎不可能會看見我。我的窗簾合著，公寓寂靜黑暗，有如一條爬蟲類在休息。他不可能知道我一隻眼睛貼著一條縫，知道我什麼都看在眼裡。

我們的視線焊接了一會兒他才別開臉，搖搖頭，而帕琵則以及時的尖叫來饗宴街道。

對街的房子亮起了一盞燈，窗後飄出氣惱的吼聲。「喂，拜託喔！」

史蒂夫舉起一隻手，接著就轉身往裡走。我聽到他們兩個上樓，帕琵一路上哭號個不停。史蒂夫習慣了與眾不同的作息時間，但是海麗會想要睡覺。她最近又回去工作了，在倫敦一家知名的法律事務所，也就是說萬一她在開會中打瞌睡，那是很嚴重的。

不過呢，我今晚的任務完成了。我把他們在我的筆記本中劃掉，坐在沙發上，把窗簾拉開，才能看到星星。

我給自己一杯威士忌當獎賞，特殊情況我一向如此。接著我再倒一杯，一口乾掉。

二十分鐘之後，我準備睡覺了。我的睡眠是非常特殊的那種，而今晚我做的一切應該能幫我達到目標。

「他總是那麼帥。」我的八十好幾的附近鄰居艾瑞絲說。我在幾小時後到達她家準備幫她遛她的黃色拉布拉多魯佛斯。

還不到早晨八點，也許就能解釋我為什麼會不知道她在說誰。是她的鄰居比爾？他大多數的早晨都會過來，帶來一點八卦或是怪異的小傳單。還是郵差？他剛隔著客廳窗向我們快活地揮手。是郵差。他們要不是歡天喜地得像個傻瓜，就是愁雲慘霧得像是天塌下來了。從來都不會是中間值。

「他都睡在廚房地磚上，那樣才涼快。」

當然啦，她是在說狗。這種事發生的頻率超過了我能接受的程度：我累得虛脫，沒力氣跟年紀比我大兩倍的人簡單交談。「好主意。」我微笑。「我自己搞不好也會試一試。」

她瞅了我一眼。「那可不能拉近你跟小姐們的關係，是吧？」

啊，小姐們。都是誰啊？艾瑞絲似乎深信有一條長長的女性隊伍正巴不得把她們的人生跟像我這樣的傢伙綁在一塊。

「你覺得他受得了嗎？」她問，指著魯佛斯。「外頭，這麼熱？」

我以前是獸醫，現在不是了。但是我覺得艾瑞絲對我曾經的證書頗有信心。

「今天比較涼爽，」我向她保證。她沒說錯，最近天氣較熱，而現在才剛進九月。「我們會到划船湖去玩個水。」

她笑了。「你也是？」

我搖頭。「我寧願幾個小時後再來妨礙公共秩序。那樣比較刺激。」

她整張臉亮了起來，好似我的蹩腳笑話是她一整天的高光時刻。「我們有你真是幸運，是不是啊，魯佛斯？」

平心而論，艾瑞絲本人就滿棒的。她的耳環是水果形狀的，而且她還是Spotify的優質訂戶。

我彎腰扣上魯佛斯的牽繩，他慢慢站了起來。「他還是稍胖了一點，艾瑞絲。對他的耐熱力可沒有幫助。他的飲食呢？」

她聳聳肩。「他在五十步外就能聞到起司，喬爾。我還能怎麼辦？」

我嘆氣。我差不多為了魯佛斯的飲食給艾瑞絲說教了八年了。「我們不是說好了嗎？我帶他散步，妳負責其他的。」

「我知道，我知道。」她拿著枴杖把我們趕出客廳。

等我抵達公園時我已經牽著三條狗了。（我帶著兩條狗和魯佛斯一道遛，幫忙不太有活動力的前客戶。還有第四條，是一隻叫布魯諾的大丹狗，但是他是人來瘋，而且力氣大得驚人，所以我都在天黑之後才會遛他。）

雖然一夜之後空氣變得清新，我還是履行了對艾瑞絲的承諾，來到划船池。我解開了牽繩，讓他們像馬匹一樣奔馳到水裡，我覺得心情也輕鬆了起來。

我做個深呼吸。試圖說服自己昨晚做的事是對的。

不對也不行。因為重點是：我差不多這一生都會作能預見未來的夢。那種清晰的、活靈活現的異象把我從睡夢中驚醒。它們讓我看見會發生什麼事，幾天後的，幾週後的，幾年後的。而主角永遠是我愛的人。

那些夢大概是每週都會有，好的、壞的、不好不壞的比率很平均。但是我最怕的是那種不祥的預兆：意外和疾病，痛苦和不幸。所以我才會時時刻刻都如坐針氈，提高警覺。老在想我幾時就得要重調命運的軌道，全速疾奔去干涉某人的完美計畫。

或者更糟，挽救生命。

我沿著池邊追蹤我的犬隻，對一群遛狗人微笑，並且拉開必要的距離。大多數的早晨他們都會在橋邊聚集，萬一我不幸和他們視線接觸，他們就會招手叫我過去。自從他們開始交換一夜好眠的秘方，我就保持安全距離了。他們的談話轉向了家傳藥方和療法，藥物和規律作息。（我找個藉口溜之大吉，從此再也沒跟他們接觸。）

這種事的代價就是睡眠短缺。因為，在追求無夢的夜時，我做過各種嘗試。飲食，冥想，正向思考。薰衣草和白噪音。奶類飲品。安眠藥（會有副作用），精油。運動得太過激烈，我不得不停下來嘔吐。二十幾歲時我會陣發性酗酒，誤以為我能改變我的睡眠循環。但是多年的實驗證實了我的循環是堅不可摧的。而我無論怎麼做都只是徒勞。

不過呢，做個簡單的數學就知道睡眠少一定等於作夢也少。所以，最近我會熬夜，以螢幕以及頑強的咖啡因攝取量為輔助。然後我允許自己有個短暫的休息時間。我訓練了自己的頭腦去期待它：在短短幾小時之後就猝然而醒。

所以現在我才急需要咖啡。我吹口哨喚回水中的狗，回頭就折向河邊小徑。在我右手邊的路上，真實生活正紛紛登場。尖峰時刻的交通，自行車騎士，步行的通勤族，貨運卡車。各唱各調的交響樂團，為了一個典型的工作日早晨在熱身。

怪的是，我竟然懷念起了正常狀態。目前我在高薪工作、友情或是健康方面都沒有多少頂部空間。憂心忡忡和缺乏睡眠讓我無時無刻不疲乏、不分心、不緊張。

就算只是為了不讓自己被那種事埋葬，我的生活規律其實滿寬鬆的：每天運動，不飲酒過量，不讓愛情沾身。

我只跟兩個人坦白過真相。而第二次，我發誓會是最後一次。所以我昨晚才不能跟史蒂夫說我的行為完全是出之於事關帕琵的一個慘痛的預兆。我的教女，我愛她就像愛自己的姪女一樣。

我看見了全部經過：史蒂夫筋疲力盡，忘了在十字路口踩煞車。我看著他的汽車以三十哩的時速撞上了燈柱。而在車禍之後，必須要用切割的才能把坐在後座的帕琵救出來。

所以我採取了必要措施。不是我自誇，但是真的值得那兩杯威士忌。

我把狗重新繫上牽繩，打道回府。我需要避開史蒂夫，至少要躲一陣子。我把頭縮得越久，他就越不可能會為了昨晚的事聯繫我。

等我把狗都送回去之後，我會找一家咖啡店躲起來吧，我覺得。我可以在那裡安安靜靜坐在角落裡喝咖啡，沒有人認識，也沒有人注意。

3 凱莉

「妳不能說妳從來沒遇到過這種事。」妲特跟我在咖啡店打烊之後一面擦桌子一面針對剛才走出去卻沒付錢的客人交換看法。這是我一天中最喜愛的時光——鬆懈下來，交換故事，讓店鋪恢復榮光。窗外，九月初的空氣溫暖細緻，有如水蜜桃的果皮。

「說不定真的只是搞錯了。」我說。

妲特一隻手撩過淡金色頭髮。「真的假的，妳在這裡做多久了？」

「一年半。」每次我說出來都感覺更不可思議。

「一年半，妳卻沒遇到過吃霸王餐的。」妲特搖頭。「妳一定是長了一張警察臉。」

「我相信他只是忘記了。我覺得是墨菲害他分心了。」

墨菲是我的狗，一隻黑褐色的混種狗。嗯，他可以算是我的。反正他是活在咖啡店店狗的美夢裡，因為這裡有川流不息的客人願意寵他，偷偷給他點心吃。

妲特嗤之以鼻。「那傢伙唯一忘記的是他的錢包。」

我沒見過他。不過話說回來，今天有一堆客人都是我沒見過的。我在埃佛斯堡這個集鎮住了一輩子，通勤族客人通常都是被山丘頂上的那家競爭對手咖啡店吸引過去，但是那家店今天無預警休息，我們才一開門，它的常客就默默游移過來，都是西裝筆挺，搽了鬍後水，皮鞋擦得晶亮。

但是這個客人卻不同。事實上，我會有點難堪地承認他給我的印象獨樹一格。他不可能是在上班的途中——他的黑髮性感，而且他似乎全身上下都散發出疲憊，像是一夜輾轉反側。我幫他點餐時他好像心不在焉，但等他終於把眼睛轉到我身上，眼睛就緊抓不放。

我們只說了幾個字，但是我卻記得在他沒付錢就走出去之前——在潦草的書寫之間——他和墨菲默默建立起了一種聯繫。

「我覺得他可能是作家。他隨身帶著筆記簿。」

妲特用鼻子表示不同意。「是啊——挨餓的作家。可以在他的偷竊上增添一點浪漫的氣氛。」

「對啦，可如果照妳的意思，那我們就會放個招牌，像在加油站的那種。你如果無法支付……」

「嘿，這個點子好。」

「我並不是在提議。」

我不懷疑這是個好點子——妲特最近迷上了踢拳，投入的程度令我羨慕。她總是在做下一件事，忙忙碌碌地過日子，像隻放出籠的野獸。

相形之下，她覺得我是個退隱的人——我後縮到世界的角落，開始因為畏光而眨眼。她八成是對的。

「不准對客人動粗，」我跟她說。「這是店裡的規矩。」

「反正也不會有下一次了。我記住他的臉了。要是我在鎮上看到他，我就要跟他要回十鎊。」

「他只買了一杯咖啡。」

妲特聳肩。「就算是吃了就跑的稅金吧。」

我微笑，走過她面前，進入後面的辦公室去把明天的訂貨單列印出來。我才去了一分鐘就聽見她大喊：「我們打烊了！明天再來！」

我把頭探出去，一眼就認出了門口的人。而且墨菲好像也是——他期待地嗅著樞紐，搖著尾巴。

「是他，」我說，感覺胃微微歪斜。又高又瘦，灰色T恤，深色牛仔褲。皮膚像是一整個夏天都待在戶外。「那個忘記付錢的。」

「喔。」

「好厲害的偵察功夫，福爾摩斯。」

妲特哼了一聲，打開門栓，轉動鑰匙，只把門打開一條縫。我聽不到他說什麼，只假設他是回來付錢的，因為妲特現在把鍊子也解開了，打開門讓他進來。墨菲在他進入時倒退嚕，搖著尾巴，四爪舞蹈。

「我今天忘了付錢，」他粗聲粗氣地說，懊悔的態度讓人氣不起來。「完全是無心的。來。」

他遞給妲特一張二十鎊鈔票，一手耙過頭髮，瞧著我。他的眼睛大，幽黑得如濕土。

「我找你錢。」我說。

「不用了。謝謝。很抱歉。」

「帶點什麼走吧。再來一杯咖啡，一塊蛋糕？就算是感謝你這麼誠實。」撇開別的不提，他的態度似乎在懇求別人的和善。

店裡還剩下托瓦姆凱，是一種蓬鬆的丹麥海綿蛋糕覆上焦糖椰子，大致譯為夢幻蛋糕。我裝了一片，拿給他。

他頓住一會兒，不確定地摩挲著下巴的新月形鬍碴，然後他接過盒子，手指碰到我的。「謝謝。」他點點頭就離開了，開門時放進來一陣溫暖柔滑的空氣。

「嗯，」妲特說。「他還真是惜字如金啊。」

「我覺得我是把蛋糕丟給他的。」

「是嘛，那是怎麼回事？再一杯咖啡？」她學舌道。「一塊托瓦姆凱？」

我勉強忍住了臉紅。「起碼他回來付錢了。也證明了妳是個讓人受不了的悲觀者。」

「才怪。妳送了那塊托瓦姆凱，等於沒賺錢。」

「那不是重點。」

妲特挑高一道半永久紋眉。「我們的老闆可能不會同意喔。至少他的會計不會。」

「不對，班會叫妳對人性多一點信心。知道吧——給別人一個機會。」

「那，妳今晚有什麼事？」妲特眼裡有笑意，從我面前走過去，到辦公室去拿她的外套。

「為了慈善目的餐風露宿？搞一間快閃煮湯廚房？」

「真幽默。我可能會去班那裡，看他怎麼樣。」

妲特沒回答。我知道她覺得我因為擔心班而壓力很大，我花太多時間沉溺在回憶裡。

「那妳呢？」

她走出了辦公室，頭頂上架著太陽眼鏡。「滑水。」

我笑了。想也知道——不然呢？

「妳應該也來。」

「不行，我天生笨手笨腳。」

「那又怎樣？水很軟。」

「不行，我最好……」

她直勾勾看著我。「妳知道我是怎麼想的，凱。」

「我知道。」

「加入『聽的』了嗎？」

「沒有。」拜託別唸我。

「不然我可以幫妳牽線……」

「我知道。」妲特什麼事都做得出來。「玩得開心啊。」

「我也想這麼跟妳說，可是……」她誇張地眨眼。「明天見。」然後，夾帶著一陣古馳花悅香水味，她走了。

她離開後，我關掉每一盞燈，再照慣例坐到窗邊最後一張椅子上，呼吸漸漸變淡的麵包和咖啡豆的香氣。我把手機從口袋裡掏出來，像是反射動作，點開葛麗絲的號碼，撥打給她。

不行，妳不能再這樣子下去了。停止。

我掛上了電話，再把螢幕鎖上。打給她是一個我最近一直努力在戒的老習慣，但是看到她的名字出現在我的手機上總是能讓我振奮一點，像一道強烈的陽光穿透了灰濛濛的烏雲。

我讓視線在窗外開展，不期然發現自己瞪著早先那個筆記男警惕的、深邃的眼睛。我嚇了一跳，慢慢露出笑容，但太遲了——他低頭看著人行道，把自己化為一條陰影，大步敏捷地走入夜晚的醇厚燈光中。

他並沒拎著那個蛋糕盒，他不是已經吃掉了，就是丟進第一個見到的垃圾桶裡了。

4 喬爾

我在半夜兩點驚醒，緩緩下床，抓起筆記本，盡量不吵到她。

上星期的溫暖天氣消散了，公寓有些冷。我套上了帽T和慢跑鞋，向廚房而去。

我坐在早餐台，草草記下一切。

我弟弟道格反正是會開心的。我夢到了他女兒貝拉拿到了本地私校的運動獎學金，在她滿十歲的那年。她顯然是郡裡優異的泳者，每週末都會贏得一把獎牌。世事也真是奇妙。道格小時候就被我們家鄉的游泳池列為拒絕往來戶，因為他太愛亂跳水，又對救生員比中指。

貝拉現在還不滿三歲，但是道格認為開發潛能永遠不嫌早。他已經讓四歲的巴迪打網球了，他還看《英國達人秀》，想從中得到當虎爸的絕招。

不過我的夢證實了他的努力是會有成果的。我寫了一條註記，還劃了三條線，提醒自己要跟他提一些本地的游泳俱樂部，越快越好。

「喬爾？」

梅莉莎在門口盯著我，還在當間諜。

「作惡夢了？」

我搖頭，跟她說這個夢是好的。

梅莉莎穿著我的T恤，她也可能會穿回家。她覺得這樣子很俏皮。可是我倒寧可對自己衣櫃裡的物件有個明確的概念。

她這時向我走來，跳上一張高腳凳，光裸的大腿交叉，一手拂過濃密的沙色頭髮。「夢裡有我嗎？」她對著我眨眼睛，既曖昧又討厭。

妳想太多了，我想這麼說，但是我不會說。她對我在夢中看見異象的事毫無所知，而我也不打算告訴她。

差不多三年了，梅莉莎跟我大概每個月會見一次，而平常幾乎是不聯絡。史蒂夫攔住她閒聊的次數超過了讓我不高興的頻率，他好像是覺得值得多了解她一些。就連梅莉莎都覺得他的這個想法很好玩，就開始在走廊上跟他聊天，只為了激怒我。

我抬頭瞄了眼廚房的時鐘。壓下一聲哈欠。「半夜三更了，妳應該再回去睡。」

「免了。」她疲倦地嘆氣，挑著指甲。「我已經醒了，乾脆陪你一起熬夜算了。」

「妳幾點上班？」梅莉莎在一家非洲礦業公司的倫敦分部負責媒體關係，她的早班經常是從六點開始。

「太早了，」她說，眼珠子轉動，表達不悅。「我可以請病假。」

我計畫要先和朋友基倫一起遛狗，再去咖啡店吃早餐。我已經去過幾次了，就在上週的沒付錢疏忽之後。

我承認，一開始我是覺得有種得再去的道德責任，但現在比較是為了那隻店狗和美味的咖啡。以及我得到的暖心歡迎，儘管我第一次踏入那家店並不是一個模範顧客。

「其實呢……我已經有計畫了。」我的胃因為罪惡感而抽動，即使是正在說話時。

她歪著頭。「有意思。知道嗎，我到現在還是弄不清你為什麼是單身。」

「妳也是單身啊。」我挑明了說，就跟每次她來時一樣。

「對。可我是自己願意的。」

這是梅莉莎的一個推論，認為我苦苦需求愛情，恨不得能快點變成某人的男友。我在遇見她之前已經當了三年的單身漢，她倒是像貓見到老鼠一樣很喜歡這一點。有時她甚至說服我不要太黏，在我隔了一個月的沉默之後傳簡訊問她要不要一起點外賣。

不過，她錯了。我從一開始就跟她說得很明白，直接問她是否能接受這種隨性的來往。她笑了，說可以，還說我很臭美。

「知道嗎，有一天我要趁你睡覺打開那本簿子，看你到底都寫了什麼。」

我哈的一聲，要笑不笑的，低下頭，對於該如何回答不太有把握。

「是我能賣給報社的東西嗎？」

說不定可以：裡頭包羅萬象。二十八年來，每週一個夢，而我寫了二十二年的筆記。

我全都記下來是為了預備需要行動的一刻。但是每一次我都不得不看著惡夢成真。我讓這些夢滑過，當它不是那麼嚴重，不然就是我實在找不出方法干預。兩個選項都不理想，以我這樣一個思維模式的人來說。

不過呢，就像沙塵中的鑽石，開心一點的夢會在惡夢之間閃爍。升遷，懷孕，小確幸。也有那種枯燥乏味的，和生活的現實面、規律有關。剪頭髮，採買食物，家務事和家庭作業。我可能會在夢裡看見道格吃什麼晚餐（內臟，真的假的？）。或是我會發現爸能否在地區羽毛球聯盟拿到冠軍，或是我的姪女是不是忘了她的體育用品。

每次我醒來，相關的日期和時間都記憶分明，就鑲嵌在那裡，像是知道我自己的生日，或是聖誕節是在十二月的哪一天。

我事事留意，即使是平淡無趣的東西。仔細地記錄在我的筆記本上，以防有個模式，有條線索。某個我絕對丟不得的東西。

我現在瞄了一眼桌面上的筆記本，提高警覺，以免梅莉莎會想來搶。她立馬就察覺了，笑得很甜，叫我放輕鬆。

「要喝咖啡嗎？」我說，想澆熄她眼中的光。不過，我覺得有一絲絲的後悔。儘管她自信神氣，我相信她也不會介意偶爾過來這裡，像個正常人一樣睡滿八小時。

「知道嗎，你的那些錢總買得起一台像樣的咖啡機吧。現在沒有人喝即溶的了。」

那家咖啡店的影像莫名其妙飄進了我的腦海。我看見凱莉放下我的咖啡，我的窗邊位子可以看到鵝卵石街道。我微微一驚，立刻置之不理，把咖啡粉舀進兩只馬克杯裡。「我的什麼錢？」

「我很喜歡你把自己弄得好像是窮光蛋。可你以前是獸醫，現在又不必工作。」

這句話只對了一半。不錯，我是有積蓄，但那只是因為我及時發覺我的生意勉強收支平衡。

再說，我的積蓄也不夠我用一輩子。

「要糖嗎？」我問，轉移話題。

「我已經夠甜了。」

「這倒是真的。」

她不理我。「那——你要嗎？」

「我要啥？」

「買個像樣的咖啡機啊。」

我雙手抱胸，轉身面對她。「就為了妳一個月來一次？」

她朝我眨眼。「知道嗎，如果你當真開始認真對待我，你搞不好是有機會有什麼長遠發展的。」

我也對她眨眼，湯匙撞著杯子。「那還是喝即溶的吧。」

我第一次作預言夢是在七歲，那時我跟我的表哥路克就像連體嬰一樣。我們兩個的年紀只差三天，每一個空閒時刻都膩在一起。打電動，騎腳踏車，帶著狗亂跑。

有天晚上，我夢到路克抄平常的捷徑穿越球場到學校，不知從哪裡冒出了一隻黑狗，向他撲了過去。我在半夜三點驚醒，就在那隻狗拿爪子亂抓路克的臉部時。而這件事會發生的日期就像偏頭痛一樣不停撞擊我的腦袋。

我只有幾小時可以阻止了。

我早餐一口也沒吃，把一切都告訴了媽，懇求她打電話給爸的妹妹，路克的母親。她平靜地拒絕了，安慰我只是一場惡夢，向我保證我會在學校裡看到路克，而且平安無事。

但是路克並沒有平安無事在學校裡。所以我跑到他家，我跑得喉嚨深處都嚐到血腥味。有個我不認得的男人來開門。他在醫院裡，他粗聲粗氣地說。今天早上在球場上被一隻狗攻擊了。

媽那天晚上打電話給我姑姑，得知了經過。有隻黑狗在路克上學途中攻擊他。他的臉部、左臂和喉嚨都需要手術。他很幸運沒被咬死。

媽放下電話後把我帶進客廳，我們一起靜坐在沙發上。爸還沒回家。我仍能記得她為我煮的雞湯麵的香味。我的弟妹在樓上吵架的聲音竟出奇得令人安慰。

「只是巧合，喬爾，」媽一直這麼說。（我現在倒是好奇她是否在說服自己。）「你知道巧合是什麼吧？就是有些事碰巧發生了。」

那時媽在爸的會計公司上班，她跟他一樣自力更生，以邏輯處理事務，面對的是事實。而事實是，人不會通靈。

「我就知道會發生，」我哭著說，聽不進安慰。「我可以阻止的。」

「我知道感覺上是那樣的，喬爾，」她低聲說，「可那只是巧合。你需要記住。」

我們沒有跟別人提起過。爸只會說我是胡思亂想，而我的弟妹年齡太小，沒辦法理解，甚至不會關心。這件事就我們兩個知道吧，媽說。於是我們就把它當作秘密。

即使是今天，我其他的家人也不知道真相。他們覺得我焦躁又多疑，覺得我含糊不清的示警和瘋狂的干預是因為我至今無法放下對媽的思念。道格覺得我應該吃藥，因為道格認為什麼病都有藥可治。（壞消息：並不是。）

我妹妹天心懷疑過嗎？可能。但是我刻意保持曖昧，她也不問。

我不能說我沒有過坦白告訴他們的衝動。可如果有這種衝動，我只需要回想起那一次我天真得去找專業人士諮商。他眼中的嘲諷以及嘴角的冷笑都足以讓我發誓不會再告訴任何人了。

5 凱莉

九月中一個週五夜晚帶來了我的租屋仲介一通令人洩氣的典型電話。

「恐怕是壞消息，庫柏小姐。」

我的眉頭緊鎖，提醒伊恩他可以叫我凱莉——這些年來，我們打過不少交道了。

他緩緩重複我的名字，彷彿是第一次把它寫下來。「那好吧。喔，萊特先生剛剛通知我們他要賣房子。」

「哪一棟？哪裡？」

「妳的公寓。B棟九十二號。不，等等——C棟。」

「沒關係，我知道我的住址。你真的要把我趕出去？」

「我們比較喜歡說是在通知妳。妳有一個月的時間。」

「可是為什麼呢？他為什麼要賣房子？」

「不再有商業利潤。」

「我是個人，我有利潤，我有付房租。」

「好了，別發火。」

「你覺得……他可能會賣給別的房東嗎？我可以當現租戶。」我喜歡我的說法——拉高權利，總算有一次要求我的房東而不是委曲求全。

「喔，不，他明確要求妳搬走。他需要整理房子。」

「真是太好了。只不過我沒有地方可以搬。」

「沒有補助金是吧？」

「對，可——」

「目前有很多房屋出租，我再通知妳。」

我這才恍悟，什麼也比不上被掃地出門更能讓你覺得是個徹頭徹尾的大失敗。「這還真是讓我過這個星期的美好開始啊，伊恩。」我很好奇他是不是都挑在週五晚上發出驅逐令的。

「是喔？別擔心。」

「我不是擔心，我是……喂，」我絕望地說，「你能幫我找個有花園的地方嗎？」我的公寓在頂樓，所以無法使用這裡的花園——可就算能使用，也會像是站在廢金屬場裡。幾乎到處都是柏油碎石，充斥著各式各樣的垃圾——生鏽的躺椅，一個破舊的旋轉式曬衣繩，一堆腐朽的餐椅和三台故障的手推車。我不介意一點點髒亂——總比樣品屋似的花園要強——可是這個花園卻是時時刻刻會讓你得破傷風。

伊恩幸災樂禍地笑。「同樣的預算嗎？」

「可以的話再少一點。」

「真幽默。喔，對了，凱莉——妳把那些蜜蜂處理好了吧？」

「蜜蜂？」我裝傻。

伊恩猶豫不決。我聽到他起勁地敲手指。「對，是這樣的。蜜蜂老是從陽台底面進出，就在妳的客廳窗戶旁邊。」

確實是——可能是隔壁的夫婦舉報的吧。那時我跟伊恩謊稱我有朋友可以幫忙，而他現在才想到要問，在幾個月之後，一點也不叫人意外。

我太心急要保護它，保護那些快樂的小蜜蜂正在打造的家。牠們又沒有妨礙誰——不像惡意誹謗蜜蜂的人，他們一搬進來沒幾天就把前院用磚頭鋪滿了，把草皮換成假的。

「喔，」我開心地說。「都處理好了。」

「好極了。可不想讓牠們過冬。」

我笑了。蜂巢已經空了，蜜蜂早就飛走了。「其實蜜蜂不會——」

「什麼？」

「沒什麼。」

我掛斷電話，仰頭靠著沙發。三十四歲了還被掃地出門。唉，有理由吃掉一品脫的冰淇淋了。

隔壁花園裡本來有一棵山楂樹，後來那對夫妻把樹挖掉，弄了個臨時停車場。那時候山楂樹正在開花。他們把砍下的樹丟上雇來的垃圾車，花瓣如雪花般掉落，讓我想起了童年的春天風大的日子，我爸在一旁歡呼，我們享受著大自然的彩紙紛飛。

也讓我想起了以前上班的那家塗料公司。我從辦公桌可以看到一棵山楂樹，我很喜歡它，那個在工業園區的水泥叢林中單一獨立的生命。可能是小鳥啣來的種子，或是像我當年一樣絕望的某人種的。多年來我看著它歷經四季輪替，春天時含苞待放，夏季時綠意盎然，秋天時葉子變色。我甚至愛冬天的它，樹葉落盡的枝椏各自伸展，在我眼裡就和畫廊中的雕像一樣賞心悅目。

我都走到樹下吃午餐，偶爾只是去摸摸樹皮或是抬頭看樹葉。天氣暖和的日子我會在樹下吃三明治，坐在樹穴的邊緣。第三年的夏天有人顯然是大發慈悲，在那兒丟下了一張老舊的木頭長椅。

可是在第六年夏天的剛開始，樹就被砍了，改建了一間抽菸亭。我看著原本佇立著樹葉和樹枝的地方擠了一幫灰色的臉孔，在死氣沉沉的壓克力圓頂下木然瞪著前方，我的五臟就好像被猛拽了一把，我也說不上來是為什麼。

我現在從窗戶望出去，看著鄰居家以前山楂樹生長之處。我八成應該去上網，著手搜尋別的住處。也真有趣，一個人能那麼輕鬆地把另一個人的生活連根拔起，就在他們最意想不到的時候。

6
喬爾

我在河邊，思索著剛才發生的事，或是沒有發生的事。很難說。很奇怪，凱莉把我的雙份義式咖啡放下時，我們視線交會，我忙著別開目光，覺得熱氣追逐著一陣哆嗦掠過我的皮膚。

虹膜帶著綠褐色斑點，彷彿沙上的陽光。輕盈的長髮是七葉樹果的顏色。膚色是最淡的香草色。令人發愣之後才明白過來的笑容不可能是為我而綻開的。

可顯然就是。

凱莉朝墨菲點頭，他正貼著我的大腿享受一頓抓搔。「希望他沒有一直煩你。」

這星期來我差不多是每天都來咖啡店，我跟她的狗建立起了一種相當牢固的關係。「這傢伙嗎？喔，沒有。我們有默契。」

「真的？」

「對。他陪伴我，我則趁妳沒注意的時候餵他吃蛋糕屑。」

「你要吃嗎？」和藹可親的笑容。「我們剛進了一批現做的夢幻蛋糕。」

「妳說什麼？」

「托瓦姆凱。丹麥蛋糕——意思是『夢幻蛋糕』。」

我討厭這個名字。不過，憑良心說，那個蛋糕等於是烘焙界的強效古柯鹼。「我想來一片。謝謝。」

她幾乎是立刻就回來了，在我面前放下了一盤超大塊蛋糕。「盡情享用。」

我們又四目交會。而我又一次發現我沒辦法別開臉。「謝謝。」

她徘徊不去，把玩著項鍊。是玫瑰金的，很精緻，一隻飛行的燕子。「那，今天忙嗎？你要回去上班了嗎？」

長久以來第一次，我因為不能回答「是的」，因為我沒有一件有趣的事情可以告訴她而覺得沮喪。我甚至不確定我為什麼會這麼想。她就是有什麼地方不一樣。她走動的樣子，她燦爛的笑容。她銀鈴似的笑聲，飽滿又甜美，有如春天的氣息。

克制一下，喬爾。

「我對你有一種推測。」她接著說。

我忽而想起了梅莉莎，她對我的各種推測足以讓她寫出一本毫無意義的巨幅論文了。

「我覺得你是作家。」凱莉指著我的筆記本和筆。

我又一次有那種想讓她印象深刻的欲望。在某方面俘虜她，說點什麼贏得芳心的話。但，毫不意外，我長話短說。「恐怕只是些不連貫的雜蕪文字。」

她似乎沒有太失望。「那你是做什——」

但突然之間，在我們的後方，有個顧客在吸引她的注意。我轉頭看到妲特在桌子之間疾衝，抱歉地咧嘴笑。

凱莉微笑，朝櫃檯歪歪頭。「唉，我最好……」

也真怪，她走開時我居然非得伸出手不可，輕輕把她拉向我，再一次因為她的存在感到了暖心。

我在許久之前就訓練自己不會對短暫的吸引力戀戀不捨。可這次是太陽神經叢的級別，是我多年都沒經驗過的感覺。就好似她把生命灌注到我以為已經永遠埋葬的一部分裡。

之後沒多久我就離開了咖啡店。走出去時我抗拒著再瞧她一眼的本能反應。

「喬爾！嘿，喬爾！」

我仍在忙著把今早的事從思緒中移除，忽然明白我被打斷了。通常這不是引起我注意的好方法，但是我認得這個聲音。是史蒂夫，而且他在追趕我。

自從上週把他的車胎洩氣之後我就一直在躲他。不過現在我猜我的不當行為的後果真的是追上門來了。

我一半的心思想著要拔腿向划船池狂奔，拖著我的一小群狗跳上腳踏輪槳船。但我隨即想起史蒂夫絕對能追上我，把我摔在地上，要我屈服，而且從頭到尾只需要十秒鐘的時間。

史蒂夫是私人健身教練，給一堆有自虐傾向的人上戶外高強度訓練課程。他一定才剛下課，因為他一面流汗一面暢飲特大杯高蛋白奶昔。他穿著慢跑褲和慢跑鞋，身上的T恤像是噴畫上去的。

「小狗狗，乖，」他對著我那三隻雜牌軍說，走到和我齊肩的地方。

他似乎很放鬆。不過也可能只是腦內啡的關係。我繼續大步前進，整個人如履薄冰。要是他問起輪胎的事，我會徹底否認。

「怎麼回事，兄弟？」

或者我也可以一個字也不說。

史蒂夫一句廢話也不多說，因為他就是這麼有效率。「喬爾，我知道上個星期是你把我的輪胎弄扁的。」他的聲音低沉卻堅定，活像我是個小鬼頭，被他逮到在角落商店裡偷香菸。「我到處打聽過，叫羅德尼查看他的監視畫面。全都拍到了。」

啊，羅德尼。我們的街道之眼。一個會走路、會說話的公民逮捕權。我早該料到會在他那裡出紕漏的。線索擺在那裡幾個月了，自從他上個夏季裝了寬頻，讓他可以和警察推特之後。

自責爬過我全身。我想說什麼，卻不知該怎麼說。所以我只是把雙手插進口袋裡，繼續走路。

「知道嗎，」史蒂夫說，「在你把我的輪胎放氣之後，你把頭靠著輪弧。你覺得慚愧，是不是？」

當然是，撇開所有的理性不談。因為，這麼多年來，史蒂夫跟我就像家人那麼親近。

「我知道你不想做那件事，兄弟。所以只要告訴我是為什麼。」

就連想到接下來的交談都像是站在懸崖邊上。心跳加速，皮膚如針扎，字句在我的口腔中化為鋸木屑。

「我不得不跟海麗說。」史蒂夫說，看到我並不想要解釋。

一點也不意外：他們合作無間，這兩個人。分享一切，毫無隱瞞。

「她不高興。其實呢，她是氣得冒煙。她不明白你是在想什麼。我是說，我帶著帕琵——」

「輪胎沒氣了，就算你想開車，也不能開走。」

史蒂夫這時一把抓住我的胳臂，拉著我停下來。他的力道讓我變成了弱雞：我不得不迎視他的目光。

「帕琵是你的教女，喬爾。你起碼可以告訴我是為什麼。」

「不是……我保證我有好理由。」

他等著聽。

「我沒辦法解釋。對不起。不過絕不是出於惡意。」

史蒂夫嘆氣，放開了我。「聽著，喬爾，這件事……多少證實了我跟海麗懷疑一陣子的事情。我們需要更多空間，現在我們有了帕琵，所以我應該告訴你……我們決定要做了。我們要搬家。」

懊悔的喘氣。「對不起。」我需要他知道這一點。「真的，很對不起。」

「我們可能不會賣房子。至少一開始不會——我們會出租。房貸差不多快付清了，所以……」

他停下來，看著我，彷彿剛說了什麼真正得罪人的話。「聽聽我說的是什麼話，真是個中產階級混蛋。」

史蒂夫和海麗很聰明，在房價仍合理時就向我們的房東買下了公寓。「沒有的事。你們努力工作，保住了公寓。」

他緩緩點頭。「我希望你能告訴我是怎麼一回事，兄弟。我……我擔心你。」

「我沒事。」

「喬爾。我覺得我可以幫得上忙。我有沒有跟你說——」

「抱歉，」我趕緊說，搶在他說完之前。「得走了。這些狗可不會自己遛自己。」

他們當然自己就會。可是此時此刻他們是我唯一有的藉口。

我從小到大都住在埃佛斯堡，跟史蒂夫和海麗當樓上樓下的古怪鄰居也將近十年了。

他們剛搬進來時我盡量迴避他們。但是史蒂夫卻是個很難躲的人。他自己創業，也就是說他有大把時間幫我把垃圾桶抬出去，幫我收包裹，為了側牆上的一條大縫隙而威嚇房東。這也是我們從鄰居變成朋友的原因。

我那時的女朋友薇琪非常熱心維護這段友誼，老是跟海麗一起策劃四人活動：在後花園看夕陽小酌，在銀行放假日烤肉，到市區去慶生。她建議到當地的一處公園過營火之夜，萬聖節在蘭姆酒助威之下，把窗戶弄暗，看恐怖電影，躲避上門來討糖的小孩。

薇琪在她生日那天離開了我，我們在一起整整三年。她交給我一張她列的表，細細的一欄優點對比著一大串缺點。我在感情上的疏離名列第一，但我的整體功能失調和總是煩躁不安也名列前茅。我連讓自己放鬆一個晚上都不情願，而且顯然沒辦法入眠。我從不讓她看的筆記本也在榜上，我無時無刻的心不在焉也是。

這一切對我都不是什麼新鮮事，而且也完全不公平。薇琪值得一個比我這樣溫溫吞吞的人更好的男朋友。

而我也肯定我瞞著她我的預言夢的事也沒能改善我們的關係。可是薇琪總讓我想到道格，在缺乏同理心的這上頭。儘管她有一大堆我喜歡的優點（有野心，有幽默感，有內驅力），她也是那種輾過小兔子只會聳聳肩的人。

她離開後，我酗酒了幾個月。我之前也有過這種情況，在大學的最後兩年，在讀過飲酒對睡眠的破壞性影響之後。我知道喝酒不是解答，不全是。我知道不會真的管用。但是我想我是說服了自己相信這一次會不同。

並沒有，所以我把酒收了起來。可能也是在為時已晚之前吧，因為我漸漸臣服在耽溺於酒精的危險溫暖之下了。而跟這件事奮戰感覺起來比報名參加泳渡英吉利海峽或是在本地的功夫俱樂部找人幹架都要有吸引力。

薇琪離開後的幾年內，史蒂夫和海麗總是感覺比較像是我的家人，而不是朋友。感覺他們幾乎是用四條手臂環住了我的痛苦。而今年帕琵出生，我覺得他們是以為當她的教父或許真的對我有好處。

受洗時，我得意地抱著帕琵拍照。她就像隻蠕動的小狗貼著我，溫暖可愛。我俯視她的臉蛋，感覺到她如珍寶的重量，心頭被愛意淹沒。

我很氣自己，把她還了回去。喝個爛醉，砸碎了兩只玻璃杯，不得不被送上計程車，提早回家。

就這樣，從此之後一切都像繃緊的弦。

7

凱莉

月底快到了，班建議有天晚上到酒吧去，有個朋友的朋友要慶生。我下班之後幾乎累得沒力氣，但是我最近一直不願讓班失望——他的進展太步步為營，好像他才剛從苦寒的冬天冬眠醒來。

喬爾是今晚最慢離開的客人之一，而在他關上門的半秒鐘，我覺得我可能會衝到街上去邀請他一塊去。他是目前在咖啡店工作最大的好處——他能用一抹笑容就擊沉我，以最短的一瞥害我手足無措。我發現自己每天都在等著看見他，琢磨著我能說什麼話來逗笑他。

可是最後一刻，我打了退堂鼓，因為我相當肯定邀請他去酒吧是越線了。這個可憐的男人應該能夠平靜地享受一杯咖啡而不必被徘徊不去的咖啡師用約會騷擾。再說了，這麼可愛的人一定是名草有主的——即使，一如妲特的指點，他總是一個人。

真的，我提醒自己，我們幾乎不認識——只有微笑和打招呼的交情，就如伴星系裡的兩顆星子隔著浩瀚無垠的天空互相眨眼。

慶生會是在啤酒花園裡，幸好，天氣夠暖，坐在外面不會冷。我看到了我的朋友愛瑟跟她先生蓋文，以及一票在葛麗絲仍在世時我們稍微熟的人。要是她現在在這裡，她會把花園裡的氣氛炒起來，她一連串的笑聲就像耳熟能詳的音樂。

有那麼一會兒，我停步側耳去聽。因為，就——以防萬一嘛。

我坐到愛瑟身邊，墨菲在我的腳邊趴下來。我們頭頂上的藤架垂下的忍冬有如瀑布，青翠欲滴，點綴著奶油色的花朵。「班呢？」

「被工作耽誤了。我覺得他是有點低落。」

「藍色低落還是黑色低落？」

「嗯，他在過來的路上，所以是藍色低落吧。」愛瑟穿著奶油黃上衣，光著兩條手臂，把一杯蘋果酒推向我。

我上小學的第一天就認識了愛瑟和葛麗絲。我從遠處溜進她們的陰影中，覺得舒服自在，我欣賞她們的大膽，卻從不嘗試。她們都口無遮攔，經常因此而被趕出教室，而在多年後更表現在晚上收看BBC的《問題時間》辯論節目上，兩人隔著我的頭頂辯論政策和氣候變遷和女性論點。妳來我往，激烈交戰，然後葛麗絲會突然被架走，留下愛瑟一個人為她們的原則、她們最熱衷的事務奮戰。

葛麗絲在一年半前被一輛超速的計程車撞死了。司機偏離馬路，而葛麗絲正在人行道上散步。瞬間死亡，他們這麼告訴我們。她不會感到痛苦。

我們等著班過來，談話轉向工作。「我今天試了妳的夢幻工作，凱。」蓋文跟我說，喝著淡啤。

我微笑，有些摸不著頭腦。「什麼意思？」

蓋文是建築師，每年他的團隊都會自願撥出時間去做善事。他跟我說他今天花了八小時在「沃特芬」——我們本地的自然保護區，也是我私人的避難所——做棲地管理工作。

「妳大概可以想像。」愛瑟眨眼睛。她是一家社福慈善機構的策略經理，薪水低工時長。「叫坐辦公桌的到戶外工作八個小時。」

我吸入忍冬花的香味，想像著花一整天時間處理灌木叢和野生林地，茶褐色的蘆葦床縱橫交錯，依傍著一條銀緞似的河流。我偶爾會到沃特芬當志工，呈交每季一次的報告。這是零碎又沒有報酬的工作——調查繁殖中的鳥類，監控棲地——但是沒關係。它可以滿足我欣賞沒有建築物阻擋的地平線，沒被人類踩踏的土地，呼吸沒有人工香精污染的空氣。

我對蓋文微笑。「好像滿有趣的。」

他扮個自我厭惡的苦瓜臉，只有突如其來的體力勞動才誘發得出來。「這也是一種說法。我還覺得我夠健壯。這樣說吧，把有我五倍高的木頭堆重新堆疊，賣力地拖拉籬笆柱，再把不知道什麼的玩意拔起來，弄傷我的背，那可不是我理想中的玩樂。」

我發現了他前臂上的擦傷。他的頭髮上也明顯可見還有一層塵土。「狗舌草？」

「嗄？」

「你在拔的東西？」

「喔，隨便啦，」他鬱鬱嘟囔，喝著淡啤。「簡直是折騰人。」

「我倒覺得像天堂。」

「嘿，管理員說他們很快就要登廣告找助理。剛好可以讓妳的生態學位派上用場，總比端咖啡好。妳何不——」

愛瑟以一聲咳嗽打斷了他，但我已經感覺到心裡一股騷動，像是一頭沉睡的生物醒了。

「妳何不怎麼樣？」班把他的橄欖球員體格重重落在我旁邊，一手端著啤酒，期待地瀏覽我們的臉孔。他正是勞動了一天的寫照——襯衫袖子高捲，頭髮歪斜，眼神鬆懈。

「沒怎麼。」我趕緊說。我右手邊的一只喝光的玻璃杯裡有一隻瓢蟲陷在渣滓中，我用手指抹去杯子的水痕，展開救援行動。牠輕快地飛走了。

「沃特芬有個工作機會，」蓋文說。「就那個——那個自然區，你可以去為慈善目的做苦工的？那顯然是凱莉的理想生涯，所以——」他沒說完，反而瞅了愛瑟一眼，一般來說這是他的小腿被踢時會有的反應。

班本來在揉墨菲的耳朵，聞言挺直了上半身。「我還以為妳很喜歡在咖啡店工作。」他的困惑像砂紙一樣磨傷我。「我是啊，」我趕緊跟他擔保，不理會蓋文揚起的眉毛。「不用擔心，我哪裡都不去。」

班的表情放鬆了下來，而我知道是什麼意思——咖啡店由信得過的人來經營對葛麗絲而言是最重要的事情。在她死後我辭去原本的工作來當經理幾乎是合情合理到毋須質疑的事情。班從事的是他熱愛的行銷工作，而我則在塗料公司停滯不前。我在公司十一年——十一年來忙著安排老闆的行程，為她煮咖啡，幫她接電話。本來是大學畢業之後暫時性的工作，是賺房租的捷徑——

但三個月後就變成永久的了，而十年後還贏得了一個長期服務獎，葛麗絲覺得好玩得不得了。「十年對一個女人忠心耿耿，」她揶揄我說，在我帶著那瓶香檳獎品到她家時。「好像某種怪異的婚姻喔。」

那是在她死前一年。

之後不久我從班那裡領養了墨菲。他其實是葛麗絲的狗，但是班的公司不准帶狗上班，而咖啡店裡卻滿滿都是愛。

我們畢業之後六年，葛麗絲最穩健的一步就是開了一家咖啡店——但就連這個開始時也是一時興起。她一時衝動之下用繼承的遺產簽下了一間販售童裝的店，大出我們的意料之外。在畢業後就業前的這段過渡時期她原本在環遊世界，一邊打工——端盤子，電話推銷，穿著道具服發傳單。她偶爾會從某個遙遠的國家打電話給我，說她最新的冒險和災禍，而我每次掛上電話都會覺得既羨又妒。我會暫時幻想我自己搭上飛機，體驗到自己終於也踏上一小塊異國土地的興奮快樂。

我常常會想像那樣子瀟灑地走是什麼感覺。我深受遼闊荒野、無垠天空、炫目風景吸引。我們在學校學過南美洲的一個詞，從那之後，我就對智利偏遠北部的一處國家公園極為嚮往。我們的地理課老師去過，就在兩個夏天之前，而在課程結束前，我們全都感覺跟著她走了一趟。那晚我跟我爸說起了她的冒險，問我們是否能明年夏天去智利度假。他哈哈笑，說要問媽媽，而我立刻就知道他是在搪塞。他會覺得腦袋正常的人絕不會答應一個十歲孩子的這個要求說不定並沒有錯。

所以我在心裡旅行到阿爾蒂普拉諾高原，仔細研究被白雪覆蓋的火山和高空俯瞰的照片，晚上夢想著羊駝和駱馬，老鷹和紅鶴。這變成了我的桃花源，在我有需要的時候——飄然遠去智利的一角，用我的想像力創造寓言。

我總是跟自己保證我會去，可是大學畢業之後我的積蓄少得可憐，也不肯定自己是否適合葛麗絲那種邊玩邊打工的模式。我沒有她的膽氣，只有過多的自我懷疑。時機似乎總是不對——我在找工作，想存錢，努力工作，約會。於是時間就這麼流逝，而智利仍是一個遙不可及的夢。

我知道在班的想法裡經營咖啡店跟我那份已經僵化厭倦的工作比起來是一種新鮮的轉換，但這份工作只是不時提醒我泡咖啡並不是我的熱情所在。我仍住在我出生的那個小鎮，而同時外面卻有一個世界——不停地轉動，轉動，搏動著各種可能。

8 喬爾

我是刻意偶然經過我之前工作的獸醫診所的。每星期至少都會有一次。別問我是為什麼。可能我是在假裝我仍在那裡工作，假裝我正要穿過旋轉門，彷彿什麼也沒改變。跟櫃檯的愛莉森打招呼，在走入診間時停下來和基倫閒話家常。

我在停車場看到他。他在後門外，背靠著磚牆，稍作休息。

我穿過馬路走過去，在他看見我時揚手招呼。

「嘿。」他挺直了腰。「好嗎？」

「好，謝謝。」我點頭，活像是真的，雖然我們都知道不是。「你呢？」

「需要一點新鮮空氣。」

我也像基倫一樣靠著牆，偷瞄了一眼他的海軍藍制服。跟我公寓裡的那件一式一樣。曾經我很驕傲能穿上這件制服。

我們仰臉承接九月底的陽光。「今天很不順嗎？」我問他。

「是不怎麼樣。記得傑特・曼斯菲爾德嗎？」

「記得。」那條耳聾的邊境牧羊犬，他的飼主年邁可愛，叫安妮。她在先生過世之後不久領養了傑特。一人一狗形影不離。

「半年前我切除了他的前腿。惡性肉瘤。」

我看著他，猜測後果。「又復發了？」

「才剛剛跟安妮說。」

「情況如何？」

「跟你猜的差不多。」

「她打算怎麼辦？」

「幸好，她同意我的意見。」

大量的止痛劑，我心裡想，和一張舒適的床。

「我看他撐不了一個月。」

我想像著安妮帶傑特回家，她會盡全力假裝一切如常，把食物倒進他的碗裡，同時忍住不哭。「你還好吧？」

「大概吧。」基倫淡淡一笑，看著我。「在這外面看到你還滿不錯的，有點像以前。」

我一直沒讓基倫知道我的夢：我總是怕他會假設我是心理不穩定，可憐我。甚至私下認為我離職是好事。

因為基倫是我的朋友兼前老闆，他的尊重對我非比尋常。這也是我辭職的一個原因，在我被推下懸崖之前自己先跳下去。

我裝出笑臉。「對。」

「想找工作嗎？」

我保持笑臉，卻搖頭。「目前挪不出空來。」

「是啊，」基倫說，「你確實是讓我想到一個行程滿檔的人。只是閒晃經過是吧？」

「對，」我說，挺起身體，清清喉嚨。「說到這個，我真的該走了。」

「隨時聯絡。」基倫大聲說，而我已經穿越停車場了。

我舉高一隻手，腳下卻不停。

我回家的路上會經過咖啡店，接近時，我看到凱莉在外頭上鎖，而墨菲站在她腳邊。差不多三個星期前我第一次來過之後，我就經常來。有時是妲特幫我服務，有時是凱莉。可是我總是發現自己希望會是凱莉。有一兩次，我甚至像青少年一樣拖延時間等到她有空，假裝皮夾放錯了地方，用三明治或是可頌耗時間。

我很不像自己，我發現了，只要在她的身邊。

今天早晨我坐在一位客人附近，他竟然愚蠢到決定不同意妲特對布里歐許的定義（妲特的觀點：那不是蛋糕）。而在爭論之間，凱莉從另一張桌子那捕捉到我的眼神，我們都強忍著不笑出來，直到後來她不得不躲到櫃檯後。而我則用雙手摀住臉，唯恐會徹底失控。

等她終於來幫我點餐，我假裝思索了許久才大聲點了布里歐許。那時她已經又笑起來了。

我有好久沒有跟什麼人一起歡笑了。

也之所以現在我在委決不下。看著她轉動鑰匙，檢查門把，最後一次掃瞄店面，這是接近她的完美時刻，邀請她去下班後小酌一杯。可我還是及時按捺住了。

薇琪的優缺點列表在我的心裡像閃光燈一樣亮起。我也想到了在她之前的凱特，跟別人上床。我的約會史：正常狀態（上學，大學，女朋友，工作）中斷斷續續的創傷，其間則是各別的不穩定（激進的實驗，大量飲酒，離群索居）。

說真的，約會？跟某個像凱莉一樣可愛的人，我連怎麼開始都不知道。

算了吧。何必呢？白費力氣。

再說了，我並沒有實際的證據可以斷定她對我有一丁點的興趣。在她眼裡我可能就是一個客人，而且還是有點古怪的客人。

所以我只是冷眼旁觀，活像我是從鑰匙孔在偷看別人的生活。凱莉穿著一件淡色丹寧布外套，深色頭髮在頭頂上盤了個髻。她低聲對墨菲說了什麼，戴上一副墨鏡。然後一人一犬就邁步走開了。

我感受到一股稀罕的渴望，巴不得走在她身邊的是我。一手攬著她的肩，她的笑聲混合著我的，心情昂揚。

9 凱莉

十月初，約莫是我跟班和其他人在酒吧聚會那晚的兩星期後吧，我早上不上班，改去找公寓。果不其然，伊恩提出的第一個地方是一間潮濕的臥室兼客廳地下室，我在廚房的櫥櫃裡還看到老鼠夾。「我不想跟老鼠一起住，可是我也不想折斷老鼠的脖子。」我坦白說道。

伊恩看著我，彷彿這輩子沒見過如此恣意妄為的人。「以妳的預算，妳會無家可歸。」他責罵道——不過他倒是笑得好像很有趣，其實一點也不好玩。

下一間房子——是一棟維多利亞式透天厝，房東是史蒂夫，他想要親自見見未來的房客——我在客廳裡注意到一幅加框的畫。是一隻幾乎和墨菲一樣的狗，由數百個小狗爪印排列組合的。

「那個是海麗的，」史蒂夫說，循著我的目光看過去。他是私人健身教練，從頭到腳都是運動裝。「我老婆。她是個狗痴。其實呢，這倒讓我想起來了——我確實要求伊恩先問過，不過妳沒養寵物吧？」

我交叉手指，跟他說沒有。叫伊恩帶我去找可以養寵物的公寓並沒有意義，主要是因為壓根就不存在。

不過，到目前為止，我的印象良好。這條街道漂亮，樹木成蔭——黎明時分一定會有小鳥大合唱——距我現在所住的公寓只有兩條街。房租一個月貴了五十鎊，但話說回來，那間地下室也一樣，而且這裡可好多了。公寓就在屋椽下，有點窒悶，但是共用的門廳並沒有尿臊味，而這一點，以我的預算，可是稀有到了極點的。

「這裡有戶外空間，」史蒂夫說，因為我問他是否有花園，「如果可以算的話。」我們都知道不算——戶外空間其實只是存放垃圾桶之處的修飾用語——不過我硬是讓自己表現出有興趣的樣子。「喔。」

他把我帶到廚房窗邊，我可憐兮兮地瞪著底下的另一個水泥夢魘，這一個是七十年代的遺物。我好渴望好渴望草皮。可以看到一點綠意。

「那裡全都屬於樓下那個傢伙，」史蒂夫說。「嗯，不是真的屬於——他也是租的，跟妳一樣。很抱歉是那麼不整潔，我相信只要我要求，他是不介意清理乾淨的。」

「不，」我趕緊說，因為那些枯葉和舊磚頭，腐木和隨時會斷裂的籬笆板是那個過大的院子裡真正有風味的景致。「不要。對大自然很好，那些東西。」

史蒂夫皺著眉頭。「嗄，大自然……？」

「就是昆蟲和甲蟲啊。飛蛾，蜘蛛，牠們喜歡……一點雜亂。可以遮蔽，還有……」我沒說完，趕緊換上笑臉，因為我真的不想因為顯得精神錯亂而失去這間公寓。「那，他是什麼樣的人？那位樓下的鄰居。」

史蒂夫停頓了好一會兒，害得我也不得不懷疑為什麼一句簡單的描述，像是人不錯或滿正派的，會不夠。

「嗯，他不太跟別人來往，」他終於說，而我相當確定這是反社會的中肯說法。「妳可能很難得才會看到他。」

我暫時想像了一下這個人，跟臭鼬一樣藏頭縮尾，在陰影中潛行，只在夜間出沒，而且緊張焦躁。也許妲特說我的生活中需要更多刺激指的就是一點家裡的秘密。

當天下午我跟妲特說起來，她皺了皺鼻子。她的骨子裡是很愛熱鬧的，所以覺得鄰居的用處就是能讓妳把一半的時間都耗在他們的公寓裡分享大麻，翻閱他們收藏的唱片。「妳把卡布其諾拼錯了，」她指出。「兩個C。」

這個下午過得很慢，可能是因為暴雨雲正佈滿天空。我站在梯子上，拿著亮白色粉筆，用我最好的書法把我們模糊的菜單重寫一遍。

我拿起一塊布，擦掉一半拼錯的字，再寫一遍。

「不過呢，」妲特說，「我覺得他可能很帥。」

「少來了。」

她聳聳肩，還是沒停嘴。「我還是覺得妳應該要讓我把妳介紹給我的踢拳教練的。」

「不必了，謝謝。他聽起來很恐怖。還有，拜託不要把他帶來這裡。」妲特有這種壞習慣，把她認為我可能會喜歡的人帶來喝咖啡吃蛋糕。我跟她說過不要，我在工作中，感覺很奇怪——就跟在辦公室裡約會沒多大分別，匆匆列舉妳的嗜好，最棒的假期和喜愛的電影，同時還忙著影印。

不過妲特自然是不肯罷休。「我在快速約會遇見的那個男的呢？」

「妲特，我不會跟被妳在快速約會打回票的人出去。妳是以為我有多飢渴啊？」

妲特看著我的樣子活像我不是在用誇大法，而是陳述事實。但她還沒能開口再說話，我們就被一個人清喉嚨的聲音打斷了。

一轉身就看到喬爾站在櫃檯後，我難堪得心臟亂跳，努力不去想他站在那裡多久了。我根本就沒發現他走進來。

「抱歉打擾了妳們。」他的眼睛美極了，幾近黑色。

他現在已經將近一個月幾乎每天都會來，通常是一大早，偶爾會在下午四、五點時。他總是坐同一個靠窗位子，問候我和妲特，跟墨菲玩，小費給得很大方，在走出店外時會把餐具端到櫃檯。我經常看到他把桌上的麵包屑掃進餐巾裡，要是不小心咖啡潑出來也會擦乾淨。

妲特讓我招呼客人，歡樂地抖著肩走進後頭的辦公室。

「不好意思，」我心慌意亂地說，從梯子上爬下來。「我們在……算了。只是在閒扯淡。」

「別擔心。我只是想要——」

「對，對，抱歉。你要點什麼？」

他點了雞蛋番茄三明治——他吃素，我發現的，跟我一樣——以及雙份義式咖啡。他今天的衣著正適合較涼的天氣，炭灰色圓領毛衣，褐色靴子，黑色牛仔褲。

「快速約會，」我發現自己這麼說，一面翻白眼一面寫下他的餐點。「我覺得是煉獄。」

喬爾微笑。「對。」

「我是說，在盲目約會上被一個人品頭論足已經很糟糕了，還要讓二十個人排隊來挑剔妳，還帶著記分卡？」我故意打個哆嗦。「想不出還有什麼更慘的事情了。自自然然的認識不是比較好嗎，然後再……？」捕捉到他的視線，我的話無疾而終，隨之而來的沉默蔓延得過久。

他清喉嚨，身體欠動，好像巴不得衝向窗邊的位子。「一點也沒錯。」

太好了，凱莉。這下子他以為妳是想勾引他了。飢不擇食這四個字演繹得還真到位。

「不用等，」我匆匆說。「我會送過去。」

「妳都出汗了。」妲特笑著說，一等喬爾走開就從辦公室裡出來了。墨菲跟在他的腳邊，好像是跟著他一起來的。

我發出一陣笑聲，把他的餐點交給妲特，又爬上了梯子，寫完尚未完成的部分。「怎樣？」

「妳滿臉通紅，而且手忙腳亂。」她拿起夾子，伸進櫃子裡拿喬爾的三明治。

外頭，雨點開始打落在人行道上，有如一陣子彈霧。我拿起筆又開始書寫。「我完全聽不懂妳在說什麼。」

「他有跟妳調情嗎？」

「絕對沒有。」

「妳知道他基本上是每天都來吧？」

我聳聳肩，轉過頭看她，不過周邊視線看的是喬爾。「我覺得他是很喜歡墨菲。」

「對，」妲特說，抿起嘴唇。「墨菲。一定是的。他真的、真的喜歡妳的狗。」

「妳不能一整晚待在這裡，凱。」

「我不想吵醒他。」

「那就讓我來。」

「別！再給他五分鐘。反正我也有很多事可以忙。」

妲特歪頭看著他，活像是在研究一件格外細膩的藝術品。「那妳覺得他是做什麼的？」

「什麼意思？」

「他有工作嗎？他總是有點像……」

「什麼？」

「……流浪漢。」

我喜歡喬爾的這一點，那種缺陷美。「有關係嗎？」

「喔，妳對他還真是心軟。」

「我才沒有。」

「隨便啦。我核准了。妳的眼光還可能會更糟。」

「謝謝了，妲特。妳可以走了。」

「好。不過拜託妳可不可以別在這裡看他睡覺看到午夜?」

「我保證我不會。」

她以用力甩門來展現對我的信心，還在窗外對我豎起了兩隻大拇指。

喬爾動了動，所以我就走到他的桌邊，墨菲跟在我旁邊。

「我們要打烊了。」我輕聲跟他說。

他抬起頭，東張西望，一面眨眼。「什麼?」

「你睡著了。」

他瞪著我一會兒，然後才猛然坐直，輕聲咒罵。「對不起。太不好意思了。」

「哪裡。這種事我們見多了。」

「是嗎?」

我遲疑了一下，隨即微笑。「不是，只是……沒關係。真的。」

「喔，妳要下班回家了。」他急急忙忙站起來，把筆記本插進口袋裡，拿起了咖啡杯和盤子。

「我來。」

「不，拜託，讓我——」

下一秒，杯盤掉在地上，像蛋殼般粉碎。

喬爾閉上眼睛一會兒，再看著我，縮了縮。「就是像我這樣的奧客才讓這份工作很討厭，對吧?」

「沒事。」我哈哈笑，不想承認，但事實上就是。「你走吧。我來收拾。」

他不理我，彎下腰來撿拾碎片。我叫墨菲不要動，也一起蹲下來幫忙。

我們把碎片撿起來，偶爾食指會相觸。我發現自己在心臟狂跳時盡量不去看他。陶器撿乾淨了，我們站了起來，而外頭也正巧響起了雷聲。天空一片陰霾，佈滿了紅紫色的雲。

「我可以賠償你們的損失嗎？」

「不用啦。都是我的錯。」

喬爾以眼睛害我的胃翻觔斗。「聽著，很抱歉妳得把我趕出去。」

「喔，沒事。以前我也趕過一對第一次約會的男女。」

他似乎頗意外。「他們無聊到睡著？」

我笑了。「不是。他們只是太……太忘情了，沒發覺別的客人都走了。」

我能看到他在思索這件事。「談得太投契才忘情？」

「不算是。我有點像是把他們兩個硬撬開來的。」

「啊，美好的青春。」

「恐怕不是。他們少說也有五十好幾了。」

這下子換他笑了。「奇怪，我現在沒有那麼不好意思了。」

我咧嘴笑。「好。」

氣。

喬爾走到了門邊還停下來摸了墨菲幾下，這才道別離開。我看著他穿過馬路，帶動了暴雨空氣。

他走到對街的人行道時，扭頭回望。我趕緊低頭，使勁擦著已經閃閃發亮的桌子。

10

喬爾

我們聚集在爸熱氣蒸騰的廚房裡，準備週日午餐。我的外甥女安珀穿著恐龍裝在屋子裡橫衝直撞，而恐龍裝的大尾巴害得她的空間感歸零。

「要我說啊，簡直是越來越不像樣了。」爸對道格說，當我隱形人似的。

「沒有人問你。」我直率地說。

道格先問我有沒有找到工作，開啟了摩根家族今天的口水戰。我沒回答，他就自顧自跟爸討論，活像是我站了起來離開房間了。

「沒工作就是你所有問題的根源。」爸從眼鏡上方盯著我，另一手拿著胡蘿蔔和削皮器。「你越快回去越好。」

不是另一段說我為何做不下去的對話。說我在最後那個早晨的手術之後心情有多沮喪。（他們不知道詳情：我是又一次飲酒過度，宿醉未醒，沒有執業能力，缺乏睡眠，又心情低落。）該走了。

它有時就像電流一樣竄上我的身體，我好想念它。比方說我在公園遛狗的時候。或是我經過一隻貓，趴在花園牆上曬太陽。要是我聞到消毒水（總是等於長時間在手術室裡）。或是我跟基倫在一起，像以前一樣大笑。

「他們並不是讓我留職停薪，爸。我辭職了。」

他嘖嘖有聲。「真是浪費了學歷。」

與其說是他說的話把我割開了一條血淋淋的口子，倒不如說是他的輕蔑。幸好，一隻六歲大的劍龍正全速接進。「喬爾—舅舅—你—完了！」安珀吱吱叫，用她脊椎上的尖刺撞我的小腿。

我對她粲然一笑。「誰說的。」

「運氣真背。」道格在洗碗槽前嘲笑道，遲鈍得跟隻蝸牛一樣。

「馬上回來。我得處理一隻恐龍。」我拿茶巾把手擦乾，以我最精采的中生代吼聲加入激戰。

之後，我正在洗碗，天心來了靠在冰箱上。

她先生尼爾負責擦碗盤。他不是個愛閒聊的人，不過他耳根軟，又體貼周到，讓我很高興我妹嫁給了他。

「聽說爸剛才讓你很不好過。」她說，咬著指甲。

「也不是什麼新鮮事。」

「他不是有心的，知道吧。」

我妹比我小三歲，幾乎比我矮了足足一呎。她和道格一樣，也是紅髮，不過髮量豐厚又亮麗閃耀，陌生人經常會找上她，不斷地稱讚。（我敢賭道格剪的那個平頭就不會經常發生這種事。）

她今天似乎很累，心不在焉。比較像我，而不是她自己。

「謝謝妳這麼貼心，」我說，「不過他絕對是故意的。」

「他只是擔心。」（言下之意：我們都擔心。）

「對了，恐龍裝很得分。」

天心翻了個白眼，卻露出笑容。「她上星期穿去參加派對，然後就變成了她的最愛。不過，昨天我們去合作社的路上倒是增加了不少的歡樂。我們喜歡當這個家裡的怪咖，不是嗎？」

喔，對，確實是。「沒錯。」

「嘿，我一直打算問。幾星期前你的公寓外面的招租招牌是什麼意思？你沒有要搬家吧？」

史蒂夫和海麗昨晚搬走了，而我想不出一個法子來為我這個差勁朋友兼鄰居道歉。所以我整個晚上都裝聾作啞，也沒去管最後的敲門聲。

「不是，」我跟她說。「是史蒂夫和海麗。」

「是你說了什麼嗎？」

「有可能。」我專心刮除陶罐裡最後一點肉汁。

我察覺到她在打量我。「好吧。那，我們要走了。」

「現在就走？妳確定不要留下來嗎？爸隨時都會問我為什麼沒有女朋友。」

通常這種蹩腳的笑話都會逗得天心哈哈大笑，但我抬頭看，她眼中的光芒漸漸黯淡。「我只是……就只是……」

「我們沒懷孕，」尼爾小聲地說，丟下了茶巾，伸手去牽我妹的手。「我們才剛知道。」

我感覺到他們的痛苦擊中我的喉嚨底部。「抱歉。」

天心點頭。「我跟爸和道格說我頭痛。」

「好。」

「我去拿東西。」尼爾離開了廚房，拍了拍我的背。

「別忘了我們的恐龍。」天心對著他的背喊，聲音細薄無力。

「對不起，天。」我等到只剩下我們兩個之後才吐出這句話。

她點頭，仰頭靠著冰箱。「天啊，我好想要這個孩子，喬爾。」

我記得安珀出生那天。我衝到醫院，整個下午都盯著小床裡我剛出生的外甥女。我的心裡充滿了驕傲，想著：我妹妹生了孩子。大家都來看啊——一個活生生的人類！

「我是說，到哪個階段……到哪個階段才……」她重重呼出一口氣。「五年了。五年。」

「會有那麼一天的。」我靜靜地說。

「你怎麼知道？」

我就是知道。我知道是因為我就在兩個月前夢到過。天心在醫院裡，我在她身邊，握著她的手。而在床邊，則是最好的地方。一個小男嬰，哈利，睡在小床裡。

她還不知道，不過他會在下個聖誕節來報到。

我抓住她的手，捏了捏。「我知道。有點耐心，天，拜託。我保證會成功的。」

洗完了碗，我走上了爸的後院小徑。現在是十月中旬，空氣中帶著濃濃的秋涼。附近的屋舍上方瀰漫著一片陰森的雲，落下毛毛細雨。

媽最愛這個院子，說是她的避難所。我每天都想念她。

她在我十三歲那年乳癌過世。我在四年之前就夢到了，在十一月一個冷冽的可怕晚上。那個夢讓我體會到前所未知的恐懼。我沒把見到的事告訴別人：我怕死了會嚇壞媽媽，惹怒爸。害我們的家庭分崩離析。我會被責怪嗎？是我造成這些事的嗎？我幾乎變成了啞巴：不說話，不肯笑。我怎麼開心得起來，明知道那件事？我的世界的色彩被沖洗掉了。我害怕睡覺，幾乎對閉上眼睛過敏。

她在三年後的聖誕節終於告訴了我們。我們都排排坐在沙發上，像一群不規矩的幼兒。我永遠也忘不了她的表情。因為她看的不是僵立在一旁的爸，情緒早已遮擋了起來。也不是正在哭的天心，也不是安靜得幾乎沒在呼吸的道格。她看的是我，因為她知道我早就知道了。*為什麼？*她用眼睛哀求我。*為什麼你不告訴我？*

沒給她最後一個機會活下去一直是我今生最大的悔恨。

我後面的後門關上。是道格。

「哈囉，小弟。」這樣子叫我是我弟的私人笑話，只有他覺得好笑。他用一大口啤酒犒賞自己。

我壓抑住批評他的套頭毛衣的衝動。我確定他是把這件毛衣看作高爾夫服飾，儘管他這輩子也沒揮過桿。

道格不知從哪兒變出一包香菸。我瞪著他點燃。「你怎麼——」

「我跟你說。」他先吸再吐。「其實還滿刺激的，盡量不要被抓到。」他扭頭瞄了眼客廳的窗子。他太太璐帶著他們的孩子貝拉和巴迪在裡面，努力想說服他們放下 **iPad** 來玩爸的拼字遊戲。

道格向左躲了幾步，讓一棵垂枝海棠遮住他。

我忍不住笑了。「你真可悲。」我自己的呼吸在寒冽的空氣中也像在吞雲吐霧。

「對。璐跟我最近沒多少樂趣。我的人生基本上就是工作、健身、看電視、睡覺。有夠乏味的。」

一種平淡無奇的生活，我心裡想，而且不無嫉妒。別不知足了。「你是健身中心的會員，卻抽菸，」我閒聊似的說。「可不算什麼好投資吧？」

他不理我。又吸了一口，瞇起眼睛。「說到樂趣。」

我靜待下文。道格對於樂趣的定義跟我幾乎是不會一樣的。

「你的這個『焦慮』……」他還做了引號的動作，只是為了表現他的男子氣概。「璐在說明年要去度假。富埃特文圖拉島。孩子們第一次出國。」

我小小的心悸動了一下。「不錯啊。」

「對，是那種食宿全包的地方。」

有個想法向我滾過來。「嗄——還有兒童俱樂部？游泳池那些的？」

道格聳聳肩。「大概吧。」

「你應該問問貝拉的意見。璐說她還滿愛游泳的。」

道格冷哼。「對，謝謝你的育兒建議。總之呢，去不去得成完全得看你會不會出現在機場，高高舉著兩隻手，命令我們不能上飛機。」

嗯，我會的，如果他的飛機會墜機的話。算道格走運，沒那個可能。我剛巧知道他死於飛機失事的機率大約是一千一百萬分之一。

不過，我覺得我理當有再多一點功勞。我是不會那麼直白的，除非是什麼顯而易見的緊急事故。沒錯，我是會說出古怪的警告，怪異的建議，可這些年來我都盡量委婉。像是我悄悄地讓道格躲掉一場酒吧鬥毆，否則的話他會被打裂下巴。我建議璐別去找某個牙科密醫，免去了她命中注定的幾個月慢性頸部疼痛。我在發生市區搶劫之前攔住了他們。（我舉報了那個嫌疑人，雖然我最多也只宣稱我「目擊了可疑行為」，而其中的諷刺我心知肚明。）

「說不定度個假是你需要的，」道格說。「你上次是什麼時候去玩過？」

我沒回答。在這個IG當道的時代，世界就在我們的指尖，誰會承認他們連一次都沒離開過英國？

「喔，我知道，」道格說。「二〇〇三年，馬加魯夫。」

（我當然是在唬爛。跟我家人說我跟大一認識的人一塊出國，實際上，我是提早搬進了大二的合租屋，等室友終於住進來再偷聽他們的故事。然後向道格重複，當作是我自己的事。）

道格搖頭。「大學時候一票人去度假，然後就沒有了。你還說我可悲呢。」

「我在這裡很快樂。」這話的意思是要是我夢到了什麼讓人心跳停止、而需要干預的事情，我可以快速抵達現場。

「對，你看起來真的很快樂，喬爾。」道格的眉毛鎖在一起，又抽了口菸。「你知道你需要什麼嗎？一個好——」

「行了，」我打斷了他。兩手插進口袋裡，跺腳抵擋寒冷。

「那樣子不正常。這麼久沒有女朋友。」

他在不知不覺中提醒了我上週跟凱莉有關快速約會的談話。我記得我在她抄下我的餐點時將她的字跡收入眼底。她的頭髮從髮髻中溜出來，在她說話時被她的呼吸吹動。她戴的耳環，一對純銀小鳥。

但是我最記得的是她眼睛的磁力，那麼的強大，我幾乎向前傾，建議我們哪天約會試試。但我在最後一刻糾正自己，迅速轉身離去。唯恐她讀出了我的心思，害怕去探究深意。因為我像這樣子守衛感情差不多有整整十年了。而現在卻毫無預警就掙脫而出，奪走了我的警戒。

「你說的是性，不是女朋友，」我對道格說。

道格冷哼，彷彿兩者都是天方夜譚。「那是有藥可以吃的，知道嗎。要是太難堪的話，就上網去買。」

我知道他指的是我所謂的焦慮，可是我實在忍不住不去惹惱他。「你現在就吃那種藍色小鑽石有點太年輕了吧？」

他一下子文風不動，重重喘氣。「我不是在開玩笑，喬爾，度假的事。這是我們第一次出國，帶著孩子。你要是搗亂，我們就完了。我得先顧好自己的家庭。」

我吞嚥了一口，點點頭，變得嚴肅了。我只是想讓你們都平安無事。

「媽走了二十二年了，兄弟。該長大了。」他拍了我的肩膀，把他的香菸遞給我，就進屋去了。

我瞪著以前兔籠所在的那片草地。這棟屋子有好多年充滿了動物。狗、兔子、天竺鼠、鴨子。可是在媽死後，爸全都放生了。現在這個地方只有在恐龍繞來跑去時才能感覺到生氣。失去媽的痛苦無可比擬。就算是會要了我自己的命，我也不確定自己有沒有辦法再來一次。

我待在原地幾分鐘，因悔恨而胃裡糾結。

11 凱莉

我被掃地出門幾星期了，在媽和爸的幫助下終於搬進了新公寓。我微微覺得慚愧——我的東西真的太多了，裝滿了小玩意的箱子得三個人搬。但他們似乎很開心，不介意我的亂七八糟。我想他們私底下是很開心我會向他們求援。

他們大約六點半離開的，媽才能趕回去參加讀書會。然後爸在兩個小時後又回來了，車後載著墨菲。

我在變暗的街上和他會合，天空中點綴著星光。我們覺得暗中行事比較好，用夜色來掩護。

「爸，謝謝你。」

「沒事，達令。」他把墨菲的牽繩交給我。「妳知道我們是非常樂意幫忙的。」

「我覺得我這個年紀是有點老了，」我承認道，冷空氣讓我的呼吸變成白煙。「感覺好像你們又在幫我搬進大學宿舍。」

爸微笑。「得了，需要爸媽永遠也不會嫌太老。」

我回以微笑。無論我覺得我有多無能，我爸總是能找到安慰話說。

他拿手臂勾住我，把我拉過去靠著他溫暖的胸膛。我吸入他熟悉的煤焦油味道，又重新愛他一會兒。

「妳確定妳不要我們再把狗養幾天？」他說。「給妳一個機會去徵求鄰居的意見？」

這會是個合理的選擇，但是我沒辦法交出墨菲，即使只是一個晚上。有時候很難看著他而不去想他是否在奇怪葛麗絲到哪裡去了。

爸退後時看出了我的表情，輕輕捏了捏我的肩膀。「好吧。不過妳不覺得妳起碼得跟妳的房仲說一聲？」

我低頭看著墨菲，他朝我眨眼睛，好像他滿想要睡覺的。「伊恩不是那種什麼都能跟他實話實說的人，爸。」

爸是個有原則的人，似乎是想要反駁我，但是又改變了主意。

「謝謝你送的植物。」我再一次跟他說，在他吻我道別時。

這是他送給我的搬家禮物——他親自種植的冬季窗口花壇，有櫻草花和蕨類，彩斑常春藤，一些石南花和仙客來。「可以美化一下景觀。」他說，在他交給我的時候。我跟他道謝，眼中有淚，想像著他花時間找箱子，挑選植物，親手栽種。

爸離開時我瞧著鄰居的前窗，但是窗簾遮住了，整個黑漆漆的，所以我假設他不在家。我知道我沒辦法藏著墨菲太久，所以我希望我能夠設法得到他的認可。

我把鑰匙插入大門門鎖，這才發覺，怪了，不是這一把。我瞪著看了一會兒，隨即恍然。我的公寓門和共用大門都是耶魯鎖，而我只把公寓鑰匙帶出來了。

我退後一步，抬頭看著我的窗子。是關上的——我倒不是以為我有本事從塑膠排水管爬上去。然後我又想到說不定鄰居是個有先見之明的人，會不顧租約上的規定，把一把鑰匙藏在花盆底下。可是外面沒有花盆，或是任何可以藏鑰匙的東西。

我正要認命地打電話給我爸媽，到他們家去過夜，這時大門忽然打開了。

「哈囉。」我頓時感覺到一陣驚喜。「怎麼……怎麼會是你？」

「我住在這裡。妳怎麼會在這裡？」他蹲下來招呼墨菲，他正興奮地扭動。「哈囉。」

「你……住在這裡？」

喬爾眼睛發亮，挺直了身體。他總是那麼的典雅，今晚也不例外——海軍藍外套，緊身牛仔褲，褐色靴子。「差不多十年了。」

一時間我開心得啞口無言，然後我才明白他在等我解釋我為什麼會站在他的門階上。「我剛搬進來。」

他愣了愣。「史蒂夫家？」

「對。」

他的笑容來得很快。「太好了。」

「我真不敢相信。」

「那我們就是鄰居了。」他揉著下巴。「那，妳過得還好嗎？就——距離我上次見到妳的十二小時後。」

我們今天早晨才在咖啡店裡聊了幾句，評論著最靠近櫃檯的兩個女人，她們拎著大包小包的耶誕採購。這種愚鈍的行為至少要在十二月之前全面禁止，我們兩個都認為，可後來我們同時發覺我們都滿喜歡在二月就大肆採購復活彩蛋。

坦白的時候到了。「其實呢，我把自己鎖在外面了。我忘了把大門的鑰匙串到鑰匙圈上。」

「我剛搬進來的時候也一樣，」他說，用那種可愛的低沉聲音說。他仍把著門，讓到一邊讓我進去。他的味道好香，檀木和香料味。我盡量不對自己的搬家日裝束太在意——運動褲，還有一件兩邊手肘都破洞的古早灰毛衣。至少光線很暗。

「謝謝你。」我站在門墊上，停住。「是這樣的，我是不應該要養墨菲的，可是——」

「我一個字也不會說。」

「謝謝你。」我說，放心地垂下肩膀。感謝上帝是你。

「我知道要找到能接受寵物的房東很難。」

我很好奇這是不是他的經驗談。我對他和墨菲的融洽關係格外著迷，有一次還問他是否有養狗，但是他說沒有。可能他以前養過。

他在看錶。「嗯，抱歉……我正要出去。」

「哪裡。別讓我耽誤了你。」

「後院恐怕都是水泥，」他說，「不過如果妳需要帶他方便，那邊的囊底路盡頭有塊綠地。」

「喔，我都不知道。謝了。」

他的嘴唇仍分開，是他迷人的臉上的一條斷層。「那，晚安。」他柔聲說，旋即走上門前小徑，沒入夜色中。

12
喬爾

見過我的新鄰居不到一個小時之後，我遛完了布魯諾，回到家我停在門廳裡，抬頭望著通往史蒂夫公寓的樓梯。

不是史蒂夫的，是凱莉的。此時此刻她就在我頭頂上的公寓裡。我想像著她到處走動，把公寓變成她的。長髮親吻著她的肩胛骨，拆開箱子，獨立自主，這種神態我很熟悉了。說不定她會點燃一根蠟燭，放點音樂。都會風卻不失閒逸。今天早晨在她放下我的咖啡時，我注意到她的酒瓶綠指甲油，聞到她的花蜜香水，感覺到最奇異的衝動，想要覆住她的手，抬起頭說：*我們去別的地方吧？*

我閉上眼睛。*不要再想她了。停止就對了。*

不過，我發現自己還是依依不捨。她在我進門時可能聽到大門哐噹一聲關上，她可能會探出頭來，建議睡前小酌一杯，或是來借糖。她會逗我笑，也許吧，就像每天在咖啡店那樣。乏味的故事，自貶的笑話女王。

但我深吸一口氣。努力恢復理性。*這是會過去的，*我告訴自己。就如一陣強風，或是暴潮。比感覺上來得強。給它時間，它會消逝的。

第二天晚上凱莉和墨菲走出大門，而我正要進去。我到基倫家，跟他和他太太柔伊和他們的兩個孩子邊吃咖哩邊話家常。

「有什麼新鮮事嗎？」凱莉放開了墨菲的牽繩，讓他能撲向我。他的尾巴掃過空氣，彷彿有好幾星期沒見到我，而不是幾個小時。

我正在篩揀郵件。「抱歉，除非妳是想要我的瓦斯帳單。或是用史蒂夫的名義去申請貸款。」

凱莉穿著綠色大衣，兜帽鑲毛，脖子圍著一條灰色編織圍巾。「我最多也只有收到銀行的對帳單，或是下面那家討厭的冷凍食品店的廣告。」

我微笑。「公寓如何？」

「愛死了。比我上一個地方好多了。空間更大，不那麼潮濕。」她開心地嘆息，隨即挑高一道眉毛。「不過還得看樓下鄰居的意見。」

我笑了。「對，我不怪妳。換作是我，我會對他敬而遠之。感覺鬼鬼祟祟的。」

她也笑了，把鑰匙從這手拋到那手。

「妳是剛下班回來嗎？」我說。「滿晚的。」

「喔，不是，我……去了別的地方。」

感覺上我的大腦引擎熄火了。「抱歉。我只是在敦親睦鄰，不是要當妳爸爸。」

「喔，沒事。我基本上是我媽變裝的。我今天跟一個客人說他在找死。」

「哈。那他怎麼說？」

「起初沒說什麼，後來他皺起眉頭問我是什麼意思。他頂多才二十出頭。可能還在念書。」她對我的缺少社交技巧似乎並不在意，讓我安心不少。不過，現在說還太早。「對。」我舉高那疊郵件。「最好是趕快看看這個個人貸款。這些表格是不會自行偽造的。」

她禮貌地笑笑，把一綹溜出來的頭髮塞回耳後。

我猶豫了一下才微微前傾（因為傾身解釋自己的笑話是非常奇怪的事）。「只是開玩笑。我會是天底下最差勁的詐騙犯，連買瓶酒都會滿頭大汗。」

顯然，說了這句話之後我沒辦法盡快走進公寓裡。

為什麼——為什麼——我要跟她說什麼買酒、出汗和經濟犯罪？

我有好一陣子沒有感覺過這麼笨拙了。大舌頭又傻氣，結結巴巴說不出個道理來。就像業餘演員在唸台詞。難怪她笑得那麼有禮貌，在我們分開之前遲疑不決，彷彿她在等什麼很吃力的結尾笑話。

我是怎麼把自己弄得這麼狼狽的？我怎麼忘了該轉身離開讓我有感覺的女生，離開拉扯我內心的笑容，離開害我的背脊打顫的表情？

我愛上過凱特，愛得很深。大二學期末開始交往之後，我們的關係持續了將近一年。要不是她的軌道與我的交會，我們會是兩條平行線。可是我們大多數的日子都會見面，而她風趣、溫和、體貼。

凱特總是把我的缺點看作是念書的壓力引起的，我覺得。睡眠不足又坐立不安，時不時的心不在焉，偶爾搞失蹤？唉，當學生的不都這樣。

可後來我夢到她在我們所謂的未來裡的六年之後和別人上床。她在一間我沒見過的公寓裡，赤裸地躺在床墊上，我假設有一半是我的。跟她在一起的男人年紀比我們兩個都大（未來的同事？）。反正，他似乎頗有自信，人生閱歷豐富。

是床頭几上我們的那張合照告訴了我她在偷吃。我內心交戰是否該繼續交往，好奇我是否有能力阻止。但是往後的六年都焦慮不安？感情不應該是這樣的。反正，傷害已經造成了。生命中的有些事情你就是不能睜一隻眼閉一隻眼。

於是我結束了這段戀情。編造了個極其諷刺的藉口，說什麼看不到未來。那種感覺很奇怪，為了傷了她的心而道歉，而事實上明明會是正好相反的情況。

忘掉凱特並不容易，我過了好一陣子才不再夢到她，才讓心裡的那簇火焰徹底熄滅。可是五年後我遇見了薇琪。她是我去看的一齣戲的主角，下戲後我和她在酒吧裡聊天。而那晚我們到底是如何回到我的住處的，我到現在還是不曉得。男女之間的競爭激烈，而且她比我要有文化多了。

起初我盡量掩藏我自己，表現成薇琪誤以為我是的那種人。我成功了一陣子，直到我們同居的那天。朝夕相處就會揭穿她認識的那個人的真面目，而薇琪很快就變得不耐煩。不耐煩我的緊張不安，我的睡眠習慣，我一大早在寫筆記。不耐煩我在感情上的克制以及心不在焉的傾向。我們開始吵架。我們開始戒斷新近了解彼此的這種藥物，被動式攻擊也開始了。火炬的光黯淡了，氣球洩氣了。

我們同居的那段時間，我一次也沒夢到過薇琪。大約半年後我知道了是什麼意思，而部分的我鬆了口氣。沒有愛情的戀情毫無義意，沒錯，可是那樣不是更好嗎？沒有愛情代表不會有額外的複雜問題。不會有焦慮痛苦的夢，不會有煩惱的雙輸情況。不會有不忠的惡兆。我不愛薇琪，而這幾乎比我愛她更讓人安心。

誰知道呢？說不定在某個層面上整件事只是自我破壞的經典之作。

總之，在她離開之後，我做了一個決定，單純美好。

我不會再戀愛了。

13 凱莉

我一個人坐在沃特芬，想著葛麗絲。

我們小時候第一次來這裡，在連接公共公園和自然保護區的木橋上像兔子一樣奔跑。我們在木棧道和蜿蜒的沙子步道上亂跑，把腳踩進泥濘的水池裡，用濕漉漉的手舀起豆娘。我跟在葛麗絲後面，而葛麗絲一面走一面說話，從一團團泡沫似的白色繡線菊中飄過，醺醺然，像隻蜜蜂在吟唱大自然最豐饒的歌。我們會在我們自己的莎草和蘆葦叢林中漫遊，一片綠意點綴著紫紅色的沙門蘭，一直待到黃昏，四周大地變得涼爽。我們的閒聊總是充滿了笑話、學校的事和夢想。

那時葛麗絲愛的就是沃特芬代表的意義——充滿幻想的自由，晚點再寫作業。但是我愛沃特芬是愛它的本色——粗獷自然，世界本該有的樣子。一個遼闊廣褒的野生劇場，一處搬上舞台的天堂。

我們是在沃特芬發現我們的樹的。一棵參天的古柳樹，就在保護區最遠的邊界；柳樹枝彎在水邊，像一隻隻在警戒的蒼鷺。我們攀爬它有著許多溝槽的樹幹，在它飛瀑似的枝葉後游泳嬉戲，在我們垂蕩的腳底下對彼此微笑，而不知情的行人則悠然經過。我們把我們的名字縮寫刻到粗糙的樹幹上。

我現在就爬在樹上，跟從前一樣，即使樹皮是濕的，即使天氣很冷。縮寫名仍在，長滿了青苔，被雨點打磨得平滑了。我用手指拂過，努力不去想葛麗絲墓碑上的刻文。

是班和我合力想出來的。

葛麗絲．高爾維。摯愛的妻子、女兒、姪女和孫女。熱愛生命的人。獨一無二，無與倫比。

我從來沒把我們的樹告訴別人。那是我和葛麗絲的，永遠都是。

大學畢業後，我搬回埃佛斯堡，一開始我茫然沒有目標。葛麗絲仍在旅行，而愛瑟暫時去倫敦，剛和蓋文相識。我爸媽填補不了我的朋友留下的空缺。支撐著我走下去的是沃特芬——它用綠意和有翅膀的東西包圍我。

我又想起了蓋文在幾個星期前提到的保護區工作。我每天都在看沃特芬的網站——卻一無所獲。不過，我知道慈善機構的事務進行得有多緩慢，最簡單的開支也得要等到地老天荒才能得到核准。

但就算有工作職缺，我也沒有十足的把握會通知班我要離職。我真的能把葛麗絲的夢想交給別人，把它像個我不再想要的傳家寶一樣拋棄？

可是……我也有我自己的夢想。比方說是在沃特芬這裡工作，嗅聞雨水打在蘆葦地上的泥土香味，聽著鴉科叫，看著椋鳥滿天飛舞。把自己弄濕弄熱弄泥濘，辛苦勞動而喘不過氣來，卻心滿意足。給這個賜予我那麼多的地方一點點回饋。

對不起，我對葛麗絲的鬼魂說。我知道咖啡店是妳的夢想，可我就是不確定會不會也是我的夢想。

我走路回家，立刻覺得膽子變大了——說不定是因為想到葛麗絲，也可能是想到離開咖啡店去別的地方。我想要抓住機會，請喬爾到我的公寓來喝一杯。畢竟，我們現在已經當了整整一星期的鄰居了。反正他可以拒絕。

「很有家的樣子。」喬爾說，在我請他進客廳後。

我解下圍巾，正要跟平常一樣隨手丟在沙發椅臂上，又改變了主意，反而整齊地捲好，放在門邊的邊桌上。因為，實際上，有家的樣子可能是豬圈的隱喻。我的箱子還沒整理完，我是應該在請他上來之前先收拾乾淨的。

剛才他在說好之前似乎還思忖了一下。我立刻就慌張了起來，唯恐害他覺得彆扭，強迫他要有禮貌。所以我開口要撤回邀請——但在我還沒費勁找話說之前，他答應了。

我希望他不會以為我的公寓很時髦或很高雅。我的家具都是組合式的，藝術品都是開放式架上拿下來的，沒有閃亮的飾品，也沒有搭配的配件。只是一堆不成套的物件，是我多年的收藏，像那個補了一塊薄毯的蒲團是為了遮掩咖啡漬和紅酒漬，少量有杯痕的軟木杯墊，幾只以大自然為主題的馬克杯，是朋友和家人送的。還有兩個書架，飾面薄板的色調互相衝突，塞滿了野生動物和大自然的書籍，有些非常不酷的小東西——鳥類和林地生物，我深愛的東西，又是同一個主題——以及窗台內側一堆亂七八糟的植物。沒有一樣能代表我是個成功的成人，或者算是人生勝利組。而那還是在喬爾絆到我尚未處理的某個半擋在廚房門口的箱子之前。

我用了六十秒的時間跑到臥室換衣服，換氣過度，撫平頭髮，搽了一點裸色唇膏。這才回到客廳，問喬爾要喝什麼。「我有咖啡、茶，或是……中檔的紅酒。」

他猶豫了一下，決定要一小杯紅酒。

喬爾晃到我的書架前，墨菲跟在他的腳邊。我從冰箱拿出紅酒，倒了兩杯。我看著他的手指緩緩劃過我的圖書書背，他的毛衣衣袖稍微長了點。我努力篩選掉他緩慢、留連的動作，他瘦長的體格，那有分寸的、若有所思的舉止，是我很想要深入了解的。

「《植物詞彙表》、《樹木指南》、《地衣》、《蛾類》。」

「恐怕我不是非常酷。」我承認。

我很怕這句話是什麼輕描淡寫——在成長期間，我總是兩眼盯著大自然書籍，或是跟著我爸一塊看《鄉野檔案》（*Countryfile*）節目。一入春天我就會光腳跑到戶外，收集樹枝樹葉和蛋殼，臉上沾泥巴，頭髮裡有小樹枝。

夏天有時天空熾熱靜止，爸會在花園裡裝個燈泡亮到早晨，底下裝個木箱，隔天一大早我們會訝異地看著從黑暗中被我們吸引而來的飛蛾。像口香糖那種粉紅色的紅天蛾、可以和蝴蝶媲美的花園虎蛾，以及我的最愛，黃腹麻紋燈蛾，像披著華麗的皮草。我們會把牠們加入我們的清單，再安全地藏到林下植被裡，以免被鳥類獵食，讓牠們能躲避日光，等待黑夜再度降臨。

我的前男友皮爾斯總愛取笑我是個自然痴。他是那種會用拖鞋打死蜘蛛，用酒杯壓死黃蜂，趁飛蛾睡眠時壓死牠們的人。而每次他這麼做，我對他的愛就會死去一點。

「熱愛什麼一點也不會不酷。」喬爾說。

「我其實只是業餘的。」

「不打算當職業？」

我給了他一杯紅酒，決定故事太長了。「也許吧。」

我們輕輕碰杯。我喝了一口，覺得血流一股湧動，我懷疑並不完全是因為酒精。

他俯身查看我在窗台上的那排盆栽。「妳種的是什麼？」

「最後面的是香草。這些只是家庭植物。」我露出笑容。「我喜歡綠意。」

他移向我的另一個書架，查看我小小的旅遊書收藏——智利，《南美洲的鳥類》，一些地圖。介紹波羅的海國家的書籍——媽從前的一位朋友留給我的，她在年輕時去那邊旅遊過。我猜我父母是覺得他們可能也有去旅遊的一天，但是顯然他們並沒有成行。我小時候我們去過最遠的國家是西班牙和葡萄牙，以及去法國的一次奇怪的露營之旅。

我在這些圖書裡徜徉，坐在扶手椅上旅遊，到尚未開發的前哨站和月球風景，文明從眼前消失，大地向天空臣服的地方。

「妳是個環球旅行家。」喬爾說，一言以蔽之。

我想到了葛麗絲，她聽到一定會大笑。「在我的夢裡吧。」

他似乎吞嚥了一下，然後才指著書。「妳沒有……」

「還沒。我希望將來有一天會去。」我小啜一口酒。「智利……有一座國家公園，在北邊。我一直很想要去那裡。」

他轉頭看著我。「是喔？」

我點頭。「學校裡教過。我記得我們老師說它是……一處聯合國教科文組織的世界生物圈保護區。」我哈哈笑，刻意強調這幾個字。「聽起來好刺激，好有異國風情。像是外太空的某處。」

他也笑了。「妳說得對，是像。」

我大學有個同學曾宣稱看見過一隻鳥，那種鳥稀有到幾乎是神話。害我反而更想要去，為了那個被自然智取的想法。

「我會被遙遠的地方吸引，」我承認。「就是——地球感覺比你要大的地方。」

他微笑。「對，讓人覺得渺小，是不是？就像抬頭看星星，想起我們有多微渺。」

我們一起移向沙發。喬爾一隻手落在墨菲頭上，撫弄他的耳朵。

我輕啜著酒。「那你去過最有趣的地方是哪裡？」

「其實呢……我沒出過國。」他吐氣，一臉難為情，彷彿才剛承認討厭足球，或是不喜歡披頭四。「夠無趣了吧？」

儘管驚訝，我也有點鬆了口氣，他並不是一個足跡遍及各大洲的人，像葛麗絲一樣，豐富精采的故事讓我平凡的人生更顯得平凡。「怎麼會。我也不是個愛冒險的人。你有什麼原因……？」

「說來話長。」我很好奇會是什麼故事，但我還沒能問，他就改變了話題，問我在咖啡店裡工作多久了。

「其實咖啡店是我朋友葛麗絲的，她……」話堵在我的舌尖。「抱歉，她剛過世不久。」

他有好半晌一句話也沒說。然後，非常小聲地：「我真的很抱歉。是怎麼回事？」

「肇事逃逸，一輛計程車。司機酒駕。」

停頓拉長了。我感覺到他的視線溫柔地掃過我，有如迷霧中的一盞明燈，令人安慰。

「他們——」

我立刻點頭。「他被判六年。」

我接著告訴了他一切——關於葛麗絲以及收養了墨菲，我職掉工作接手咖啡店。「我以前是助理，在一家工廠。他們製造金屬包裝材料。就是——飲料罐、噴霧器、塗料……其實，算了。我光用想的都覺得無聊。」我一手撫臉，笑了出來。「那，你是做什麼的？」

他似乎突然之間不自在了起來。「嗯，我以前是獸醫。」

難以置信——一時間，我不確定該說什麼。我的直覺，很不理性的，是好奇他幹嘛從來也不說，然後我才明白過來他本來就沒有理由要提。「現在不是了？」

「暫時休息。」

「職業倦怠？」

「可以這麼說。」

「我猜獸醫的壓力是滿大的。就跟醫生一樣。」

「對。」

「你會想念嗎？」

他似乎在思索該如何回答，然後他說他在遛狗，算是幫忙以前的老客戶，而這麼做也可以暫時阻擋悔恨的心情。

我微笑，很開心能知道世界上還是有真正的好人的。

喬爾喝著酒，他的手握著杯柄感覺很大。他確實是有一雙獸醫的手，我覺得。能幹，可靠。

「那史蒂夫搬去哪裡了？」我問道。

「小船塢那邊的新開發區。」

「喔，我的童年大部分是在那裡度過的。自然保護區那邊。」

「沃特芬？」

「對，」我開心地說。「你知道？」

他點頭，而我又一次直視他漆黑的眼睛。「那裡是放空頭腦的好地方。妳知道我的意思的話。」

「我知道。」我說。

我們又聊了幾分鐘，直到喝完了酒。但我還沒能建議再來一杯，他就跟我道謝，拍了拍墨菲的頭，往門口走了。他在門口停了一下，再俯身輕啄我的臉頰。

他的皮膚摩擦著我，我的臉上一陣熱，幾小時後都還在留戀。

14 喬爾

萬聖節到了，梅莉莎決定要從沃特福德一路開車到那家街角商店，還拖著我（說什麼沒在討糖的那一刻切開放了一週的橘子之類的話）。

我去凱莉的公寓喝酒已經是一個星期前的事了。我一直在考慮要禮尚往來，在心裡彩排對話，希望能流暢又不落痕跡。

可後來我想起了我為什麼必須要抗拒我對她會有的感覺。為了遵守我不投入的承諾。雖然說做起來並不容易，畢竟你們是住在同一棟房子的不同樓層。每次我遇見凱莉，她都毫無戒心，而且魅力四射，也是個比我要體貼得多的鄰居。她分類郵件，在我忘了倒垃圾的日子提醒我，偶爾會在我的門口放一片盒裝蛋糕。

可是住在凱莉樓下讓我最喜歡的一件事是大多數早晨她洗澡時的搖滾情歌演唱。她實在是五音不全，但是我發現我並不在乎。事實證明我很喜歡聽著她獨特刺耳的走調歌聲醒來。

我可以不要再去咖啡店，我覺得。但我覺得因為暗戀就採取這種行動未免也太極端了。我是個三十幾歲的大男人，不是十五歲的少年。

「我們今晚真的應該要好好嚇嚇那些小鬼頭，」梅莉莎建議道，我們正走向商店，「讓你去應門。」

「我對兒童是很好的。」

「得了。你是我見過最不喜歡小孩的人。」

「錯。我喜歡小孩。我的姪子姪女會為我作證。」

「你就不喜歡《玩具總動員》。」

「那又怎樣?」

她聳聳肩。「那很古怪,大家都喜歡《玩具總動員》。」

「妳知道我覺得古怪的地方在哪裡嗎?大人看卡通。」

梅莉莎撥開臉上一束白金色假髮。她要去參加的派對在沃特福德,結果派對沒有辦成,可是,毫不意外的,她仍穿著戲服(茱莉亞.羅勃茲在《麻雀變鳳凰》中的角色。顯然是。稍早她變出了一罐銀色染髮噴霧,問我要不要當李察.吉爾。我說我不要。)

「喂,妳能不能走在我後面?我不想讓別人知道我是跟妳一起的。」

「哈。」她挽住了我的手臂。「我就愛讓你難堪,喬爾。你太正經八百又緊張兮兮了。」

唉,這一點我倒沒辦法否認。

我在蜜餞那兒丟下了梅莉莎,既然來了就趁機買些日用品。烤豆子,白麵包,番茄湯,披薩。說不定有一天我會搞懂如何做飯,來個大採購,像我這年紀的大多數人一樣。但目前,罐頭和包裝食品就夠了。

「萬聖節快樂，又一次。」有個聲音說，溫柔得有如一陣清風。

我轉身就看到了她。她今天早晨幫我做了杯南瓜香料拿鐵，端到我的桌位，外加一個蛋白霜幽靈和一抹笑，至今仍在我的心頭縈繞。

「知道嗎，」她說，「我們忘了要討論今晚是誰要負責應付討糖的孩子。」

「有意思。」

「我的理論是，要是你假裝他們不存在，他們就會走開。」

凱莉緩緩點頭。「我的理論是，你最靠近大門。你難道真的要我每一次都從樓上跑下來？」

我以挑眉調侃她。「說不定喔。」

「好吧。我會公平一點。」她舉起兩包萬聖節主題的小熊軟糖。「我來買糖果。不過剩下的我們要對分。」

我們互看了一眼。這一眼一路跑到我的胃，慢悠悠地繞圈子。

可現在我聞到梅莉莎的香水，感覺到她的手臂纏上了我的腰。我的心臟微微一沉，對梅莉莎其實並不公平。不過，我得為自己說句話，她打扮得可是像個妓女。

「我買了甘貝熊了，寶貝。我們走吧。」

我清喉嚨。「梅莉莎，這位是凱莉。」

凱莉的綠金色眼睛裡有什麼黯淡了。「哈囉。」

「哈囉，」梅莉莎說，把她的語調模仿得一模一樣。「妳是扮成誰？」

凱莉一臉詫異，然後看著我。

羞恥之餘，我朝梅莉莎搖頭。「只有妳穿戲服。」

「我應該走了，」凱莉有禮地說。「很高興認識妳。」

梅莉莎握住我的手，把我帶向收銀機，靴子踩在油氈地板上喀喀響。「那個賤人是誰？」

「嘿。」我停下來，甩掉她的手。「說話也太難聽了。」

她抬起了臉。「喬爾！我只是在鬧你。你看吧，我就說你老是緊張兮兮的？」

「妳可沒幫上什麼忙。」

「那她是誰？」

「我的樓上新鄰居。史蒂夫搬走之後就搬進來了。」

「你知道你需要什麼嗎？」

「付錢然後回家？一個人最好？」

「哈。你真的愛我。」

不，我心裡想。我真的、真的不愛。

我坐在客廳地板上，背靠著牆，披薩盒擺在大腿上。一如往常，我點了辣香腸大披薩，應梅莉莎的要求跟她分享。可是她從來不會超過兩片，而我則必須把辣香腸都挑掉。

她坐在我旁邊，從盒子裡拿披薩。「嘿，你知道我們差不多這樣子三年了嗎？」

「那麼久了？」

一抹懷疑的笑。「好像你不記得第一次看上我是在哪年哪月似的。」

其實我是不記得。但是我記得是在哪個場合。一堂夜間的運動課，那時我正經歷一個階段，以為高強度的旋轉可以解決我所有的問題。（幾乎是，因為我第一堂課才上到一半就險些掉下來摔死。）

我摔下來之後梅莉莎慢慢走過來，一身萊卡服，馬尾左右搖擺，化妝絲毫不亂。我正彎得像隻蝦米，極力忍著不嘔吐。

「新年新希望嗎？」

那時碰巧是一月。不過我實在沒心情閒聊。「只是想健身。」我喘著氣說。

「結果呢？」

「有進步了。」

「哇。那你以前是有多差啊？」

淋浴之後再喝了高蛋白奶昔，我們回到我的住處。我很訝異兩星期之後她打電話來，不過我們的關係就這麼開始了。

而現在我們的頭頂上是凱莉地板的吱呀聲。我想像著她在公寓裡走動，一手握著酒杯，站在窗前悠閒地欣賞著星辰。

我忍不住猜測她是怎麼看我的，在之前的商店邂逅之後。她認為梅莉莎是我的女朋友嗎？覺得我既膚淺又不可靠？

說不定，我心裡想，她這麼想的話反而最好。

「多明尼克討厭披薩。」梅莉莎說，在我的旁邊坐下。

我不認識這個名字，但是我認得她說出來的語氣，像是一個待拆開的包裹。這不是第一次了，我們也從來沒有自稱死會。我們這種關係適合我們兩個，所以才能維持這麼長久。

我把三片油膩的香腸丟進盒子裡，順著她的話說下去。「誰是多明尼克？」

「某個我在約會的人。」

「年紀大的？」

「你為什麼會這麼說？」

我聳聳肩。「妳是李察．吉爾的粉絲。」

她淡淡一笑。「其實不是。」

「妳今晚本來要去的派對是跟他一起的嗎？」

她抿著唇，意思是對。「我們吵架了。他要我搬進他家。」

「你們在一起多久……？」

「三星期。」

我咀嚼披薩。「好像滿認真的。」

她的下巴微微下垂。「你可別說你在吃醋喔。」

「喂，說真的，要是妳遇見了喜歡的人，那……」

「那就怎樣？」

「……那我們就不應該再這樣了。我要妳快樂。我以前就說過了。」

我們靜坐了一會兒。我能感覺到脈動，但我們坐得那麼近，很難分辨是她的還是我的。「我們今晚可以就聊聊，」我說。「什麼事都不必發生。」

她纏上來吻我的嘴唇。「謝謝。可是我想要，披薩味。」

啊，梅莉莎。我永遠可以信得過她會說出完美的話。

那晚，我夢到了什麼，太煩心了，像掐住了我的喉嚨。

約莫一年後的週六晚上，我站在爸的廚房裡。他在抱怨什麼事，食指朝著我的方向猛戳。他說出口的話帶著很大的火氣。

但是我卻聽不懂。

「你根本不是我的兒子！我根本不是你父親！」

他在一分鐘的獨白中說了兩次。我只是站在他面前，有點害怕，極為驚愕。

然後他大步越過廚房，命令我離開。而在廚房的另一邊，天心張口結舌，手上的那碗草莓果凍掉下去，摔在地板上和我的腳邊。污漬像鮮血。

而現在我站在樓梯底，瞪著上方，喊著我爸。

「爸？你到底在說什麼啊？爸！」

15 凱莉

萬聖節之後幾晚，喬爾在門廳攔住我。

「嘿，我想道歉。」

我的臉一下子紅了，不曉得他是不是要為了週四深夜飄上樓的那些聲響道歉。

我那時在床上，看一部海洋中的塑膠垃圾紀錄片。起初我只聽到一些砰砰聲——足以讓我困惑地暫停筆電——可是接著，砰砰聲變得較有韻律，還疊加上呻吟和喘息聲，我把筆電整個關掉，只是聆聽，動也不動。我忍不住想像喬爾，好奇他是什麼樣子，想像梅莉莎是有何感覺。我覺得皮膚發熱，脈搏開始加速，然後——我正要閉上眼睛讓畫面徹底展開——忽然傳來了一聲斷然驚呼，隨即一切歸於岑寂。我覺得很不好意思，又打開了筆電，非常努力想要專心在塑膠垃圾被沖刷到印尼某處海灘的怵目資料片上。但是接下來的那個晚上以及之後的兩天，那一幕就是不肯從我的心頭消逝。

這個週末咖啡店的生意特別好，又加上我幾乎不在家，我們只打過幾次招呼——而此刻面對他，我硬著頭皮迎視他的目光。我希望他看不出來我並不覺得震驚或噁心——其實是相反。他也有點尷尬，而我想不出他還會為什麼事道歉，所以我就幫他往下說。「你真的沒有什麼需要道歉的地方。」

「我們喝了杯酒。」

「好。」

「她不是都那個樣子的。」

「對。」

「她會太直接，在——」

我舉起一隻手。「了解。真的。」

「還有她的裝扮只是——」

「實在沒有需要——」

「嗯，我只是想說她是在開玩笑。可是她不應該那樣子跟妳說話。」

「你……你是在說梅莉莎在店裡跟我說的話？」

「對……不然妳是在說什麼？」

我吞嚥了一口。「沒事，只是會錯意了。」

當然現在是不可能提起我在那晚深夜聽到的叫聲。跟槍聲一樣，把我嚇醒了。沒有女性的聲音，所以他們不可能是在吵架——喬爾一定是作惡夢了。可是此時此刻提起來會怪怪的，也多管閒事，活像我是什麼偷窺狂，也就是每個人最怕遇上的那種鄰居。

喬爾一臉茫然，但笑得像是並不介意。「墨菲會不會害怕煙火？」今晚是蓋．福克斯日❶，天空已經五彩繽紛了，像有貝斯和霓虹的夜總會。

「班提議要帶他。他爸媽住在農村，方圓幾哩都沒有鄰居。」

「好主意。」

我擠出笑臉。「那，你有什麼蓋．福克斯日計畫嗎？」

「一個也沒有，」他說，故作嚴肅。「受不了那個傢伙。」

我笑了。「妲特跟她滑水的那票朋友要去生態公園開派對。」

可能性在我們之間浮升。我想邀請他，真的，可是人家不是有女朋友了？

我吸口氣，從內心汲取膽量。「那如果你沒有別的事情……？」

最緩慢的微笑，最讓人坐立難安的等待。「好啊，」他終於說，聲音變得粗啞。「好，我很樂意。」

❶蓋．福克斯日（Guy Fawkes Day）是焰火節，起源於一場失敗的叛國行動。蓋．福克斯計畫於一六〇五年十一月五日暗殺英王詹姆斯一世及國會成員，並企圖以火藥炸毀國會，但因消息走漏而被捕。之後英國以此日為焰火節，施放煙火紀念此段歷史。

16

喬爾

我其實是有計畫的：在道格的後院冷得發抖，跟我別的家人共度，看著三分之二的煙火無法升空。不過反正我也一直想要取消。幾天的睡眠不足我已經很累了，再加上我作的和爸有關的夢讓我相當不知所措。我一直難以忘懷，一直在細看我們的每一張合照。重讀手機上的訊息，眼中帶淚，就像是在某人死後做的事一樣。

我現在回想起來。你根本不是我的兒子！我根本不是你父親！

這不是你為了傷害某人而脫口而出的話。我還有一大堆的缺點可以讓他攻擊。所以只有一個可能：其中必有內情。

我需要查出更多我那晚預見的事，可是直接問爸？那種交談的沉重嚴肅就讓人覺得不可行。至少是還不到時候。我需要趁他不在家時去他的屋子，我覺得。為自己發掘真相。

十分鐘後我跟凱莉在屋外會合。十一月初的空氣就滿滿是嚴霜了，星光朦朧，月亮明亮得像鹵素燈，為已經讓人眼花繚亂的天空又多了一點奇特的仲夏味道。

沒有什麼可以暗示今晚和凱莉在一起是約會，我提醒自己。我們只是鄰居，一塊去欣賞煙火。就跟我和史蒂芬以及海麗以前一模一樣。是一種傳統，柏拉圖式的，沒有牽掛。

我們往河邊出發。凱莉的臉被壓得很低的灰毛帽以及圍到下巴的紅圍巾遮住了。我們的手塞在自己的口袋裡，肩膀偶爾會碰到。

「那，你跟梅莉莎交往多久了？」她像是真心好奇。我猜見過梅莉莎的人大概都會吧。

我不自在地笑笑。「其實……不能說是交往。」

我感覺她在看我。「不是嗎？」

「我不知道該如何解釋。也不確定想不想解釋。」

「為什麼？」

「妳可能會覺得我很壞。」

我們又走了幾步。

「炮友？」她猜測道。

「對。」

「也沒有多壞啊。」

「也不好。」

「可是人生並不是完美的。」

「對。」我同意，心裡想著：說得還真對。

我們頭頂上轟的一聲，瀑布似的光暫時把我們變成了五顏六色。

隱約的樂聲帶領我們找到了妲特和那票滑水客，他們在生態公園的船屋邊。有一張安排得極妥貼的飲料檯，焚化爐中點燃著符合法規的營火，跟我爸用來焚燒枯葉的爐子一樣。我有一陣子沒參加家人以外的派對了，但是這裡卻有一種迷人之處。那個烤棉花糖的男人，那隊來來回回端送烤馬鈴薯的人，那些拿仙女棒甩來甩去的兒童。

我們抵達時妲特張開雙臂擁抱我。她散發出六〇年代早期的氛圍，睫毛如上漆，頭髮向後梳。她的大衣微微似軍裝，配戴復古珠寶。

她在我的左頰印上一吻，把一個杯子塞進我手裡。「哈囉，客人。我就知道。」

「妳知道什麼？」我說，覺得好玩。

「我們在喝什麼？」凱莉趕緊問，因為寒冷和步行臉頰變成粉紅色。

「煙火夜潘趣。我的貢獻。」

「裡頭有什麼？」

妲特聳聳肩，我猜大多數的人也都是這麼調潘趣酒的。「每樣都有。主要是蘭姆。」

我喝了一口。不錯，超級甜也超級烈，就像是喝醉了的熱帶水果汁。我一直想找咖啡，不過我想可能要等一會兒了。

「我看中了一個男的。」妲特悄悄說，一條胳臂勾著我。

我迎視凱莉的眼睛，露出笑容。

「他在那邊。那個背對著我們的金髮男，在瞎忙棉花糖的那個。你覺得怎麼樣？」

我哪有那個本事看某人的後腦勺就能看出好壞來。「嗯，他似乎很管用。很能幹。」

妲特默默灌潘趣。「喔，你說得對，」她終於說，停下來呼吸。「他簡直就不是我的菜。他是俱樂部的會計，拜託！看他有多仔細轉動棉花糖。」

「我不是——」

「不，你說得對。我是怎麼想的啊？那個男人的身上沒有一丁點的狂氣。」

「對不起。」我溫和地說，很奇怪我是如何能在不到三十秒鐘之內就把丘彼特的箭給帶偏得那麼遠。

「對。更多酒。」妲特朝船屋的方向過去。

「我說了什麼嗎？」

凱莉哈哈笑。「說真的，你也沒有多少資訊可以供你判斷的。」

「不過狂氣顯然是她的首要條件。」

「是我就不擔心。妲特對於理想男人的基準是真的沒辦法用文字形容的。」

我們走了幾呎到黑暗的湖邊。這裡其實是個採石場，周邊圍繞著樹木和沙子步道。湖水漆黑如墨，湖面月光斑駁。

「我喜歡妲特給我的綽號。」

「客人？很獨特吧？」

「讓我不會有非分之想吧。」

凱莉又笑了。「她確實知道你的名字。我覺得一定是因為潘趣酒的關係。」

「她說『我就知道』是什麼意思？」

凱莉發出不連貫的呼吸聲。「知道嗎，我也不知道。」

跟船屋有一段距離，妲特的棉花糖男轉換了角色。一夥人靠近，黑得像一群企鵝，一串煙花乖乖怒吼，噴薄出生命。

天空變成了抽象畫，充滿了顏色。一幅傑克遜．波洛克[2]隨著尖嘯聲在天空鋪展開來。

「我覺得有點像青少年，」凱莉說，第一批的煙火四散開來，逐一黯淡。「天黑之後在生態公園鬼混，喝自製的潘趣酒。」

我假裝是電燈泡。「就知道我見過妳。」

凱莉笑著轉向我，卻又遲疑。「喔，你有……妲特的口紅沾到你的臉上了。」

「啊。」

「你要不要我……？」

我還沒回答她就摘下了手套，舉起手到我冰冷的臉上，用大拇指幫我慢慢擦掉口紅印。「好了。」

我的心裡有什麼在搖晃。我抗拒著抓住她的手，跟她說她有多美的衝動。「謝謝。」我勉強說。

人群中有人喊凱莉的名字，我們開始往回走，爬上草坡到船屋去。

「要加入嗎？」妲特說，大步上前。

「做什麼？」

她指著水邊。「騎水上摩托車。」

凱莉被潘趣酒嗆到。「開玩笑。冷死了。」

「所以才要穿潛水服啊。」

「妲特，妳一直在喝酒。妳確定安全嗎？」

「當然，」妲特說。「納森是訓練有素的教練。」

凱莉皺皺鼻子。她大概跟我一樣，在想納森一定只是個半吊子，因為他顯然跳過了不當不負責任的蠢蛋的這個單元。

妲特揮揮手。「喔，放心好了，他整晚都在喝檸檬汁。」她轉向我。「要不要一起來，客人？」

「啊，不了。妳不會想看我穿潛水服的。相信我。」

妲特咯咯笑。「這裡的人都是朋友。」

「我看我們就不參加了。」凱莉說。

妲特用一條胳臂勾住凱莉的肩，親吻她的頭髮。竟讓我眼紅。「我都是怎麼跟妳說的？」

❷ 傑克遜．波洛克（Jackson Pollock, 1912-1956）是美國抽象表現主義運動的代表畫家。

凱莉聳聳肩。妲特往船屋小跑而去，大概是要去召募更多人來參加她的開放水域找死活動。

我又喝了一口潘趣酒。「她都跟妳說什麼？」

凱莉猶豫不答。「要去散步嗎？」

「妲特的事很抱歉。她覺得我又老又無趣。」

我們沿著步道蜿蜒走向沃特芬自然保護區。月亮好像更亮了，猶如在漆黑的天空中鑿出了一個洞。

凱莉雖然走在我旁邊，帶路的卻是她。她對路線之熟稔就像一隻候鳥，以星辰為羅盤。

「妲特幾歲了？」我一直很好奇。

「二十幾。」凱莉說，就跟大多數的人說週一或姻親一樣。

「那麼『老啊』，那妳不就……」

「三十四。」她瞅了我一眼。「你呢？」

「更老。三十五。已經沒希望了。」

我們穿過了木天橋，也就到了保護區的入口。我們踩在木棧道上，腳步聲空洞尖銳。樹木的陰影拉長，幽暗的樹枝伸得長長的來招呼我們。

「妲特老是叫我……喔，那句話是怎麼說來著？」

「抓住生命的——」

「對。她要我去踢拳和滑水。」

「妳想要嗎？」

凱莉微笑。她沒被帽子蓋住的頭髮開始熠熠生光，被夜晚的小水霧弄濕了。「這麼說吧，到目前為止我還在抵抗。」

「說不定妳是跟她不一樣。」

她安靜了一會兒，像是在思索。「也許吧。」

我們更深入保護區，木棧道迂迴穿過它的感覺系統。煙火變成了遙遠的餘震。我們沉浸在大自然晚上的聲響中：一隻灰林鴞的叫聲，哺乳類移動的窸窣聲，樹林深處偶爾飄來某隻生物的顫鳴聲。

「通知妳一下，」我說，「我完全不知道現在是在哪裡。」黑暗讓人分不清東西南北，攪亂了我的方向感。

她的笑聲盪漾開來。「放心。我常常晚上到這裡來。」

「睡不好？」

「有時候。」她承認道。

我們棄木棧道改走一條水勢湍急的渠道小徑，沿著一條狹窄的堤壩。終於，林線如帘子分開來，凱莉停下腳步，腦袋向我靠近。我聞到了她的洗髮乳，是一種柑橘香，感覺香味鑽進了我的心窩。

「這裡是我最喜歡的一個地方。」她低聲說。

步道眺望著一片沼澤，長滿了燈芯草，銀色的淺水池有如一顆顆珍珠。地球的潮濕表面上散佈著棲息的野禽。我順著凱莉伸長的手指望過去，發現了一群鹿在吃草。纖巧的身形有如雕像，沐浴在月光下。

我們蹲在步道上觀賞。林下植被的濕羊毛味飄進了我們的鼻孔。

「好美，對不對？」她說，如痴如醉。

我點頭，因為誰會覺得不美？

四周有一種輕輕翻滾的流水聲——像一波波朦朧的口哨聲，很悅耳的漱口聲。我問凱莉聲音來自何處。

「赤頸鴨和小野鴨，很吵的一群。」

我的視線又落在鹿群上。「好像一幅畫。」

「我最喜歡看到牠們這樣了。牠們很容易緊張，而且是躲藏高手。牠們在一百米外就能聞到人類的味道。」

我們又看了一會兒，好奇得就像在我們這片林下植被中偽裝的哺乳動物。然後凱莉對我微笑，默默示意該走了。

17 凱莉

我們繼續聊，幾乎沒停下來喘氣，並肩而行，直到步道變寬，繞個彎擁抱河流。

我跟喬爾談我父母和他們的工作——媽的裁縫生意，爸是腫瘤醫生。他問我喜歡大自然多久了，我說基本上是一輩子。是爸先帶我到沃特芬來的，他還在菜園裡為我保留了一小塊地。我從菜園裡收養了無脊椎動物，把媽嚇壞了，爸只是微笑，最後也是他說服我哭哭啼啼地跟牠們分手。他教導我如何分辨青蛙和蟾蜍，指出高飛在天空中的鵟和雀鷹的不同之處。夏天一大早我們就會一塊坐在花園裡，他會為我描述黎明合唱團，從第一隻鳥到最後一隻。我們會給昆蟲蓋旅舍，給刺蝟蓋房子，做壓花，抓淺水池裡的生物，為蠕蟲和木蝨做堆肥。

我描述我從未學以致用的學位，告訴喬爾我尚未應徵的助理管理員工作，這個職缺在兩星期前放到網站上了，截止日是這個星期五。

他問我為什麼遲疑。

我思索了一會兒。「大概是因為要改變吧。我覺得我們大家才正要再度平穩下來，在葛麗絲過世後。而且這份工作也只是約雇的，不保證能長久。」

「可是值得？」

我皺眉。「我大概是對冒險反感吧。我爸媽一向都很……理性，知道嗎？所以我才沒有真正去旅行過。一成不變感覺就比較安全。像……不去追逐夢想的話，那就算失敗了也不會覺得難過。」

「接手咖啡店一定感覺上像冒險，」他輕聲說。「辭去以前的工作，在做了那麼久之後。」

他說得對，確實像，但是我當時的想法被悲傷扭曲了。我幾乎沒想到恐懼，因為傷心實在是更糟糕——有些日子像神智失常。而且同意去咖啡店工作似乎是一種紀念葛麗絲的方法——是信念的一次躍進，一時衝動之下的選擇。因為她一直就是那樣過日子的。

我們繼續沿著步道前進。喬爾今晚的樣子很可愛，暗色的羊毛大衣和圍巾，不受氣候侵擾。他很適合冬天，我覺得，層層的衣服和低調的魅力，溫煦儒雅。

行進間我問他的名字是否是為了紀念誰，比方說比利．喬爾❸，他說不，當然不是，那就太神經了，然後他也問了我同樣的問題——只不過他想不出有哪位名人叫凱莉，這也是可以理解的。

「其實呢，」我說，「我媽懷我的時候，我爸有天晚餐時建議要叫我凱芮。他們那時想了一堆的名字——不過我爸就是那樣，他說話的時候滿嘴都是食物。」我微笑。「顯然是巧克力圓餅。」

「妳媽就以為他說的是凱莉？」

我點頭。「而媽喜歡極了，他也不忍心糾正。所以就是凱莉了。他一直到我滿十八歲才告訴她——他在我生日那天在餐廳發表了一篇小小的演說。而我的生日蛋糕當然是巧克力圓餅。」

「這可能是最棒的命名故事了。」

「謝謝。我也這麼覺得。」

我問起喬爾的家庭，他說他母親在他十三歲時就過世了，我的心裡裝了滿滿的同情。我問時他沒有多說——只說是癌症，他們母子非常親密。

我們又走了一會兒，然後出於習慣，我停在老柳樹下的小徑上。「葛麗絲跟我小時候會在這棵樹下玩上好幾個小時。你知道只要爬上去——」

「——你就能監視全世界而不會有人看見。」

「你也會那樣？」

他點頭時我感覺到一陣溫暖，一種新的聯繫，我的小腹像是有點火器啟動了。

「嗐，」喬爾過了一會兒說，「他們說煙火要在高處看最漂亮。」

於是我們一塊爬上樹，笨手笨腳得要命，坐到了柳樹的寬肩上，我給他看葛麗絲跟我刻的姓名縮寫。在我們的私人風景之外，焰火節獨有的縱火仍在地平線上舞動，火藥隆隆巨響，有如巨人的腳步聲。

我們又默默看了大概二十分鐘，最後終於萬籟俱寂，天空又回去沉睡了。

我們正要爬下樹，一隻倉鴞忽而自陰影中出現，向下劃落，恍如雪花。我們看著牠飛過，再

❸比利．喬爾（Billy Joel, 1949-）是美國著名歌手、鋼琴家、詞曲創作人。

陡然上升，最後如輕煙消失在林間。

隔天晚上，我去愛瑟家吃晚餐，回到公寓後發現有一個白色紙盒擺在門墊上。裡頭是一片巧克力圓餅，是市區那家我很喜歡卻買不起的西西里烘焙坊的。還附了張草草寫就的字條。

妳的故事讓我微笑。

J

P.S. 不確定昨晚我該不該這麼說，不過請妳跟隨妳的心。應徵那份工作。

18

喬爾

巧克力圓餅是個錯誤，我現在知道了。去那家烘焙坊，挑選最漂亮的一片，看著他們裝盒。從頭到尾我的心臟都跳得好厲害，我甚至沒停下來思考。

我只想要為她做點事，讓她的臉上有笑容，讓她的一天有點欣悅。我甚至不確定是為什麼，但是從我們認識的第一天起我就有這種想法。

所以她沒來應門我很失望，不得不留張紙條，我覺得有點洩氣。

幾分鐘後回到公寓我才認清了真相，提醒我自己只要我還有一丁點的道德，就會把在我們之間展開的無論什麼東西都拋到風中。因為自從我媽死後或是薇琪離開後，或是我和凱特分手之後，一切都沒有改變。而且也不會改變。

可事實上，我們純粹是靠樓板分隔的。而隔天早晨，我正想著我應該要更努力保持距離，就有人來敲我的門。

我站在客廳中央，準備去應門，隨即想起了我不應該去開門的種種理由，於是我閉上眼睛，等著她離開。

下午三、四點帶著狗穿過公園，我聯絡了爸，說我這個週日不能去吃午餐。

我發訊息時覺得喉嚨刺痛。又一個關係瓦解，因為我知道得太多。卻也是另一段我無法回撥的時刻。

我現在在心裡重播，想像他說那些話的表情。

你根本就不是我的兒子！我根本就不是你父親！

所以我跟他才總是不怎麼合得來？我才會老覺得自己令他失望？一直以來都像是道格才是他在等待的兒子，而有一陣子我把它歸因於他們共同的愛好。從模型火車到紅肉到橄欖球到數字（道格在爸退休後接手了會計公司）。

可是也許，我第一次了悟到，還有更深層的含義。

假如是真的，雖然奇怪，但不就合理了嗎？即使那會帶來另一個改變人生的問題：誰是我的親生父親？他又在哪裡？

19
凱莉

發現巧克力圓餅的隔天早晨，我犯了個錯，我告訴了妲特。她立刻滿腦子的點子，什麼戰術啦、策略啦之類的，自封為我的愛情生活指揮官。

可是我不想跟喬爾玩什麼策略。策略是我需要用來對付皮爾斯的東西，儘管剛開始在一起時就總是會有令人不愉快的一面——有如享受美食卻燙到舌頭，或是試穿一件美麗的衣服卻只感覺自己有點胖。

對比之下，跟喬爾在一起總是那麼坦率，那麼快樂。他讓我從裡暖到外，而不是害我覺得冷冷清清。再加上，自從那晚我聽到他和梅莉莎的聲音傳到樓上來之後，我就對他有多火辣毫無疑問了。

我今天出門上班時在他的公寓外逗留，可是我敲了門卻沒有回應，裡頭也沒有動靜。所以我就在門縫裡留了張字條。

寥寥數語：

巧克力圓餅讓我笑（很多笑）。謝謝你。

C

P.S. 我去應徵了。

20 喬爾

史蒂夫邀請我一塊喝什麼健康果汁，已經問了三次了。坦白說，這類邀約我通常都會回絕，但是我對於我們之間的變化覺得內疚，所以在焰火節幾天後，我去了他工作的那家健身中心，跟他在咖啡廳裡碰面。我把這個當作是某種的贖罪。

我沒想錯。我們頭頂上的擴音器流瀉出害人偏頭痛的電子舞曲，我以前就是為了逃避這種音樂才會拒絕涉足夜店。而那還是在史蒂夫把一杯果汁滑過桌面給我之前，那玩意很像是番茄湯。

「這是什麼東西？」我今天滿累的，我是希望裡頭可能會有咖啡因，儘管機率不大。

「胡蘿蔔和甜菜，芥藍，柳橙汁。可以排毒，」他說。活像這樣就能合理化他們只不過是把生蔬菜打汁，就能以將近五鎊的天價狠敲他一筆。

不過呢，贖罪嘛。

我們聊了十分鐘左右。他給我看手機上的新家照片，提醒我帕琵新年就滿一歲了，告訴我海麗又回去上班了。聽他說話時很難不去注意他的二頭肌，我看到肌肉在他的皮膚上抽動，活像是巴不得快點回去練啞鈴。

我在這裡不只一點不自在，一身的牛仔褲、長袖襯衫和靴子。

最後他收起了手機。「凱莉好嗎？」

我不動聲色。「很好。非常好的鄰居。滿像個好房客的。」我想著她留給我的字條，現在就擱在我的廚房裡。想到最近有多難純粹以柏拉圖式的心態去想她。

「好吧，」史蒂夫說，挖苦地笑。「你可以以後再謝我。」

我沒搭腔。而不幸的是我只能再喝一口那種壓爛的蔬菜來救場。

「那別的事都好嗎？就——生活，工作，健康。」

「其實沒有改變。」

「還是沒工作？」他沉吟道，活像我們是在談別人。「你的儲蓄一定快燒光了。」

我喃喃承認。這是我的痛處，主要是因為事實就是如此。我剛入社會時為了積攢金錢活得像僧侶，後來繼承了某位姨婆的個人儲蓄帳戶而賺到一筆錢。我花得很謹慎（給咖啡店小費是唯一的揮霍）。而且我的運氣好，遇上了一位算是經濟文盲的房東，十年內只漲了我一次房租。可是我的錢是不夠我只出不進的。

史蒂夫在問私人問題上是從來不羞澀的，我覺得主要是因為那種格鬥士的體魄給他的自信。可是他也有暖心的地方。多年來應付客戶，在他們硬逼自己仰臥起坐同時盡力不嘔吐時傾聽他們的煩惱，他也練就出了親和力。

史蒂夫放下果汁，按揉著桌上不存在的東西。然後，憑空丟出了一枚手榴彈。「我有沒有說過我是神經心理學碩士？」

我勉強說沒，他沒說過。

「我的意思是……如果你想找人談一談……」他打開了那扇可惡的門，讓它不停搖晃。但是門後的風景卻冰冷模糊。

「為什麼？我是說，既然你是神經心理學家，為什麼在這裡工作？」

「一定要有理由嗎？」

我看著穿著小背心胸肌鼓起的史蒂夫，很難想像他穿白袍的畫面。「是的，」我說，眨眨眼睛。「偏偏就是要有。」

他聳聳肩。「我加入了健身中心，想要幫自己處理讀書的壓力，後來才發覺我的興趣不在讀書上，而是在健身上。所以我在念博士班時就開始兼差當教練，而且覺得我天生就是做這一行的。」

哇塞，博士欸。「你是博士？」他的郵件為什麼從來沒有反映出來，提醒我這種紅色警戒的情況？

「不是，三年後就放棄了。不過有時候海麗喜歡叫我博士——」

我舉起一手打斷他，再放下。「那你現在告訴我這個幹嘛？」

「我覺得你可能會想知道。」

「知道，好讓我自己接受你的服務？」

我的大學醫生莫名其妙地冒了出來。我仍能看見他的臉，彷彿他就坐在我面前。那種斜睨，那種冷嘲。那種無法解釋的惱怒。

史蒂夫在搖頭。「不是的。我不是心理輔導師。不過我大概只是想說如果你想要聊一聊，我可能比你以為的還能理解。我不是只會舉重。」

不能說我之前批評過他。可如果要我猜他以前的生涯規劃，我未必會選腦科專家。「你後悔過嗎？」

「後悔什麼？」

「沒繼續下去。」

「沒有。那我就不會遇見海麗，我們就不會有帕琵。」他環顧咖啡廳。「而且這條路比窩在無名實驗室裡好多了。我還是能對別人的心理有正面的影響，只是方法比較直接。」

「你怎麼從來也沒邀過我跟你一起訓練？」（這一點我比什麼都好奇。）

「我猜是我從來也不覺得你是那種運動咖。」

「我會散步啊。」我抗議道。

「不是在批評你，喬爾，不過我阿嬤也會。」

「這種事的動機不是很重要嗎？」我之前在公園裡看過史蒂夫，對著體能訓練營裡不斷呻吟的學員大吼大叫，說痛是因為虛弱在離開身體。

「你還是得自己想要才行。」

我低頭看著喝了一半的番茄湯。既然史蒂夫早就察覺到我沒藥救了，那這個可悲的柳橙汁就可以乖乖留在杯子裡了。

「聽著，兄弟，我只是想說，如果你需要什麼——」

「其實呢，你真的可以幫我一個忙。」我有人情可以跟他討回來，跟凱莉有關的。

之後不久我就離開了，分不清東西南北，也覺得有點赤裸，好似我被冬風吹走了好幾層衣服，好像一條圍巾被吹走了，再也找不回來了。

回家途中，我想著史蒂夫說的話。說什麼朝某條路走去，在冒險做那一件會讓他開心的事之前。

至於我呢，那件事就是認識凱莉。我看到她在家裡或是在咖啡店裡就開心。我不想不再和她在一起。她觸動了那個我早就忘了還在的我。

寧可和她當朋友也不要壓根就不認識她。即使，在另一段生命中，可能還會再多點什麼。

大學。認真讀書，幽閉恐懼似的社交場景以及時不時零睡眠時期，都讓我已經混沌不清的心智更加紊亂。我不斷蹺課，或是筋疲力盡地進教室。不過才剛開學我的成績就岌岌可危，必須得想個法子了。

於是，一到第二學期，我就決定要預約看診。

我拖了兩個月才下定決心。路克的意外和媽的過世仍糾纏著我，彷彿是我怕追溯過去可能全是我的錯，也可能我會被宣告有心理疾病，被強制隔離。（萬一發生了這種事，我只能想像我爸——堅毅之神——的反應。）

我以前沒見過我的大學醫生。他年紀大，若不是他在我都還沒坐下之前就一臉不耐煩，他的年紀是可能會讓人安心的。

諮詢室陰暗不明，被垂直的窗帘遮蔽。有醫院的味道，消毒水和冷漠無情的味道。

「失眠。」他聽完了我一口氣說了兩分鐘的話之後就吼出總結。那時我因為希望而頭重腳輕，純粹是因為我跨進了門檻，我當然是會得到我迫切需要的協助的。說不定他還會知道點頭緒。

「對，」我說。「因為夢。我的預兆異象。」

他那時停下了敲鍵盤的手，瞇起眼睛。我猜他是不想把這部分記錄下來。他的唇邊出現笑意；他的嘴唇很乾燥，我相信搽點乳液就能解決。「朋友呢，摩根先生？」

「你說什麼？」

「你在這裡有很多朋友，或是很辛苦？融入環境。」

坦白說，我一直都在苦苦掙扎。路克的意外之後，我就在同學間退縮，變得獨來獨往。我的夢佔據了我需要用來社交的頂部空間，所以我現在一隻手就能把我交到的朋友數完。可這是症狀，不是病灶。在芸芸眾生之中，醫生總應該能了解吧。

「藥物呢？」他接著說，而我沒反應。

「要是有什麼藥有效，我都願意吃。」

紆尊降貴的一笑。「不，我說的是娛樂用藥。你有服用嗎？」

「喔，沒有，沒用過。」

他不相信，直勾勾盯著我。「你也沒在服藥。」

「對。」我再試一次。「聽著，我夢到我媽快死了，後來她就死了。癌症。」我險些就被這些話嗆到。

「新鮮空氣，」他急促地說，當我沒開口。「做運動，別再喝酒了，吃這些藥。」他草草寫下處方，交給了我。

「我有運動，而且我也沒喝很多——」

「這是治療失眠的。記得要把宣傳單看清楚。」

「可是失眠……」我顫巍巍地說，「……不是真正的問題，比較像是副作用。」

他在椅子上欠動，用力清喉嚨。「你剛才在候診室裡有座位嗎，摩根先生？」

「有啊，我——」

「算你運氣好。有時候，這裡只有站的地方。學生是一群多災多病的傢伙。」他向前傾，用原子筆戳便條簿，好像在生氣。好像我是故意藐視一條大家都知道卻只有我不知道的規矩。「我只能一次預約解決一個問題。」他的表情是徹底的厭惡，有如強酸般腐蝕我的胃。

我不知道是怎麼回事（挑錯日子，個人問題），但我那天下午去看診真的惹火了他。我莫名其妙想到了我爸。

沉默籠罩，只有他桌上的時鐘滴答響。白色的廉價塑膠，刻著製藥公司的紫色商標。

但我不能不試。最後一次。我是好不容易才下定決心預約的，鼓足了勇氣才走過那扇門。重複我對著浴室鏡練習了好幾天的話。

「有沒有什麼神經系統方面的……我的大腦可能出了什麼問題嗎？那種預兆——」

我被他的笑聲打斷，真正的笑聲。而且這一聲笑居然點亮了他毫無幽默感的臉孔。「唉，你顯然是不能預測未來的。我不知道你是不是在尋我開心，還是你是故意來考驗我的，不過你都在浪費我的時間。出去。」

21 凱莉

焰火節後一個星期左右，我在咖啡店裡一看見喬爾就知道我要做什麼。我一直在練習要如何跟他說——可這會兒我的嘴巴卻好乾，而且身體微微發抖，可能只會幫倒忙。

我放下他的雙份義式咖啡，杯子在我手上顫動。「早安。」

「嘿。」他抬起頭。雖然他的眼睛很疲倦，他的笑容卻溫暖。

我的心臟像個拳頭，急著要掙脫我的胸腔。「我……昨晚收到電郵。他們邀請我到沃特芬去面試。」

他整張臉都亮了。「哇，恭喜。真是好消息。」

我趁勢再提出下一個問題。*別想，做就對了*。「那，河邊那家新開的義大利餐廳大家一直在追捧，好像是番茄義大利麵好吃極了。要不要今晚去試一試，順便幫我準備一下？」

他像是稍微嚇了一跳——不過平心而論可能是因為現在是早上九點，排隊外帶咖啡的隊伍很長，而我卻在他的桌邊留連不去，拉哩拉雜說什麼義大利麵。

然後，隔桌的女人突然歪過來插嘴。「我昨晚去過了。第一流的。絕對值得推薦。」她吻手指加以強調。

我好想親她一下。但是我只是微笑，回頭看著喬爾，等待著，胃在默默糾結。

最後，他吞嚥一下，給出了我一直在祈禱的答案。「好啊，有何不可。」

我們在餐廳等待帶位，喬爾在敘述下午遛狗的事。

「……所以小叮噹——就是那隻馬爾濟斯——在垃圾桶旁邊拔腿就跑，我在後面追，喊她的名字，一遍又一遍……」

他很快模仿了一下，我已經笑得眼中都有淚了。

「她其實是個偽裝成拖把的惡棍，射程極遠。」

「射程？」

「唉，那只是去你的，老子不管了的術語。」

「唷，這也不能怪她啊。」我用圍巾一角點眼睛。「我是說，對小叮噹來說你可能只是個長了兩條腿的疫苗追加劑。」

他也笑了。「說得對。我都沒想到過。」

「我還是不敢相信你幫別人免費遛狗。那些狗主人是真的那麼風情萬種嗎，還是有什麼內情？」

「唔，來盤點一下。艾瑞絲——八十五了。還有瑪麗快九十了。我跟妳說，我要是再老個五十歲——」

我仍笑著，舉起了一隻手。「我知道是我開的頭，不過我現在後悔了。」

一名侍者過來為我們帶位。

「抱歉。」喬爾微笑道。「我現在會收斂不雅的幽默。」

「喔，不要，」我懇求道。「我最愛不雅幽默了。」

我感覺得到，我心裡想，在我們坐進舒適的角落桌時。喬爾就和平常一樣讓我覺得愉快溫暖……可是話說回來，他實在很難判讀。我不確定是不是混合的信號，但是我就是不知道他是否只當我是朋友。偶爾我迎視他的目光，感覺到胸口有很強的磁力，我覺得他可能也一樣——可他的腦袋裡好像有什麼動了動，就又收起了所有的感情，推到搆不著的地方。

更何況，我還是摸不清他和梅莉莎究竟是怎麼回事。他說他們是炮友，可那也可能還有好幾種含義。我想問，卻不確定會不會問。有時我察覺到他的某種戒心，而我可一點也不想惹他不高興。

「我最愛用這個喝葡萄酒了，」我說，在侍者放下一只闊底玻璃瓶和兩只平底玻璃杯之後。「讓我覺得我是在地中海的露天咖啡店裡。」

喬爾一邊斟酒一邊微笑，遞給我一杯。

「對了，我想謝謝你，」我說。「史蒂夫的事。」

喬爾在週末時遇見史蒂夫，解釋了墨菲的情況，解決了整件事，我就不必擔心會被逮到了。

「妳已經謝過我了。」

對，沒錯，在他告訴我時——可只是結結巴巴的話，還不停分泌眼淚。「那，這是我正式的道謝。」

他舉杯，眼裡閃著光。「不，這是正式恭喜妳。」

「現在好像是早了點，」我坦白地說。「我還沒得到工作，而且我最不會面試了。」

「我一句也不信。」

「喔，是真的，我會發抖，出汗——什麼糗都出。他們只需要說『妳為什麼想要在自然保護區工作，庫柏小姐？』我大概就會哭出來。」

我感覺到他的視線落在我身上。「嗯，這樣的話，」他說，「也只會讓他們知道妳有多熱情。」

雖然外頭冰冷，餐廳裡卻溫馨，喬爾脫掉了毛衣。他赤裸著胳臂坐在我對面，樣子好可愛，溫暖又平靜。我經過一番思考，決定今晚的衣著要輕便有型——最好的牛仔褲，那件葛麗絲說服我買下的點綴著星星圖案的絲質上衣，就在她過世前幾週。

我喝了一口酒。「你在面試的時候都說什麼——在他們問你為什麼要當獸醫的時候？」

「其實他們沒問。至少不是問我的工作。」他的臉被杯子擋住了部分。「主要是問專長、設備和證書。」

「可是在大學裡他們一定有問吧。」我用手肘推了推他的手肘。「拜託告訴我，我需要一切的幫助。」

「好吧，不過別忘了，我現在不是獸醫了。我知道什麼呢？」

「就算幫我個忙嘛。」

「嗯，我是在動物圍繞下長大的。爸並不愛動物，但是他為了讓媽開心什麼都肯做。而我媽很愛動物。我們有兔子、天竺鼠、雞鴨。我也在動物收容所當義工，清理籠子。我們就是在那裡得到我們的狗『搗蛋鬼』的。他是我最好的朋友，我們做什麼都在一起——探索樹林，去河邊玩好幾個小時。他總是陪著我，我們形影不離。

「而且搗蛋鬼很愛跑步。我從來都不阻止他，因為他不會離開我太久。後來，有天晚上，我們去森林裡，他衝去追兔子，那是很正常的事——只不過這一次，他沒回來。所以我就開始叫他，我一直叫，可是……什麼也沒有。」喬爾的語調低沉了一點。「我一直在外面找他，找到天黑，然後才回家找我媽。」他頓住。「最後我們找到了他。他想穿過一道鐵絲網籬笆，卻半途纏住。流血太多……唉，他一點機會也沒有。可他好像是在那裡等著我們來找他。他掙扎著要呼吸，他抬頭看著我，好像想說對不起他跑掉了。幾秒鐘後，他死在我的懷裡。」

我覺得眼睛淚濕了。

「我跟他說我愛他，然後我一直抱著他抱到他的身體變冷。就是那一天我知道我想要照顧動物。在面試上我是不應該淚汪汪地說我愛動物的，我應該要談我的工作經驗和未來的展望，我做這份工作的技能。可是對我來說，沒有別的話能夠傳達我的感受，別的都遠遠不足。那是愛。」

他吐口氣，再抬頭看我。

我笑得溫柔，其實我的心在剎落。「我覺得你還是獸醫。」

喬爾從小山似的麵條和拖鞋麵包上掃了餐廳一眼。「知道嗎，我想像中的義大利……一點也不像這些迷人的假壁畫。」

我哈哈笑。他們是滿努力的，可是那種模板印刷教堂和假披薩是不可能會威脅到米開朗基羅的。

「妳應該把羅馬也加進名單上，」他說，掰開了一塊麵包，沾進橄欖油。「那顯然是歐洲最綠的一座城市之一。」

「其實呢，我去過。那裡——很美。」

「家庭度假嗎？」他輕快地問，我覺得他是故意說錯以便釣出正確的答案。

「不是，是跟我以前的男朋友皮爾斯。」

喬爾喝了一口酒，不予置評。

我盡量想清楚該說什麼，如何描述一段既美妙又折磨的假期。「我就……很多時間一個人探索，去看公園和古蹟，沿著河邊散步。我發現了這座不可思議的玫瑰園……」我重溫了那碧空澄淨的一天，空氣中溢滿了香味。「反正，皮爾斯幾乎沒離開飯店，大多數時間都待在游泳池邊。我們其實是兩個極端。他有點像花花公子，超浮誇。羅馬其實是我們的第三次約會。他的主意，不是我的。」

喬爾微笑。「確實浮誇。」

「他很能鬧事，知道嗎？打架，欠債。他三不五時就搞失蹤。我們老是跟別人疏遠，從這個危險撲向另一個危機。剛開始時以為也許我應該找一個完全不是我的型的人……」我一句話沒說完。「結果是錯誤。事實證明我們有自己的類型是有原因的。」

喬爾拿叉子捲麵條，一臉沉思。「妳的意思是最好是打安全牌？」

一時間，我不太確定該如何回答。「至少要避開麻煩人物吧。」

他的表情一變，我不太能分辨，但是來得快去得也快。

22 喬爾

昨晚我們從餐廳回來之後，我琢磨著是否該請凱莉來喝咖啡。幾秒之間，我差點就開口了。但最後一刻，我阻止了自己。

凱莉跟我說她對浮誇的事物沒有興趣：又一面紅旗，提醒我為什麼不能再深交。我的人生、我的日子、我的心情都追循著我的夢前進，起起落落。正如薇琪有一次挑明說我是穩重的相反詞，穩定的對立面。

於是我讓心裡的話消散，雖甜蜜卻轉瞬即逝，像我舌尖上的冰沙。

我在道別時顯然是太拖沓了。我故意弄得很彆扭，還吻了兩次空氣，無論是她或我都沒想到。我們的鼻子相撞時，我還嘟囔什麼歐陸，讓人完全摸不著頭腦。

然後我就一直低著頭。

我到爸那兒，懷著發掘真相的希望。幸好，他每星期五都會到小城的另一邊，沉浸在他的木工嗜好中。回家來滿身鋸木屑和刨花，帶著木材的香氣。

我有一次夢到他鋸掉了一根手指的指尖，後來就送了他一雙防割傷的手套，讓他覺得很困惑。最後倒是很順利，因為爸也到了輪流使用手套的年紀。皮手套開車用，乳膠手套加油用，橡膠手套是洗濯專用，一副長手套是刷洗廁所戴的。

他把媽的東西裝箱，放在天心的舊房間裡。裝箱後我幾乎沒有去翻過，現在我想起來是為什麼了。

他把她這個人分門別類了。可能是不得已。人家說哀傷是一種處理過程，而他就是這麼處理的。衣服。書。鞋子。雜物。文件。

我放下咖啡杯，拉出「雜物」箱。我得動作快：跟我一樣，爸也是依照習慣和規律過日子的，但是，他骨子裡還是那個沒當成的警察，非常善於揪別人的錯處。

箱子裡裝滿了以橡皮筋綑住的一束束照片，或是她從報章雜誌上剪下來的文章。票根和小玩意，像是爸有一年聖誕節送她的手工玻璃戒指盤。一盒盒的珠寶，甚至還有兩瓶香水。（我不敢碰，更別說拿起來了。我太害怕會和她的香味重逢，又感覺到她的胳臂環住我。化療期間，她的皮膚變得對香水過敏，而且她一直說少了香水她感覺不是她自己。她死後很長一段時間，屋子也感覺不像以前，因為她的香氣永遠消散了。）

我翻閱著照片。主要是放不進樓下相簿裡的家人照片。沒有一張能找到線索。所以我就打開了標著「文件」字樣的箱子。我猜我是在想像會有出生證明或是一摞信件。某種跟我的過去的白紙黑字連結吧。可是什麼也沒有，只有大量的財務和保險信件，一大批醫院的郵件。看到第一封很奇怪，那是媽的醫生寫給她的高級顧問醫師的信，確認切片檢驗的結果。

一張紙上的三言兩語，從此改變了我們所有人的生活。

我又低頭看著我的筆記本，看著爸在夢裡對我說的話。悲傷蜷縮，在我的心底沸騰，被我剛才篩選過的回憶弄得更濃烈。

然後，樓下的關門聲。

「喬爾？」

我妹。我鬆了口氣。「嘿。」我大聲喊。

「看到了你的車。」

「等等。」我把東西塞回箱子裡，就丟在地毯上。慢跑下樓迎接她。我們擁抱時我感覺到心裡多了一股支撐的力量，想起了明天春天她會告訴大家的消息。在我又一次泥足深陷在失親之痛時，想到新生命是有幫助的，一點點。「妳不是在上班嗎？」

「現在是午休。」她拎起一個袋子。她的紫紅色襯衫的袖子捲到手肘。「只是放點東西到冰箱裡。」

「什麼東西？」

「他可以加熱的東西。」

我瞪著她。「妳這樣子多久了？」

「沒事。」她轉過去，朝廚房走。打開冰箱，開始把塑膠盒放進去。

「自從妳離開家？」

聳肩。「大概吧。可能是從那時候開始的，我只是……不想停。感覺有點差勁。」

我看過那些盒子好多次，總假設爸對個人營養有些輕微神經質，從沒想過要問。這是孩子會做的事，照顧年紀大的父母。而我從未想到要問是否因為在某種層面上我覺察到不對勁？

哀傷如一股洪流沖刷過來。現在看著天心，我的身體真的能感覺得到。我們可能只有一半的血緣：所以我們的外貌才會那麼不同？天心和道格都是鏽紅色頭髮，眼眸是夏季天空的藍，和我不同，黑得像是他們的影子。小時候同學偶爾會指出我們的不同，但是媽跟我保證她和她妹妹也是一點都不像。對我來說，這樣的解釋就夠了，所以我就接受了，在別人取笑我時以此反駁，完全沒有多想。

我盡量用較歡快的想法來讓自己冷靜，比方說是安珀在即將而來的耶穌誕生劇中傑出的表現，以及她會得到腳踏車作為聖誕禮物，天心和尼爾現在都還不知道。

天心把冰箱整理完畢，我努力專心。「嘿，天。妳知不知道爸和媽之間發生過什麼奇怪的事嗎？」

「怎麼個奇怪法？」她挺直了腰。

她的皺眉告訴了我我實在是太欠考慮。我不能讓她以為我發現了什麼外遇的證據，在我可以證明之前不行。「算了，忘了吧。我不應該說的。」

「知道嗎，」她沉吟道，思緒顯然在變化，「我有時候確實在想是不是該讓爸去約會。」

我擠出笑臉。「想像不出爸放鬆下來的樣子。」

她也回以一笑。「我就認識某個那樣的人。」

我把重量換到另一隻腳。

「我要你找到一個人。」她側身走向我，捏捏我的胳臂。「你這麼可愛。」

「而妳太偏心了。我一個人沒牽掛，很開心。」我說得越多就越有可能會開始相信。

「我要你找到真愛。」天心似乎對這件事非常熱心，超乎了我喜歡的程度。

「我對真愛沒興趣，真的。」

「那，你一定也想要遇見一個人。道格說你差不多沒有性生活。」

我遇見了一個人，天。而且她很迷人，有趣，美得像一隻蝴蝶。但是有太多理由走不下去。

「道格的話很多。」

「那是真的了？」

我不怎麼想跟我妹詳談我和梅莉莎的事。「好吧，知道嗎，算我們今天沒說話。」

「薇琪已經是很久以前的事了。」

即使是想像出薇琪的臉都提醒了我把凱莉拖進我的功能失調小漩渦裡是多麼不公平的事。

天心不罷休。「我跟你說過貝絲嗎？她是我同事，而且她非常非常可愛。我可以幫你們介紹——」

「薇琪沒有我會更好。」

天心繼續說著貝絲，我的手機響了。是凱莉發來的一則輕鬆的簡訊，她代我收了一件包裹。

還有表情符號。我鬆了口氣，確認了昨晚的吻空氣慘敗並沒讓她不想再跟我有瓜葛。

我親了我妹的頰。「愛妳，天。」我離開了廚房，開始上樓。

「你究竟是來幹什麼的？」她高聲喊道。

「做研究。」我嘟囔著說，因為她可能聽不到而覺得安全。

23 凱莉

我和喬爾出去吃飯已經是一星期前的事了，在他用搗蛋鬼的故事感動得我涕淚縱橫之後。我把那一刻收藏在心裡，在我昨天去沃特芬面試時，牢牢記住他說的熱情。

我接到電話時正在市區購物，這通電話讓我喜悅得像飛上了青天。

我原本計畫要趕快回公寓，至少梳一下頭髮，可是我一到家就去捶喬爾的門，因為我實在按捺不住了。

他開門時還在滴水，腰間只圍著一條毛巾。水滴如露珠散落在他沾著香皂的光滑皮膚上。

我不知所措，慌亂地聚焦在我來這裡的目的上。

「抱歉，」他在我還沒開口前說。「本來要先來開門——」

「喬爾，我得到了。」

「妳得到什麼？」

「費歐娜剛打電話來。我得到了沃特芬的工作——一年的合約。」

「凱莉，太好了。恭喜。」

我們視線相遇——只有一瞬間，他就輕聲笑笑，視線轉向地板——我這才明白我有多喜歡他，喜歡到不在乎這麼做是否適當。

我向前跨步時他抬起了頭。我們遲疑了一下，兩張臉靠得那麼近，鼻子幾乎相碰。我的血液奔流，我可以用千瓦來測量我的心跳。而現在我踮著腳尖去吻他，而他也回吻我——起初輕輕的，像在提問，接著我們的嘴唇交鎖，變得更激烈。我感覺到他的手插入我的頭髮，而現在我們貼得更近，他的身體抵著我，溫暖結實，因沐浴而濕滑。我感覺到他喜悅地輕顫，而在幾秒鐘內，我的腦筋一片空白，只想著他的味道，他濕潤的嘴壓著我的，他的沐浴乳的香甜氣味。

最後，我向後退，吸了口氣。

「對不起。」他喃喃說，瞄了眼我的T恤，被他身上的水弄濕了。

屋外下起了雨來，汽車車頂和人行道的石板，樹木的光禿樹枝傳來舒暢的敲擊聲。

我微笑，咬著嘴唇。「沒關係。」

「凱莉，我——」他把門開大讓我進去。「妳能等我五分鐘嗎？我大概應該穿點衣服。」

突然間，我覺得害羞。我的心跳加速，快得像活塞。「我反正得帶墨菲出去，那我去放狗。」

他點頭。「我不會鎖門。」

24

喬爾

我瞪著浴室鏡，我剛才在蒸氣中畫出的舷窗已經消失了。

我一直忙著讓呼吸恢復正常，肺像是被人用繩子緊緊纏住。

我想阻止這件事，可是我沒辦法。我再也無心抵抗了。我太喜歡她了。

我俯身在洗手台上，低垂著頭。想到凱莉跟我……感覺自然又無可避免。就如春天的第一抹清澈的天空，森林地面上拔地而起的小樹苗。

還有那一吻……唉，我在短短幾分鐘之內已經重溫過無數次了。

但我仍然覺得漂泊不定。不安全，不牢固。我又想到我幾年前發過誓要保護我的心和神志。

那她的心，她的神志呢？

我抬起頭，瞪著模糊的倒映。來了，我自己把自己訓練出來的本能反應，像是在大腦裡踩煞車。我想到她對於真正的我並不了解，想到要是我把整件事告訴她，她可能會有什麼表情。

然而……把天底下全部的邏輯都加起來也抵消不了那一吻。所以著裝時門鈴一響我就急著去開。

因為，五分鐘不見凱莉感覺已經太久了。

我按了對講機。「嗨。」

「嘿，寶貝。」

我的心臟忙著找地方躲。「梅莉莎？」

她笑了。「喬爾。」

「妳怎麼會——」

「你不會是真的忘了吧？」

我的身體竄過一陣哆嗦，把額頭靠在對講機上。拜託，拜託不是她的生日。

「你是要不要讓我進去啊？雨下得很大欸。」

我閉上眼睛。我真的想當那種人嗎？「抱歉。等一等。」我按開大門讓她進來，至少讓我能解釋。

我跟她從萬聖節之後將近一個月沒見了。我隱約記得那晚我們在親吻之前，在套入熟悉的流程之前，提到她的生日。我有可能喃喃說了什麼她可以今晚過來的話。都怪我。

我打開了門。

「你是故意要惹惱我的，對吧？」她站在門廳，甩掉頭巾，鬆開大衣。她的皮膚是夏季度假曬出來的褐色。

我搖頭。「對不起。我其實……有別的計畫。」

嚴格說起來，在十分鐘之前還不是真的，所以我說出口覺得雙倍不誠實。

「別的計畫，是，女孩子？」

我的眼睛告訴了她。

「可是你害我大老遠跑過來。」

「我忘了，」我終於承認。「對不起。」

她沒吭聲。一時間，我以為她可能會哭。我從沒看過梅莉莎哭，有時還會懷疑她究竟知不知道怎麼哭。

她一會兒就恢復了。「那，我起碼可以進來尿個尿吧？我快爆了。」

「當然。不好意思。當然可以。」

而就在我思慮不周地讓到一邊讓她進入我的公寓時，我抬頭一瞥。凱莉站在樓梯頂，仍像一頭受驚的幼鹿，墨菲在她的腳邊。

我還沒開口喊她，她就消失了。

第二部

25 凱莉

告訴我比較容易了。想念你。我以為會比較容易，結果好像變得更難。我要聽見你的聲音，在真實生活裡聽到，而不是在我的腦子裡。我想跟著你笑，想吻你。告訴你我最近在做的事。把你抱在我懷裡，感覺到你的臉挨著我的臉。

可是我知道用寫的是最接近實際交談了。所以目前我會假裝你在我身邊，而我在跟你說話。也許會有用——讓我不再想見你，再見一次就好。

我希望你在這裡，好希望。我想你，喬爾，想得我快受不了了。

26

喬爾

梅莉莎在浴室裡，沒關門，一面說著話。而我則在客廳裡繞圈，急著想要衝上樓去告訴凱莉事情不是她看見的那樣。（我甚至發現自己在想是不是真的有時間，在梅莉莎尿完史上最長那一泡尿之前。）

「……我是說，你什麼都不會忘記。你從來也沒有過。你連我媽的生日都記得欸，拜託。」

終於沖水聲，然後是流水聲。

「那她是誰？」她又出現了，仍站在門口，雙臂抱胸。我看到她優雅的裝扮，她特意捲的鬈髮，忽然有些心軟。

「是樓上那個女生，對吧？店裡的那個。你對我吹鬍子瞪眼那時我就該知道你喜歡她了。」

我想到多明尼克，這個月跟她在約會的那個人。我不想當面指出來。可是梅莉莎跟我之間的安排一向僅止於此。就是一種安排。

「為什麼……為什麼妳要害我這麼難受？」

「我沒有。也許你就是……覺得難受。」

「對不起，梅莉莎。」

「那我現在得頂著大風大雨開車回沃特福德去喔？」

說時遲那時快，一陣暴雨打在窗櫺上，像是衝著我而來的嘲諷倒采。

我瞪著梅莉莎，想著那麼多次她開了大老遠的車來看我；想著我從來不去她那裡，因為我討厭離開家；想著她接受我一切的怪癖，極少質疑我的行為。

無論是不是安排，梅莉莎付出的都比我給她的多多了。

我嘆氣。「當然不用。妳當然可以留下來。我只是需要——」

她笑得譏誚。「可別為了我放她鴿子。」

一分鐘過去了。

「聽著，梅莉莎……今晚不會有什麼事發生。妳跟我。」

她的笑容擴大，像是我說了什麼好聽的話。「喔，你真是太有原則了。」

「未必。」我低頭看著腳。

「我還以為你永遠也不會談戀愛呢。我還以為你只想要自由自在，沒有羈絆。」

「以前是，可後來……」我猶豫不決，捕捉到她的目光，充滿了邪笑。

然後是漫長的停頓。

「嗯，她一定是真的很特殊。」她說。說完就點燃了一根菸，到廚房去給自己倒酒了。

27
凱莉

我一關上門，就用我最舒服的一件開襟毛衣把自己包住，把頭髮編成辮子。然後我往蘇格蘭海鳥杯裡倒了一點威士忌——這算是最乾淨的容器了——悲慘地往下嚥，努力品味那股灼燙。

然後，有人敲門。

我小心翼翼打開來。

「真的對不起，凱莉。」喬爾一臉沮喪。「我不知道她要來。」

他換上了牛仔褲和T恤，頭髮很亂，像是剛拿毛巾亂擦一通。我盡量不去想像剛才我在樓下敲他門的樣子——溫暖，赤裸著胸膛，呼吸粗重，渴望我。

也可能純粹是我的想像。

「沒關係。」我剛才讓自己邊喝酒邊掉淚，而現在我擔心喬爾會看出來。「我確實知道有她，而我刻意忽略。」一切的徵兆都在，可我就是不覺得他是那種人。

「不，梅莉莎跟我……我們不是一對。真的。我們只是……是……」

他吞吞吐吐，最後安靜了下來，我這才發覺我一直在希望他會有比較能減輕罪刑的話說。

他再試一次，聲音低沉。「我說梅莉莎可以留下來，只有今晚。她得開很久的車。不過我保證，什麼也不會發生。」

我眨眨眼壓下聽見他們在一起的聲響，萬聖節的那一晚。「你真的不需要——」

「不，凱莉，我非常喜歡妳——」

我以點頭打斷他，卻沒說話，因為我再也不能確定這是什麼意思了。

我們頭頂上雨點捶打著樓梯間的天窗，像是拚命想進來。

「我明天可以過來嗎？」

我皺眉。「我不知道是不是——」

「拜託，凱莉。」他呼吸了兩次，彷彿每個字都是他心裡的碎玻璃。「時機實在是太糟糕了。就是這樣。」

「我正要出去，」我柔聲說，儘管我直到現在才知道。「我最好快點去準備。」

他一臉驚詫，而突然間我很氣全都浪費了。拋開別的不提，那一吻顯然是我這一生中最棒的一吻。

他吐出一口氣。「OK。那，玩得開心。」

「我會的。」

可他還是不轉身離開，我沒有選擇，只能說再見，再當著他的面非常輕非常輕地關上了門。

28

喬爾

雖然我很久都沒有這種想打人的衝動，我還是拚命忍耐住了，才沒有一拳打在旁邊牆上。我想再敲凱莉的門，再好好解釋一遍。但是她給過我機會，而我卻什麼也沒做，所以我只是下樓去，渴望有時間思考。

我一進門就看到梅莉莎脫掉了洋裝，現在穿著我的一件T恤，光著腿，焦糖色的頭髮披散在肩膀上。她在門口攔住我，一手端著紅酒杯，一根手指劃著我的顴骨，有雀斑的臉向我貼近。她身上的香菸和香水味是那麼的熟悉，我一聞到就會聯想到親吻她。

「我不會告訴別人的，帥哥。」

我盡可能輕柔地挪開，向廚房走去。「這個主意可不太好。」

她在沙發上坐下，盤起腿，如此一來，要是我往那兒看，就會看到她的內褲。「我能問你一件事嗎？」

「妳餓了嗎？要我叫披薩嗎？」

「她有什麼是我沒有的？」

事情沒有那麼簡單，我想要說。我有多喜歡凱莉——跟優缺點，比較或是偏好都沒有關係。即使聽起來誇張，但是我和凱莉的連結感覺上……更基本。是與生俱來的，自然而然的。就像閃電或是潮汐。感情的颶風。

我想像著凱莉剛才看著我的樣子。綠眸散射著金斑，有如什麼美麗的東西破碎了。

「辣香腸？」我輕聲說，以免得回答她的問題。

29
凱莉

我一會兒之後就離開了公寓，臨時把愛瑟叫到市中心去喝莫吉托。我就是受不了再聽見喬爾和梅莉莎又大戰一場——要是我不在家，我至少不會躺在床上，戴著降噪耳機來慶祝我的新工作。我們坐在吧檯，我喝得太快，就像大家想要忘掉什麼不愉快一樣，而且將近一個小時我提也沒提喬爾。

但是最終愛瑟還是問了，所以我就把梅莉莎說了出來。

「等等。她不是妓女嗎？」愛瑟問道，回憶被莫吉托弄迷糊了。

「不是，她只是穿得像是萬聖節的裝扮。」

「怎麼會有人裝扮成妓女？」

「《麻雀變鳳凰》。」

愛瑟縮了縮，不以為然，針對那部電影和萬聖節。「那她要留下來過夜？」

「他說她要開很久的車。」

她的表情充滿了同情，幾乎是羞辱。「拜託妳說妳不相信。這是皮爾斯，又一個。」

「喬爾不是皮爾斯。他完全不一樣。」

愛瑟拿吸管戳著一塊冰。「妳不記得皮爾斯取消了晚餐，因為他的『表妹』來過夜——結果她竟然是他在高爾夫球課上認識的女人？」

我聳聳肩，喝了一口酒，想要平撫回憶的傷痛。卻不如我希望的有效。愛瑟努力往我的腦子裡塞常識。「我只是不確定他會是個長遠的對象，凱。」

「為什麼？」我說，急著要她說出一個論點讓我能不認同的。

她帶著醉醺醺的嚴肅表情貼近我的臉。「他為了一個出現在他家門口的女人拋棄了妳。」憑良心說，我現在也滿醉了，所以就更加難以反駁了。

隔天早晨我沒有咖啡了，又不想冒險遇上梅莉莎，所以就在客廳窗邊坐下，等著她離開。天空像鵝毛一樣灰，空氣中充滿了十一月底的雨水味。附近有一棵春天會花朵盛開的樹傳來知更鳥的報時叫聲，我看著世界漸漸甦醒，伸長了韌帶。窗簾拉開，街道響起了熟悉的交響樂，腳步聲，關門聲，引擎轟鳴聲。天空越來越白、越來越亮，輪廓逐漸分明，燃燒的鍋爐冒出一縷縷的蒸氣。

比我預期的早，她出現了，躲開腳下的水坑，焦糖色的頭髮披瀉在肩上。她的大衣有假皮草領，她的車子大概是我一個月房租的二十倍。她打開了鎖，直接坐進車子裡，頭也不回。她的煞車燈在馬路盡頭一亮起，我就出門了。

很不幸，她沒走多遠，因為我在角落商店的冷凍櫃旁又碰見了她。她是那種不需要化妝就能引人矚目的討厭鬼，皮膚色澤和睫毛和骨架都得天獨厚。

讓我意外的是，她露出微笑，而且比上一次她給我的笑容要友善多了。我希望不是因為昨晚是她此生最美好的一晚，不過我還是得承認絕對是有這個可能。

「沒這個沒法開車，」她說，拿起了一盒冰咖啡。我猜遇上了彆扭的情況大家都會這樣——就他們正在做的事說些有的沒有的。「他沒有牛奶了，而我討厭黑咖啡。」

他，我心裡想。不需要名字。我們兩個都只想著一個男的。

心跳了一兩下，我這才發覺梅莉莎在等著我說話。「聽著，要是我知道你們兩個是——」

「我們從來就沒說是認真的。要我坦白說的話，那實在不是喬爾的風格。」

我看不出她是否在乎。「對。」

「他沒告訴妳吧？他的……毛病。」

我說沒有，因為他如果說過那我是不會忘的。梅莉莎歪著頭，壓低聲音，我覺得有點內疚，因為昨晚的事暫且不提，喬爾在我心裡一直是很可愛的。可我現在卻在這裡，幫著她在他背後說他的八卦。她示意我上前，挖苦我敢不敢越界。

我沒問，她還是說了。

「他是一個真正的孤家寡人，知道嗎。有點……心神不寧。他死也不敢跟人有關係。妳看過他隨身攜帶的那本筆記簿嗎？」

我想離開，但是她把片段的資訊拋向我，像在拋餌。

「妳知道裡頭寫什麼嗎？」

最後，她得手了，我上鉤了。「不知道。」

她遲疑不決，肯定是故意的，還咬著嘴唇。「喔，說不定我應該讓他自己告訴妳。」

我有股瞬間的衝動，想要揪住她的胳臂，逼她說下去，但就在最後一刻，我忍住了。如果喬爾有什麼需要告訴我的事，那也得由他決定要不要說。

「好。」我說，聳個肩，作勢要走過去。

「有點誇張。就算我說了妳大概也不會信。」

我迎視她的目光。「我不想知道。讓一讓？」

一抹自鳴得意的笑容。「妳說得對。我要是妳啊，我就會當個幸福的傻子。」

我回公寓時瞧了瞧喬爾的門，但是我沒停步。我只是繼續走。

30 喬爾

史蒂夫在健身中心他的小辦公室裡把堅若磐石的臀大肌坐在桌子邊緣。「你運氣好，我的下一位客戶十二點才會來。」

我待在門邊，兩手插進後口袋，後悔沒多穿兩件衣服。史蒂夫的健身中心沒有暖氣，因為來這裡的人就是為了要出汗的。

我的心跳跟上了門外的電音舞曲，而且不是因為我剛才一口氣灌下的咖啡。開始了。不能回頭了。拜託……你一定得相信我，史蒂夫。

「我需要知道我能信得過你。」

史蒂夫交抱雙臂。要是你的二頭肌有保齡球那麼大，那可極其壯觀。「當然。」

「不，真的，我必須知道我要說的話不會有別人知道，包括海麗。」

他上下打量我，活像是我問他是否能把我變成阿諾．史瓦辛格。「你做了犯法的事？」

「不是。」

「那好。不會有別人知道。」

我又站在懸崖邊緣。只不過這一次我是真的要往下跳。我能具體感覺到，這件事的危險高度。這是大學之後第一次，在我被醫生嘲笑趕出診間之後。「你在念書時……有沒有遇見過會通靈的人？」

沉默，令人焦慮不安。

「那得看你對通靈的定義是什麼。」史蒂夫最後說。

「有……有幾種？」

他換了換重心。「舞台靈媒。千里眼，有高費率的電話號碼——」

「不是。我說的是真的可以預見未來的人。」

一陣沉吟，這次時間較長。「你？」

我的胃上下起伏。我跨出了懸崖。「對。」

「我們現在是在說什麼？世界大事？樂透明牌？」

「不是。我會……作夢。」

「什麼夢？」

「我看見我愛的人會發生什麼事。」

在此刻之前我竟不知道沉默可以是那麼讓人緊張。我盯著他的臉，尋找不相信的跡象，一顆心蹦躂個不停。

奇蹟發生，居然沒有。

「說下去。」

我還估算不出他沒大笑，或是建議我出去散個長長的步是什麼原因。他是那麼的泰然自若，我差點都忘了我接下來是要說什麼了。

「說啊，喬爾。我在聽。」

於是我做個深呼吸，從帕琵說起。他的女兒，我的教女。我描述我的夢——史蒂夫忘了在十字路口踩煞車，車子撞上了燈柱。以及接下來的每一件事。我告訴他所以我才會把他的輪胎割破，九月的時候。

他輕聲咒罵，下巴挪動，看著窗戶，活像他很想把窗子打得和窗框分家。「還有呢？」

我往下說：路克，我媽和癌症。我妹很快就會有的懷孕。我告訴他凱特的事，還有我爸。

我把我的筆記簿拿給他，讓他看。這是我這輩子第一次拿給別人看。史蒂夫無異於是直接看進我的大腦——看見我的夢、想法和計畫，焦慮和理念。任何一點略有相關的事都寫在裡面。

他會覺得我瘋了嗎？哈哈大笑，跟多年前我的醫生一樣？指示我去做某種心理健康評估？

那我會怎麼做？因為這一次可是來真的。

史蒂夫小心地翻閱著筆記本。「有什麼模式嗎？」

「沒有。大多數的星期都有一次。好的、壞的、不好不壞的。我從來不知道下一個是什麼。」不算意外吧，我覺得，我預見的好事和不好不壞的事比壞事多。因為那映照了我愛的人的生活平衡。可是壞事，來的時候，就會壓過其他的一百倍。

我想要這件事停止，我心急如焚，因為我想和凱莉在一起。

史蒂夫轉過身，撕下了身後的勵志桌曆上的第一頁，下方的條目上命令我要趕緊鍛鍊肌肉。

他拿起一支筆，寫了起來。「你看過醫生嗎？」

「看過一次，大學時。」

「他怎麼說？」

「叫我滾出去，不要再回去。」

史蒂夫仍在振筆疾書，聞言挑高了一道眉。「他沒有建議可能和焦慮有關？」

「他什麼建議也沒有。還有，史蒂夫，就算我是焦慮……我還是能預見未來。」

「夢過什麼沒有成真的事嗎？」

「只要我干涉就不會成真。我作的每一個夢……都是預言。」

史蒂夫不停筆，但是我開始覺得洩氣了，因為他還沒有急急忙忙站起來，給出我急於需要的洞見。

內心深處我覺得我知道是不可能的。帶著一個立刻得到的解答離開這裡不啻是奇蹟出現。

「你生過什麼重病嗎？」

「這個算嗎？」

「不算。」

「那就沒有。」

「頭部受傷過？你記不記得撞到過頭？」

「沒有，什麼也沒有。怎麼？」

「我學校裡學的東西有點還給老師了，但是我在想會不會是跟你的顳葉和額葉有關。你的右半腦，有可能。」他拿著筆在額頭前揮動，好像就能幫我了解。

而我是了解，大致上，多虧了我在大學時上的獸醫神經科學課。可我從沒能在我的醫學知識和我的夢之間築起一條橋梁來。我是希望史蒂夫能夠做到。

史蒂夫放下了筆。「聽著，喬爾，我有差不多二十年沒念這類書了。我可以給你一點雞零狗碎的意見，不過純粹是我的揣測。不過我還是認識一些人。我在想黛安娜・強森可能幫得上忙。」

「她是誰？」

「目前是一位頂尖的神經科學家。我跟她一起研究過，我確定我可以讓她看看你。她帶領一支大學的研究小組，到處都有人脈。」

「你覺得她能調查？」

「也許。我不知道現在的情形。只要是正式的研究，她都得要申請贊助。還需要道德許可，而你很可能得接受一些詳盡的醫療檢查。」

「你是說，」我沉重地說，「沒有快速的解決方案。」

「你總不會真以為有什麼藥一吞見效吧？」他的聲音變柔和了，好像在安慰一個長牙的寶寶。

它從我的胸口掉了下去：那種無助感，沉重得像啞鈴。「大概吧。」

「聽著，我會全力幫忙，我保證。」史蒂夫正視我的眼睛。「還有……謝謝你，喬爾，願意相信我。」

我點頭。幾秒鐘過去。

史蒂夫揉捏下巴。「我不得不說，我有點放心。」

「放心？」

「嗯，這解釋了很多事。你就是因為這樣才跟薇琪分手的？」

「大概吧。」

「那凱莉呢？」

我連續眨眼。「什麼？」

「她是你來這裡的真正原因，對吧？」

「你怎麼會這麼說？」

「我上星期打電話給她——只是問問情況，看她是不是缺什麼。我問起你們相處的情況，然後……」他咧咧嘴。「這麼說吧，我沒辦法讓她閉嘴。」

我知道聽見這件事應該讓我開心的，但是那是昨晚之前的事。在我們甜蜜的吻迅速變酸之前。我們還是沒說話。今天早晨我在梅莉莎離開之後一小時出門，卻沒看到凱莉。

「你跟她說過嗎？」

「沒有。」

「那還有誰知道？」

「只有你。還有多年前的那個醫生。」

「你沒跟家人說過?朋友?」

「沒有,一個也沒有。」

史蒂夫吹出一口氣。「聽著,喬爾。我知道的事不多,可是我知道說出來是件好事。」

「那也得選對聽眾。所以我才來找你。」

「可要是你跟凱莉談一談,她也許能。你不試怎麼會知道呢?」

我沒吭聲。

「好吧。」他把一隻手從頸背後放下。我猜大概是因為我告訴他的事情太沉重了吧。「我先跟黛安娜談一談。」

「謝謝你。」

「嘿,我應該要感謝你才對。那一晚你救了帕琵……」這句話沒有了下文,但是我知道是為什麼。因為有些事太沉重了,連想像都無法想像,更遑論是要訴諸語言了。

我們只是瞪著彼此,而健身的音樂不停隔著辦公室的門傳進來。我們就像是酒鬼被趕出了某間後街的酒吧,努力想起哪條路能回家。

「那你是相信我說的事了?」即使是現在我也不確定我敢不敢相信是真的。

「對,」他溫和地說。「我相信你,喬爾。」

內心深處,一個多年的死結打開了。

「很遺憾我沒能把你想要的答案都給你，不過我下午會打給黛安娜。我會陪著你，喬爾。我們會解決這件事的，我保證——就算是得要團隊合作。」

就是這個詞，「團隊合作」，讓我的思緒四散開來。我想到了變成研究主題，變成實驗室的實驗。史蒂夫是不是提到醫學測試，道德許可？說不定跟黛安娜談一談會招來公眾注意。把她變成那種名嘴科學家，總是出現在不恰當的地方，像是益智節目和討論房價飆升的叩應廣播節目中。

「我再考慮一下，」我趕緊說。「先別打給黛安娜。我還有一些事需要先做。」

我言出必行，回家路上一直在思索。史蒂夫是對的，我應該要信任凱莉，把一切都告訴她。可更重要的是：生平第一次，我覺得我可能真的想說。

31
凱莉

三點整，他出現了。

「嗨，」他說，站在櫃檯對面，穿著煤灰色大衣，戴著羊毛帽，像根木頭似的堅穩真誠。

「可以借用妳五分鐘嗎？」

「她整個下午都沒事，」我聽見妲特說，在我還沒能開口之前。我轉身就看到她指著時鐘。「真的。還有兩小時就打烊了，生意差不多算死了。有點像那位老兄。」她朝窗邊那個戴扁帽的老人歪歪頭。「去吧，讓我開心，拜託。我保證客人排到門外面我就會打電話給妳。」

妲特不知道昨晚的事，我甚至沒跟她說我們接吻了。

我回頭看著喬爾，覺得傷心壓在胸口——沒看見他笑感覺就是不對。

「我有一群滿有趣的狗在外面，」他大膽地說。「要不要帶上墨菲去遊蕩一下？」

外頭，我把墨菲介紹給喬爾的狗群，他們似乎都急著自我介紹，嗅著彼此的屁股。

「黃色拉布拉多是魯佛斯，馬爾濟斯是小叮噹，那隻大麥町叫點點。還有一隻——布魯諾——不過他不是愛社交的脾氣，所以我都單獨遛他。」

我們邁步往馬路走，狗群拉扯著牽繩，走在前面。空中瀰漫著冬霧，世界感覺是在水面下，太陽在天空中像一個鮮明的孔穴。

「那，凱莉，妳不會剛好是蛋糕步[4]的粉絲吧？」

「那種舞步？」

「不是，這個有點不同。有人說更好。」

我忍不住笑了。「繼續說。」

「嗯，基本上是需要一個白痴請你吃蛋糕，接著是到生態公園去散步，他順便道歉，盡量為自己解釋。」

我想到了梅莉莎，想到了昨晚看見她和喬爾在一起我有多麼傷心難過。但是只需要看喬爾一眼我就決定了我必須聽他說。

我們停在西西里烘焙坊，再往公園走，到了之後就放開了狗群。他們就像逃出牢籠的雪貂，撒開四條腿飛奔，踢起了許多塵土。

「來。最後一個是妳的。」喬爾把紙袋遞給我，像遞出橄欖枝。

我拿了最後一個司芬卡——西西里瑞可塔起司麵球，滾上糖，甜得讓人上癮。

他拂掉手指上的糖。「咳，我昨晚沒有好好恭喜妳得到了那份工作。太棒了，真是好消息。」

我瞧了他一眼，忽然覺得害羞。「要不是你，我根本就不會去應徵。還有你跟我說的話，說熱情會加分——真的很有幫助。」

我們一邊走我一邊聞到喬爾的香味，立馬就想起了昨晚的吻以及那種讓脊椎打顫的興奮，既灼熱又深刻。我希望這一吻對我們兩個都代表一點魔法。

「我對發生的事非常抱歉，凱莉。」

「那一吻嗎？」

「不是！那個……很美妙。我是說……梅莉莎。我忘了她要來，我們幾個星期前說好的。」

他在說實話。一看他緊繃的表情就足以讓我相信。

「我今天早上在店裡遇見她，」我透露道。「我們沒說什麼，我有點……跑掉了。」

我們前方狗兒在繞圈追逐，玩鬧的叫聲竟然抵消了沉重的空氣。

「除了梅莉莎之外還有很多事，我想要告訴妳，可是……我知道妳不喜歡浮誇。在皮爾斯之後。」喬爾像是發覺說錯了話，猛地閉嘴，還閉了閉眼睛。「對不起，我說錯話了。妳沒有義務縱容我。」

「沒事，」我溫柔地保證，很好奇他是想要說什麼。「你什麼都可以跟我說。」

他呼出一口自我安慰的氣息，像個要從極高的跳板上往下躍的人。「對不起。這個……這個比我想像中還要難。」

❹ 蛋糕步（cakewalk）是一種步態舞，也是一種步態競賽。源起於十九世紀末期美國南方黑奴的一種舞蹈比賽，獎品是一個大蛋糕。

「我不想害你覺得不舒服。」

「不是妳。很久以來我跟別人在一起都沒有跟妳在一起舒服。」

我們來到了休閒浮船塢邊，一排排的腳踏船都用鐵鍊拴住過冬。低矮的霧在湖面飄動，為求偶中的綠頭鴨和成群的鳴叫灰雁提供了掩護。對岸上焰火節那晚的船屋寂然不動，荒無人煙。

「我有——」喬爾才開口就斷掉，伸手按摩著頸背。「對不起。這實在很難。」

我伸手去碰他的胳臂，讓他知道沒關係。但是內心深處我開始感覺害怕，幾乎就和喬爾臉上的恐懼一樣多。

「我會作夢，凱莉。」他的聲音不穩，像收音機的收訊微弱。「我夢到……我愛的人會發生的事。」

幾秒鐘過去。

「喔……我……」

喬爾勉強微笑。「對了，我知道聽起來像瘋子。」

我努力思索。「你說你看見會發生的……」

「我能看見未來，幾天、幾個月、有時是幾年後的事。」

「你——」

「沒開玩笑？」他看著我。「很不幸，絕對沒有。」

「不是，我要說的是——」

「對不起。我打斷了妳。兩次。」

「沒事。我只是想問你真的確定你的夢……不是巧合？」

「是就好了。」

我們站在湖邊。我完全不知道該說什麼。怎麼可能會是真的？然而喬爾卻又是我見過最真誠的人。

「先跟妳說一聲，要是妳在考慮要拔腿就跑，」他說，頭向我們來的方向歪，「我絕對不怪妳。我可以再……變回樓下的那個怪咖，妳想要的話。不傷感情，我保證。」

我急忙讓他安心。「你從來就不是樓下的怪咖。」話雖如此。他跟我說的事卻像地震，邏輯上完全不通，我也壓根不知道該怎麼辦。「聽著，喬爾，你剛才說的話……完全違背科學。現實。」

「沒錯。不過我可以解釋。」

所以我們就繼續散步，而他描述他的表哥路克被狗攻擊，他的母親死於癌症，他的家人與損失以及幾乎失去的人，以及輾轉難眠、思潮起伏的夜晚。他複述了他大學時去看醫生的恐怖經驗。他承認他討厭離開家，唯恐夢到什麼可怕的事情需要他插手，而我這才恍然，這一定就是他從不出外旅行的原因。

他提到了他在萬聖節作的夢，夢中他爸宣稱不是他的親生父親，我忽然有所了悟。

「我聽到了，」我說。「我那天晚上聽到你大吼，在睡眠中。」

他的難過幾乎能滴下來。「對不起。我在夢裡……我追著他喊。」

「不，別道歉。我只是……我能聽出你有多難過。你有——」

「去問他？沒有。」

「為……為什麼？」

他輕聲笑，我看見他的眼睛濕了。他過了一會兒才回答。「我該怎麼問？」

說完，他繼續走了大約十分鐘，等他終於停下來，我們互看了一眼，這一眼害我起雞皮疙瘩。

「凱莉，我知道這種事可能不容易了解。或是相信。我自己都不相信，直到很久以後。我花了好幾年的時間才接受，所以我也幾乎不能期待妳立刻就相信，今天就相信。」

「我沒有不相信你。」

「喔。」他的表情因為放心而鬆動。「吗，這比我預料中好多了。」

湖面上有兩隻疣鼻天鵝起飛，振翅聲就像超音波上的急促心跳聲。

「那……還有誰知道？」

「幾乎沒有。只有史蒂夫。他有個朋友可能幫得上忙，可是……我並不期待。」

我記得梅莉莎稍早在店裡跟我說的話。「我覺得梅莉莎知道。」

「我沒跟她說過，她以為我有睡眠障礙。」

我重播她的話，竟然為誹謗她而覺得慚愧。她壓根就不是在針對我——領地意識，沒錯，但卻是情有可原。「她問我知不知道你的筆記本裡寫了什麼。」

「她在吹牛，」他說。「我從來就沒讓筆記本離開我的視線。」

我們又談了一會兒。他跟我說他妹妹天心明年會懷孕——然後他以一根手指在我的手心劃出睡眠循環的機制，害我的心頭像小鹿亂撞。他給我看筆記本，說他厭倦了自我藥療——用薰衣草和溫牛奶，用酒把自己灌得不省人事，藥草茶，安眠藥，補充物和白噪音。可是沒有一個有效。

為了他的心智著想，這些日子以來他限制睡眠，也減少喝酒，相信運動有助於改善他的心情。

「你有什麼能做的嗎？」我這時問他。「阻止那些夢……變真的？」

「像意外之類的，要是我能及時趕到。」他吞嚥一下。「癌症之類的就比較難，甚至是不可能。」

我握住他的手，感覺他的負擔好像是我自己的。

很久之後，我們回到公寓，喬爾莫名其妙地說：「我會照顧墨菲，妳想要的話。在妳去沃特芬工作之後。」

我的心思倒轉。我一直不情願去尋找托狗中心。「不可以。」

「為什麼？」

我低頭看著仰望著我的墨菲。「因為這樣要求太過分了。」

「妳沒有要求，是我自願的。我白天都在家，我會看著他，帶他跟別的狗出去。他會很喜歡的。」

我極為感動。「我不知道該說什麼。」

「說好。」

「我……那就……」

「沒問題，真的。」

獸醫喬爾的模樣在我的心頭亮起。我已經知道他會是穩健溫和，親切仁慈又讓人安心的人。

他低頭看著門廳地毯，兩手塞進口袋裡。「我不是，」他粗聲粗氣地說。「我不是個好獸醫。」

「我完全可以想像你當獸醫的樣子。」我說。

「你是什麼意思？」

「那天在咖啡店，我睡著了——我在工作時就會那樣。唯一的差別是，我在他們開除我之前先離職了。」

「你辭職多久了？」

「三年。」他清喉嚨。「在那之前我把賺的每一分錢都存了起來。乏味極了，不過我猜我是覺得將來有一天會用得上那些錢。」

「賺到自由一點也不會枯燥乏味。」

他微笑，彷彿這是他聽過最美妙的話。而我立馬就俯身過去吻他。我體內的每個感官都啟動了，我迷失在他身上，貼著他，他的唇移向我的頸子、我的鎖骨，再回到我的頸子。我把他的T

恤向上推，感覺到他堅實的腹部，他光裸的肌膚在我的手下熱燙。我們的吻變得猛烈，我們挪向牆壁，兩具身體有如冒出火花的電線，嘴巴狂野，每一個動作都有點狂躁，讓彼此知道我們有多想要這個。

幾分鐘後，我使出超人的意志力才分開來。

我一面輕顫一面呼吸，把頭髮向後撥。「我應該……」

喬爾的胸膛也在起伏不定。他伸手碰我的手腕。「明天見？」

最興奮刺激的保證。「好，明天見。好。」

32
喬爾

我醒來時愣了愣頭腦才清醒。沒作夢。

鬆了口氣，我翻身仰躺，瞪著天窗。瞪著我的臥室盡頭，凱莉的臥室開始的那一點。

「我覺得宇宙想要我們試一試，」我對著那片破舊的天花板低聲說，在我的想像中她的床鋪應該就在那裡。

我已經知道我等不及要見到她了。去敲她的門，建議喝咖啡或是吃早午餐。再次體驗吻她的那種活力十足的悸動。

而所有不應該的理由仍然在那裡：愛上她，害怕我可能會看到什麼，以及隨之而來的一切。可是所有應該的理由也漸漸佔上風了。

她知道我會作夢。我向凱特之後的第一個我真正在乎的人剖開了靈魂。凱莉，她把希望吹入了我的心。然而她昨晚卻在門廳阻止了我火力全開的吻。有什麼把我們牽引在一起，如同地心引力那麼強大。而現在，在這些星期之後，也許我終於準備好要讓引力獲勝了。

多年來我看著可能性飄過，有些關係我不肯讓自己去發展。像是基倫的表妹如碧。她在我們認識之後五分鐘就在桌下跟我碰腳調情。我在酒吧偶遇的那位機智的獸醫護士，那一次是道格說服我出門的。郵局櫃檯後的那個女生，她對包裹尺寸的黃色笑話仍能讓我一面微笑一面急轉彎逃開。

但是凱莉卻讓她們黯然失色。

我把臉轉向枕頭，允許自己微笑。而就在此時，凱莉的水管不乾不脆地響了起來。她的洗澡水聲就像是我天花板上方持久的歡呼聲。而，這時，來了：今早第一首荒腔走板的歌曲。〈我想知道愛是什麼〉（*I Want to Know What Love Is*）。

要我挑也挑不出更恰當的歌了。

我抗拒著去敲她的門的衝動，足足抗拒了將近二十三分鐘。

「早，」她羞澀地說，在我終於向慾望屈服之後。她穿著牛仔褲和拖鞋，一件過大的針織毛衣，是晨霧的顏色。

喔，要命，她的樣子好美。我該說什麼？

我對她微笑。「妳的胃口好嗎？用一到十來評分。」

她咬著下唇，把一綹濕髮塞進耳後。「整整九分。」

「我能引誘妳去吃早餐嗎？」

「好啊。」

「妳想吃什麼？」

她微微臉紅。「嗯，我對煎餅無法抗拒。」

「容易。我正好知道有一家店。」

煎餅連鎖店很小，剛開張不久，但已經有一批死忠的客人在門外大排長龍，即使是十一月底的週日。但是今天我們的運氣很好，窗邊正好剩兩個位子。凱莉很興奮，說她從開店之後就一直想要來。

幫我們帶位的女服務生冷冰冰的，但是我向凱莉保證煎餅絕對值回票價。

「可憐的女人。我要是星期天一大早就這麼忙，我也會脾氣不好，」凱莉招認道。我早就注意到這一點了，她總是把大家往好的方面想。她朝我歪頭。「不得不說，我現在對這些煎餅有點流口水了。」

我的胃翻了個觔斗，因為飢餓，也因為別的原因。

她掃瞄餐廳。「看客人有多少。要是我是個生意人，我一定會嫉妒。」

「只是幻覺。這地方實在太小了。」

她用手肘推我。「我很開心，知道嗎。昨天。」

她凝視著我的眼睛，希望在我的胃裡豎起了一面旗子。不過，我不得不問。「開心是跟什麼比較？看牙醫？還是報稅？」

她哈哈笑，第一次縮了縮。「抱歉。『開心』是很差勁的說法。」

「根據我跟妳說的事情來看，相信我，『開心』是最好的說法了。」

我們的煎餅在幾分鐘後送來了，一大堆浸滿糖漿的奶油枕頭。黏乎乎又甜絲絲，上頭還加了打發鮮奶油。

凱莉熱心地研究。「好，這下子我得埋頭苦幹了。」

我們吃了起來。我想評估她的心態，讀取她的肢體語言，如同看日晷判斷光影。她是否像外表這樣開心放鬆？不受我昨天的告白影響？我幾乎不敢相信。

最後，胸口緊繃，我問她是否有機會思索我和她說過的事。

她擦擦嘴，轉過來面對我。「有。而我不想因此而阻撓了我們在做的事。這個，我們。」

寬慰之情沖刷了我全身，然而……「我知道我跟妳說的事很難相信，凱莉。」

她握住我的手。「不，我——」

「我一直在想……想一個可以證明給妳看的方式。」

「用不著。」

「可是我想要。」

她喝著咖啡，等待著。

「明天晚上，市場街會有一條水管爆裂，就在尖鋒時刻，交通會壅塞。我妹會困在車陣中，錯過了瑜伽課。」

我看見凱莉的心思在飛轉。拋開結果不提，她在想，他是不可能造成水管爆裂的，即使他有那麼瘋狂。

「喬爾，你真的不必——」

「我要，」我堅持道。「這樣妳才知道我不是瘋子。」

喝完咖啡時，凱莉問起了薇琪。我立刻就面窗而坐心懷感激，免得必須隔著桌子直面她的目光。

「我們八年前分手了。」

「你們倆在一起多久了？」

「三年。」

「你開心嗎？」

我瞪著霜凍的街道。「剛開始。」

「是誰提分手的？」

「她。我想她那個時候只是想找一個正常的人。」

凱莉兩手握住咖啡杯，等待我說明。

「我不是一個很好的男朋友，」我承認道。「我……還滿自我中心的。有點亂七八糟。可能不是個好同伴。」

「你很誠實。」她似乎很佩服。

「妳一點也不介意？」

她轉身看著我，表情開朗，有如盛接雨點的葉子。「不必完美無缺才有人愛。」

「對，」我同意。「可是理想上應該要優點大於缺點。」

我沒說我還留著薇琪給我的那張清單，我能夠倒背如流，一字不漏。

「你夢到過薇琪嗎？」

「妳是問我愛她嗎？」

凱莉的五官瞬間渲染上羞澀。「對。」

「不愛，我一次也沒有夢見過她。」

「那你……愛過嗎？」

我們後方有一群學生被叫到他們的桌位，他們匆匆走過，活力充沛，樂觀積極，竟然勾起了我的一種緬懷之情。緬懷什麼？我不是很確定。

「有一次，很久以前。」我瞧了她一眼，清清喉嚨。以最簡短的詞彙描述了我和凱特的戀情。「想逃走隨時都可以。」我在結束時說。

「你老是這麼說。」

「我這樣可算不上是在自誇。」倒不是我有過會想推銷自己的想法。

她用一隻手悄悄覆住我的手。儘管她的皮膚溫暖，我卻打哆嗦。「不，你就是。」

我迎視她的目光。而內心深處，有個錨拉起來了。

33 凱莉

我在上網，瞪著大眼，讀埃佛斯堡地方報網站上的一條更新新聞。

今天傍晚水管爆裂造成了市區交通嚴重延誤。市場街以及聯外道路交通堵塞，駕駛報稱延誤長達一小時……

我呼口氣。並不是因為之前我不相信喬爾，但這個卻讓它真實，無可質疑。讓我想要把他拉過來，緊緊擁抱他，永遠不放開。

我也說不上來是為什麼，但是我想要親眼看一看——感覺幾乎像奇蹟——所以我去敲了喬爾的房門，問他是否想吃速食。我們坐在了市場街一家連鎖漢堡店的窗邊，第一排的位子可以把混亂情況收入眼底。

「我是壞人嗎？」

喬爾拿著條沾番茄醬。「怎麼？就因為妳想跑來這裡當吃瓜群眾嗎？」

我做個鬼臉。「別誤會喔，如果是意外我是不會來的，或是——」

「嘿，沒關係，」他說，用手肘輕輕頂我。「我有時候也會。」

「為了驗證你不是在作夢？」

他哈哈笑，然後我們就默默進食了一會兒。

「嗯，」他終於說，「別的不提，妳可不能說我不懂得如何給女孩子好時光。速食加上尖峰時刻的堵車——夫復何求啊？」

「你不必揹鍋——這次完全是我的主意。」我又想了想我們來此地的原因。「不過，很離譜，對不對？你知道會發生這件事。」

他的笑容稍微消退了。「相信我，新鮮感消逝得滿快的。」

窗外有汽車打開了門，兩名一肚子火的駕駛吵了起來。

兩人挺胸對罵，亮出拳頭，喬爾抓起了飲料。「想不想離開？不確定我想看這一幕。」

「不是你的錯，知道吧，」我告訴他，一面離開餐廳，快步走遠，飲料握在手上。「是水管爆裂，你又無力阻止。」

「我可以做點什麼，打電話給水公司——他們就會去檢查。」

「並沒有人受傷啊。」我柔聲提醒他。

「對，」他同意。「而且今晚讓妳看到感覺更重要。」

34 喬爾

我們回到凱莉的公寓。能夠向她證明讓我鬆了口氣，儘管她並沒有要求。可是整件事卻害我微微有些心神不寧。所以進去後我換了話題，問她今天過得如何。

她說她今天午休時通知了班。

「他怎麼說？」

「比我預計的要好。他會給妲特升職吧，再找個人來遞補她的空缺。」一聲喟嘆。「他真的很有風度，真的。那麼支持。害我覺得有點慚愧——像是我愧對了他。甚至是愧對了葛麗絲。」

我們一塊坐在沙發上，不過只有視線接觸。窗外，漆黑的空中掛著一彎弦月，滿天星光閃爍。

「他支持是因為這是妳的一大步，」我安慰她說。「是翻開了全新的一章。」

凱莉在綁辮子，披在一邊肩上。露出了她纖細的脖子，她戴的長耳環是真正的壓花耳墜。

「我覺得是很長的一段時間了，我有這種古怪的恐懼，就在葛麗絲的葬禮之後。我老是在半夜三更醒來，納悶我死了別人會怎麼說我。幾乎是滿腦子只有這個念頭。愛瑟覺得我是想要避免自己老是去想葛麗絲。知道吧——強調我自己的失敗，遮蓋住悲傷。」

我回想我母親。在她死後我有多執迷在我的夢上。就在那時我開始寫筆記，記錄下我看見的每一件事。

「我擔心我的訃聞讀起來會像是個人簡歷，」凱莉說。「知道吧——極其可靠。獲得埃佛斯堡金屬塗裝公司資深員工獎。準時，勤勞……這才是推動我的最後一股力量吧。辭掉坐辦公桌的工作，接手咖啡店。我大概有兩個月有點瘋瘋癲癲的。」

「怎麼個瘋癲法？」

她聳肩。「做一堆不智之舉。像是，決定我需要的是一個真正怪誕的髮型，有劉海的，顯然是我絕對討厭的。後來我又想要把整間公寓都漆成暗灰色，可是樣子好恐怖，我漆到一半因為損壞押金而大崩潰，最後又不得不再漆回原來的顏色。」她吐出自責的呼吸。「還有呢？報名網路約會——災難收場。喝醉又……」她沒把話說完。

「喔，不。」我笑了。「妳不能說一半。喝醉了，然後……私奔了？被捕了？累積了一張五位數的酒吧帳單？」

她的聲音降到耳語。「我去刺青。」

我咧嘴笑。「漂亮。」

一陣停頓。

「那，是什麼？」

「什麼是什麼？」

「刺青啊。」

她咬住嘴唇。「甭提了。」

「如何刺的，刺了什麼，刺在哪裡？」

「說起來會沒完沒了。」

我模仿看錶的樣子。「喔，我有時間。」

「好吧。唷，我喝醉了，然後……我去刺青。」她呼口氣，兩手相疊，端莊地擺在大腿上。

我可不會讓她輕易過關。「妳已經說過了。我要聽的恐怕是細節。」

她又咬嘴唇。把溜出辮子的一束頭髮塞回去。「呣，我一直想著要一隻鳥……可是我喝醉了，沒辦法把我的意思說清楚。我要一隻燕子——應該是優雅美麗的。很細緻的，知道吧？我想畫給他們看，可是我實在不會畫圖，結果……」

「在哪裡？」

「我的髖部。」

我揚起一道眉。「我可以看嗎？」

「好吧，可是你不許笑。」

「我保證。」

她拉低了牛仔褲褲腰。

我低頭看，再抬眼看她。「那個……哇。」

「我知道。」

是一隻燕子沒錯。我心裡想。可如果那是燕子，也是一隻吃了類固醇的燕子。鮮紅色，鮮藍色，尺寸超乎尋常。圓滿豐潤，有著卡通曲線。鳥喙上啣著一捲空白的卷軸，認真殷切的表情我只能假設是意外。

也可能是她的刺青師那時嗑茫了。

「這個滿……我是說，它……」

她瞪大了眼睛。「你不用客氣，真的。我酒醒之後看到就哭了。我開始歇斯底里地上網搜尋雷射除刺青，發誓不會再做莽撞的事情了。」

「那個卷軸上……」我清喉嚨。「……是打算要刺什麼嗎？」

「喔，他們以為我會想要，刺某人的名字。我很驚訝他們沒有乾脆捏造個什麼東西，問也不問我一聲就刺上去呢。」

「天啊。難以置信。」

她拿抱枕丟我。「你保證不會笑的。」

「我沒笑啊。我覺得很迷人。」

「哪裡迷人。這是洗不掉的塗鴉。我正在凝聚勇氣再回去，雷射去除。」

我伸出手，握住她的手。「我覺得妳應該以它為榮。別管什麼雷射了。這是妳的故事。」

她開始笑，粉紅色的飽滿嘴唇，笑得露出了牙齒。「你是說真的？」

「真的。妳做了某件瘋狂、勇敢的事。妳應該要看著刺青心裡只感覺到開心。」我又瞄了一眼她的髖部。可卻是等我抬眼看著她時我才覺得開心：飽滿的、脈衝的快樂。「繼續做瘋狂的事情。」我說，捏捏她的手。

「真的？跟這個刺青一樣瘋狂的？」

我咧嘴笑。「有何不可？只要是好的那種瘋狂。妳的那種瘋狂。」

「我有種感覺，沃特芬會滿狂野的。至少是對我來說，」她笑著說。「接下來呢——想跟我一起去智利嗎？」

她在開玩笑，我分得清。但是跟凱莉在一起對我來說是最接近忙裡偷閒的生活了。因為即使是漸漸了解她都像是在異國度假。我常納悶外國是什麼樣子，只是從沒有勇氣去探究。

我們同時前傾，四唇相接，飛入軌道。

35 凱莉

愛瑟的生日，她來邀我和喬爾去她家參加派對。

「我有多年沒去別人家裡參加派對了。」他承認。我們正在準備。

「怎麼會？」

「那不是我的……天然棲地。」他說是因為逐漸和朋友疏遠，他那個一生是局外人的感覺。

我在熨燙今晚要穿的衣服，有腰帶的海軍藍洋裝，下襬掠過大腿，不長不短。和一雙高跟魚口鞋以及大紅唇膏是絕配。「放心好了，不會有人知道的。」

他吻我。「最好是。」

「嗳，就算有人知道我也不在乎。」我喃喃說。

我有種感覺，喬爾跟我連袂出席會是派對上的話題，但他似乎很緊張，所以我決定不告訴他。

愛瑟在門口歡迎我們，臂章上寫著「亮麗四十歲」。

「蓋文是在嘲諷，」她說，吻了我們兩個。「我才三十六。」

「我是喬爾。」他說，伸出了手。

愛瑟粲然一笑，活像是聽到了今年度最好笑的笑話。「你、真、逗。進來。大家一定會愛死你的。」

我們沿著走廊前進，我一直以為葛麗絲會從哪處門口走出來，臉頰紅亮，滿臉笑容，兩隻手都端著酒杯，在每人的臉上灑下數不清的吻。

喬爾的一個優點就是外在的溫暖掩飾住了他的隱士心態。我們才剛拿到飲料，蓋文就把他拉去聊建築物的可續性，最後轉變成和愛瑟唇槍舌戰，爭論中產階級以抽獎方式銷售他們的家，之後我就沒有機會跟他說上話了。每次我查看他的情況，他總是和某個新的人在交談，最後我幾乎在一群不認識的賓客中失去了他。但是我們時不時就會靠眼神找到彼此，像繞著太陽系的衛星，而只要四目相遇，我的胃就會盪漾出無數的星星。

等我感覺到有一隻手環住我的腰，我才發覺一小時，甚至兩小時過去了。是愛瑟。「只想說我有多以妳為榮。」

「以我為榮？」

「對，去追逐妳的夢想。我這些年來應該要多多鼓勵妳的。」她是有，我覺得。我大學一畢業就忙忙碌碌投履歷、去面試，卻一無所獲，她就總是說我投降得太快，不肯讓我拋棄我的夢想。我認識的人裡只有妳光憑一隻鳥的飛行模式就能說出那是什麼鳥，她會在冬天早晨莫名其妙說出這樣一句話，在我指著頭頂上一群針尾鴨時，在天空的皺褶紋路上織出一溜針腳。還有誰能看一眼樹皮就知道是什麼樹？妳應該去追求妳的興趣，凱。人生就得要活著。

可那時我的自信早就被第一輪的遭拒打得傷痕累累。生態圈的競爭那麼激烈——暫時丟下我的企圖心感覺比較安全、比較不會傷心，所以我和愛瑟保證我很快就會換跑道。於是，一陣子之後，她也不再提了。

「妳有，」我現在告訴她。「我只是不覺得那時我準備好要聽。」

「我喜歡這條項鍊，」她說，朝我的鎖骨點頭。「她買的時候我也在。」

這是一個小小的白鑞橡實，是葛麗絲在認識班之後不久送我的聖誕禮物。我想她是想藉由橡實和橡樹說什麼，要我坐而言不如起而行。

愛瑟又擁抱我，隨即跑開去找蓋文了。

稍後，我發現喬爾在地下室廚房裡跟蓋文和愛瑟聊天。看見他們不像一開始時那樣反對他，因為梅莉莎的事而狀況不明，我鬆了口氣。最起碼他們是說好了要等到明天再用手機來取笑我。

「嘿。」我抱住了喬爾。他不知把毛衣脫在哪裡，只穿著T恤，卻全身溫暖、皮膚柔軟。他的香氣已經變得很熟悉了，有如來年又綻開的花香。「我找不到你。」

「嘿。我覺得是我找不到妳。」

「給我打住。不，妳打住。」愛瑟說。她正在喝紅酒，嘴唇變成鮮紅色。

我微笑。「你們在聊什麼啊？」

「班，」愛瑟說。「他想辭職，賣掉房子，可能會搬走。」

「真的？」我今晚沒跟班說到多少話，但我看見他在樓下排隊等著上廁所，確是有些微醺的樣子。

「我們在討論是不是該勸他不要。」蓋文說。

「為什麼？」

愛瑟咬著指甲。「嗯，怕他是太草率了。」

我把喬爾溫暖的軀幹抱得更緊。「可是葛麗絲走了快兩年了。」我小聲說。

我們都安靜下來。

「我是說，這樣不是很好嗎？」我接著說。「要是班終於覺得有希望了呢？葛麗絲過世之後他就沒說過任何樂觀的話了。」

「前提是他放下了，而不是在逃避。」愛瑟睿智地說，而附近有杯子摔碎聲。

蓋文探頭到廚房門外去看一眼。「是班。喔，要命，他在乾嘔。」

「真是的，這些客人。」愛瑟說，眨眨眼喝光最後一口酒。然後她和蓋文離開了廚房，留下喬爾和我。

外頭的院子從地下室窗戶看出去形成了一條黝黑的軸線，夜空多雲，霧氣瀰漫。

「妳覺得他會沒事嗎？」喬爾問我。

「喔，一定的。愛瑟是處理危機的高手。」我皺眉。「我只是希望……」

他等著。

「……班不是在擔心咖啡店。我的意思並不是說我離開，而是……很多事都在改變。和過去不一樣了。」

喬爾若有所思。「可是說不定長遠來看倒是好事。既然他已經在說要重新開始……」

我擠出笑容。「對。我會跟他談一談吧。過了今晚之後。」

喬爾的眼睛在廚房裡飄移。「這裡真的很不錯。」

「對吧。」我用手指描摹橡木檯面上的凹痕和紋路。「好溫馨，好傳統。」

他點頭。「妥妥的一個家。」

「他們想要生孩子，」我突然說，也不知道為什麼會這麼說。「愛瑟和蓋文。」

「喔，抱歉，我不是有意——」

「我知道，我只是……」

「那他們……」

「在努力。在葛麗絲死前。可是後來就停了。」

「死亡是會有這種影響的吧。讓你仔細反思。按下暫停鍵。」

我的笑容感覺像水一樣虛弱。「只要到時間記得再按下開始鍵。」

我們都默默站了一會兒，聽著淒美的美國藍調從樓板間傳下來，然後喬爾俯身吻了我。兩人一起在這下面有如身在天堂，躲在屋子溫暖的丹田中，和有袋動物一樣，不受外在世界侵擾。

「我把妳弄髒了。」他說，在我們暫時分開後。

他的嘴唇抹上了我的口紅。「我也一樣。」然後我又傾身吻他。堅決又激切，我們的身體很快就緊緊交纏，我們的嘴既濕又熱。我們就在廚房的開放掌心中變成了彼此的脈搏，被烤爐的熱氣溫暖，被房間微微陡直的四壁的吱呀聲遮護著。

36

喬爾

凱莉在我身邊睡覺，衣服睡皺了，頭髮也睡亂了。我們把愛瑟廚房的熱吻直接搬回家。我在門階上手忙腳亂掏鑰匙，再進入門廳，然後走進我的公寓，半坐在沙發上，最後進了臥室。我們一起跌在床上，以激切的手摸索著彼此。心跳如雷，皮膚潮濕。我不知在何時踢掉了床頭几上的檯燈（我們是怎麼會搞出那種姿勢的？），讓兩人栽入了黑暗之中。我感覺到她大笑時骨盆抽動，讓我因慾望而頭暈眼花。

我們第一次親吻，而我徹底愛上她是一星期之前的事，可是我想要妥妥當當地做。慢慢來。她對我已經太重要了，所以不猴急似乎是合情合理的事。

所以她才會像隻貓蜷縮在我的髖部，而我戴著耳機一面看TED演講，談踩踏意外。

我會有這種感覺可能是梅莉莎的緣故，因為我的大腦想要在她和凱莉之間劃一條界線。也可能是我需要相信這一次在我們做出比親吻更多的事情之前，我不會搞砸。

總之。如果你居高臨下看，大概會覺得我們的樣子很奇怪吧。我在我自己的小世界裡，而凱莉在我身旁睡覺，衣著整齊。

37 凱莉

太陽像是油亮的一團火，高掛在十二月初的淒清晨空中。這是我到沃特芬的第一天，我在沼澤地的中央，坐在牽引機的駕駛室裡，隨著車輛顛簸，奇怪的是，車子居然是我在開的。我的新老闆費歐娜坐在我旁邊的折疊椅上，車後拖著滿滿一拖車的籬笆柱，一小隊員工和義工跟著我們的車轍徒步前進。

我握緊又放鬆方向盤幾次，只為了確認是真的，我並沒有偏離路線，從我的睡眠晃進了喬爾的一個夢裡。

駕駛時不被周遭環境分散注意力是很難的事。大地閃爍的冬光，陽光被結晶地面反射回來。我們有兩次看見黃褐色的鹿在林下植被中奔竄，而有隻灰澤鵟則在萬里無雲的天空中繞圈。

「不讓牽引機陷住是不可能的吧？」我們接近一片明亮的濕地，像極了泥塘，讓人提心吊膽。

「喔，對——是不可能。」費歐娜愉快地說。烏黑頭髮、臉頰紅潤的她有那種助產士的務實性格。

「那陷住了要怎麼辦？」

「喔，不會的。」

「不會什麼？」

「不會陷住，」她說，面帶微笑。「萬一陷住了，那妳就完蛋了。」

我兩眼盯著前方的泥潭。「好，了解。」

她哈哈笑。「放輕鬆。就跟開汽車一樣。一開始打滑妳就會感覺得到。」我察覺到她在看我。「妳會開車吧？之前忘了查看妳的駕照了。」

我咧嘴笑，確認了我有駕車的資格。在咖啡店工作了將近兩年，最輕微的潑灑咖啡事件都像是「貓途鷹」的差評隨時會發生。費歐娜的輕鬆說法就像是批准我可以呼吸。我已經能感覺到我的大腦在切換車道，我的心裡在換檔了。說不定我還會覺得激動呢，要不是我掌控著一台農耕機，還得竭力避開一頭衝進最近的溝渠的災難發生。

我很快就會愛上這台牽引機的，費歐娜這麼安慰我。她描述在令人昏昏欲睡的夏日在陽光普照的沼澤裡除雜草，漫長又胡思亂想的下午在沼澤的草原上巡行，空氣中有斑斑點點的陽光，蝴蝶滿天飛舞。她跟我說我挑中了最糟糕的季節過來。「其實是好事一樁，」她說，「因為照我看來，天氣從現在開始只會越來越好。」

「不過我還滿喜歡冬天的。」我跟她說。

她的笑容寫滿了同情。「我們都還沒開始清理堤壩呢。」

早晨忙著架起一排籬笆柱和拉起防牲口的鐵絲網，那樣的高強度還挺嚇人的。我怕極了會弄錯，反彈打到我的同事，害他們被抬上救護車。但是惶恐不安更讓我精力旺盛——這是一種出乎意料的興奮劑，必須全神貫注在不斷掉某人的腦袋上，或是不把牽引機駛入泥塘中，或是失足摔進壕溝裡。就像是我在塗裝公司上班的第一天開始就渴望不已的腎上腺素注射。

我們在蘆葦堆頂上吃午餐，就在沼澤的中央。早晨的勞動讓我們又熱又喘，紛紛脫掉了毛呢上衣和外套，即使氣溫只比零度高一點。我們看著一隻狩獵中的紅隼盤旋撲擊，冷空氣如涼水沖洗過我們汗濕的皮膚。附近的一帶禿枝樹林中寒鴉鑿下的木屑如雨點般飛落。

我們吃著三明治和湯，對話轉入對流浪的渴望。義工大衛剛拿到生態學學位，下週要去巴西進行一項保護計畫，監控研究一處國家公園保護區的野生動物。他一說出口我就敬畏交加。

費歐娜要我們大家說出我們最想去的地方。

「拉脫維亞，」連恩說。他是費歐娜的永久助理，寬肩直率，髮色如蜂蜜，五年前入行，在他明白自己在財務審計方面有多差勁之後。「美麗，寧靜，安詳，方圓百里都沒有人來煩你。」

「你已經去過拉脫維亞了，」費歐娜說。「不算。」

我微笑，想到了公寓裡的旅遊指南，很好奇連恩跟我會不會有許多的共同點。

連恩聳聳肩。「別的地方我都不想去。」

「連更有異國風情的地方也是嗎？」大衛說，儘管他眼中的笑意讓我們知道他們以前有過這段對話了。「非洲呢？」

「不要。你知道我是冷血動物。反正，這世界我想看的地方已經看得都差不多了。」

費歐娜轉向我。「那妳呢，凱莉？妳夢想的地方？」

「勞卡國家公園，」我說。「在——」

「智利。」大家異口同聲說。

我微微前傾。「那裡有這種鳥——」

大衛笑了出來。「啊，赫赫有名的黑頂鵖。」

連恩冷哼，把炸薯條袋子舉到嘴巴上。「看到雪豹的機會還比較大。」

「或是獨角獸。」大衛咯咯笑著說。

「我就認識一個見過的人。」費歐娜說。

我急切地點頭，想起了我大學班上的一個女生。「我也是。」

大衛微笑。「嗯，妳要是拍到了照片，別忘了要寄給我。」

費歐娜看著我的眼睛。「別理他。我朋友說那地方美極了，是真正的畢生難逢的地方。而且那種鳥會是載入史冊的大發現。」

「對，」連恩說，捏扁了空薯條袋，看了看手錶。「聊得真開心，不過籬笆還是需要弄完。」

「恐怕妳得要慢慢習慣他，」費歐娜跟我說，還眨了眨眼。「他有點像哈士奇，靜不下來。」

我已經喜歡連恩了——他跟我滿像同類的。於是我第一個從蘆葦堆跳下去，跟著他回去搭籬笆。

一回家我就去敲喬爾的門，在他把我抱起來時微笑。「抱歉——我全身是汗，狼狽極了。」

「全身是汗，而且可愛極了，」他說。「來，從頭到尾告訴我。」

我描述了這一天，讓他看我手上的水泡。「我都不知道我的體能有多差。不過，從好的一面來看，我倒是學會了駕駛牽引機。」

「第一天？那不是在給妳個下馬威嗎？」

「對。不過，起碼一開始我沒時間驚慌。」

「他們人好嗎？」

「喔，非常好。真的很好。」我低頭朝墨菲微笑。「他怎麼樣？」

「喔，他剛開始的確很想妳。不過我使出了殺手鐧：散步，玩球，點心，搔肚皮，終於贏得了他的心。」他的音調降到耳語。「別說出去，我覺得他對小叮噹情有獨鍾。」

我哈哈笑。「小叮噹配他太老了，她都快十歲了。」

「嘿，別這麼挑剔好嗎。她可以轉移他的注意力呢。」

內心裡我覺得緊繃的一根弦鬆弛了，如同暴風退去後船帆也軟垂無力。「太感謝你了。」

「不客氣。要喝什麼嗎？」他往冰箱走，拿出了一個瓶子，到處找開瓶器。

喬爾的公寓讓我羞慚——總是那麼的整齊乾淨，像個平靜的膠囊。客廳裡只有一張雙人沙發，一條青色毯子嚴謹地鋪在椅背上，一台尺寸剛好的電視，藍牙喇叭，此外就沒有什麼贅物，只有壁爐上的一盆多肉植物和一張咖啡桌，桌上通常擺著他的筆記本和筆。

我一屁股坐在沙發上。「你買了紅酒。」

「妳說什麼？」

「瓶子既然有軟木塞，那就代表很高檔。還是我自己亂說的？」

「呣，」他說，倒了一杯，「這玩意顯然不錯。對軟木森林來說。妳現在去自然保護區工作了，我也開始補充知識了。」他走過來，給了我一只冰涼得像霜的杯子。「來，慢慢喝，我幫妳放洗澡水。」

喔，我的心。我的心在高歌。

「謝謝。」我勉強說，但是他已經消失在浴室裡，去打開熱水了。我看著他走——他的肩膀，他深色的頭髮——感覺到一種親暱的渴望。

喬爾跟我在一起幾週了，如膠似漆，卻還沒有上床。我知道他是不願意太急，他對戀愛的感覺很複雜，他懷疑自己在這種事上的能力，所以我很樂意慢慢來。我們現在的情況感覺很正確。

洗澡水放好之後，我走了進去，喬爾點了一根蠟燭，把一條剛洗好的毛巾擱在架上保溫。就像一支慢舞，充滿了溫柔的舞步，是我以前為皮爾斯做的一切，而他從無回報，可能是因為他覺得對我不需要那麼費心。

喬爾可能連一根蠟燭都沒有，直到最近，更別提他倒進熱水裡的薰衣草沐浴露了。他彷彿是等候多年才等到一個可以讓他做這些事的人。

38 喬爾

凱莉去沃特芬第一週的中點，我們去我的前老闆基倫和他太太柔伊家晚餐，正在散步回去。待過他們地板加熱的小窩之後（他們住在埃佛斯堡最昂貴的一條大道上的金磚雙門面別墅裡），外面的世界冷得刺骨。

「基倫是你唯一的真正朋友嗎？」凱莉輕聲問我，我們的呼吸在十二月的空氣中像兩團白色的煙霧。

「史蒂夫是一個好朋友。」比大多數人好，鑑於他對我的理解忍耐。

「為什麼？」

「什麼為什麼？」

「為什麼基倫和史蒂夫是你唯二的朋友？」她勾住了我的手臂，問得像沒什麼了不起似的。只不過我知道不然。我猜她是在納悶一個沒有嚴重性格缺陷的人真的能活到三十幾歲卻沒有一票人為伍。像一種永遠是現在式的等待告別單身派對。道格有他自己的忠實黨羽（老同學，橄欖球友，同事，配偶的朋友），就從來不這麼想。他總是嘮叨我生日不辦烤肉會，夏天沒有結婚請帖。世界盃來了又去卻缺少一群人舉杯慶祝。

「我想是從我開始作夢之後，」我承認道，「我就不是非常專心在交朋友上。有時感覺像是一份全職的工作，想記住每件事，不讓自己的心思崩裂。坦白說，現在還是。」

昨晚就是個好例子。我夢到了一位近親的簽帳金融卡被仿冒，銀行戶頭被清空了。我還有幾個月的時間，可是我能怎麼辦？叫他在六月之前都只使用現金，強化他的網路安全？我思索了整個早晨，最終選擇給他寫封電郵。捏造一個有朋友對這種事很熱衷的故事。至於他會怎麼做，也只能憑他了。

等我抬頭時已經將近中午了，我幾乎不記得凱莉出門去上班。我沒在她睡醒時吻她，幫她泡咖啡，問她週末是否想做什麼。可以交流的小小機會，從我的指尖振翅遠颺。

「真可惜。」凱莉這時說。

我清喉嚨。「沒有的東西就不會想念。如果得把那一大堆定義你的東西都埋在心裡，就不容易投資在友情上。」

「說不定不必讓它定義你。」

可它就是，我心裡想。*我一點選擇也沒有*。

我們繼續走，經過了爬滿迎春花的鍛鐵欄杆。

「嗯，我的朋友喜歡你，」凱莉說。「愛瑟家的派對之後，他們發的訊息我簡直應接不暇。」

我微笑。「那很好。」因為既然你沒法正常，那第二選擇就是給別人留下好印象吧。

「知道嗎，你對自己的想法並不總是等於別人對你的看法。」

我品味著她貼心的話，用手肘夾緊她的手。「說到這個……妳一向都自以為是個秘密的智囊嗎？」

「嗄？」她哈哈笑。

「一個人怎麼能累積那麼多的普通常識呢？妳無所不知。」（我們在晚餐後玩了個冷知識遊戲。長話短說，凱莉完勝我們三個。）

不意外的，她謙遜極了。「說得跟真的一樣。我只是對科學和自然很拿手。」

「還有地理。我是說，妳是怎麼會知道秘魯那麼多事的？我也不認識有誰能立馬說出坦尚尼亞的首都的。」

凱莉把下巴埋進圍巾裡。「哈。皮爾斯以前最討厭我這一點了。」

「哪一點？」很難想像凱莉有什麼令人厭惡的個性。

「我知道很多不重要的事。他覺得我是想給他難看。」

「跟小孩子一樣。」我說，不是特別想要去痛扁他一頓。那傢伙搞砸了跟這個天底下最好的女孩在一起的機會，他已經是百分之百的失敗者了。

「這麼說吧，要是他像你今晚一樣輸掉，他會生悶氣氣上一個星期。」

我挑高眉毛，假裝憤慨。「等等——像我一樣？我可沒有柔伊那麼差勁。她連是誰發明了電話都不知道。」

凱莉笑了起來，稍微把我的手臂抓緊一些。「你難道不知道她巴不得說是那家手機店『電話先生』嗎？」

「對，而且她忍住沒說完全是因為基倫一直在踢她。」

我們樂得開花，四目相接，噗哧一聲大笑起來。寂靜的街道上只有一位深夜遛狗人，他和我們拉開了長長的距離，大步走開時還扭頭看我們。

我沒跟凱莉說基倫稍早在廚房困住我，就在我幫忙洗碗時。（我多年前就從天心那兒學到了有孩子之後，讓你心存感激的往往是小事情。）

「你是在哪裡找到這個女生的？」

他的問題只是修辭。凱莉在喝防風草湯時就說了我們認識的經過，一隻手緊握著我的，腳底抵著我的腳踝。所以我只是微笑。

「我為你高興，兄弟。」

「謝謝。」

「看來情況是終於為了你開始有變化了。」

我開始把碗盤放進洗碗機裡。我能聽見餐廳裡柔伊因為凱莉說的話而尖聲歡笑。更多紅酒注入杯子。

我轉過去面對他。「抱歉我讓你失望了。」

「喬爾。」他的語調溫和，向我伸出手，一掌按著我的鎖骨。「我們早就說過了。」

我們共事的那幾年中，基倫變成了某種我並不充分理解我需要的穩定力量。冷靜沉穩，有如舵手，他總是牢牢監管著我最難伺候的客戶以及最棘手的臨床決定。艱難的工作完成之後，我們會出去喝杯啤酒，打個撞球。而我會等待著在他輸之前眼角因歡笑而出現的皺紋。因為只要出現了，那麼，我也一定是釋懷了。

往後他的臉上也還會出現紋路，卻是挫折的皺眉，在他看著我和我打造的人生漸行漸遠時。不過他從不會失去冷靜，他只是耐心守候，彷彿他是看著洋流把我帶走，但是洋流還是會回頭，而我則要開始漫長痛苦地往回游。

我抽出洗碗機的第一層架子，動手把湯碗擺進去。基倫的手拿開了。

「那只有一次，喬爾。」好像他還需要說似的。

一次就太多了。

「發生的事不能怪你。」

有些事就算說了一百萬次，你也絕不會相信。像是一隻鳥一口氣從阿拉斯加飛到紐西蘭，中途完全不休息。或是一位摯愛的人在睡夢中辭世，而你一直坐在床邊，握著他的手。

霎時間，房間寂靜得如同外太空。

「嘿，你能幫我個忙嗎？」基倫這時說。「跟凱莉有關係。」

諷刺的一瞥。「別搞砸了？」

基倫聳聳肩。「對。我喜歡她看你的樣子，好像房間裡只有你。那可是稀罕事。」

我那時抓緊了工作檯的邊緣，希望基倫沒注意到。「告訴我要怎麼樣才能維持下去。」

他注意到了。「其實滿簡單的。」

「請指教。」不過他沒辦法，他當然沒辦法，因為他完全不知道我最深沉的恐懼是什麼。

「你只需要投入。跳下去，腳在前，不要退縮。」

之後我們就回到餐廳去找柔伊和凱莉。但這天晚上我滿腦子只想著：太害怕戀愛又如何能夠投入一段感情裡？

39
凱莉

我到沃特芬滿兩週了，我覺得心裡重燃起一簇火焰。

我對自己的身體沒有這麼熟悉過。我的血液沸騰，肺葉擴張，肌肉緩緩甦醒，我對於長時間沉睡的韌帶的抽動屈伸驚異不已。我抬木頭，叉蘆葦，涉水而過，品味氣喘如牛的粗獷魅力。我笑零下氣溫還汗如雨下的荒唐，我安於大鐮刀流暢一揮的滿足。而且我開始渴望晚上出現的那種如鴉片類藥物的疲憊洪流，痛覺缺失的泥淖，在我沉坐到喬爾的沙發上後，讓他用大拇指按摩開我背上的結。

我回想起皮爾斯在我使勁想打開果醬罐或是扭開軟木塞時總是會取笑我。哼，看看我現在，我在心裡跟他說，同時把二十公斤的木頭裝上拖車，把雜草從壕溝中拉出來感覺到背在燃燒，再把雜草丟到一旁，摞成高高的草堆，搭出老鼠的摩天大樓新家。

每一天世界都在我的指間、我的頭頂、我的腳下輪轉。我感覺到一種地域上的返鄉感。

週五下午費歐娜問我是否已婚。我猜在野外很難看得出來吧，因為誰也不戴戒指，唯恐會讓戒指不慎回歸生態系中。

我們在沼澤區割蘆葦，我和費歐娜負責叉草，尾隨著使用割草機的連恩和兩名義工。今天的風有牙齒，還把毛毛雨吹斜了，但是體力活熱得我只穿著一件T恤。

我最近會覺得如此生氣勃勃又渾身似火，當然也是因為喬爾。我被他吸引的狂野程度是一種全新的體驗。感覺他的手探索我的身體，他的嘴抵著我，就像每天服一劑炸藥，深入骨髓。

可是他仍然想要等，在我們更進一步之前。有時我們在一起，他會跟我這麼喃喃耳語，總是在我們跨過關鍵點之前抽身。*我不想太急。這樣可以嗎？妳對我太重要了。*

所以和皮爾斯或是我約會過的人都不同。而我雖然恨不得趕緊和喬爾上床，但那份自制和保留卻讓一切感覺更暗流洶湧。

「沒，」我跟費歐娜說。「我沒結婚。」

「同居呢？」

我笑著撥開眼前的頭髮。「算是吧。我在跟公寓樓下的那個人約會。」

費歐娜叉蘆葦的動作活像是要宰殺什麼來當晚餐。我羨慕她的技巧，多年來更臻完美——她能叉起比我多雙倍的分量，而我知道我其實拖慢了她。「是喔？他是什麼樣的人？」

我開始描述他——我非常喜歡談喬爾，在舌尖品味他的名字。但是話說出口之後我開始感覺自己幾乎很幼稚，彷彿我是在告訴她一個想像中的朋友。費歐娜可能覺得一個月連一時行樂都算不上，更談不上是戀愛，雖然誰也說不準。忙著在蘆葦叢中殺出一條路來，還想要判讀出細微的肢體語言，機會實在不大。

「他是做什麼的？」

「他以前是獸醫。」

她沒有立刻回應。然後，「慢著。喬爾。不會是喬爾．摩根吧？」

「對啊！妳認識他？」

她點頭，一邊叉草。「他救了我的德國狼犬的命。她在海灘上吃了一個帶魚鉤的餌，連釣魚線一起吞下肚了。」

「喔，可憐的狗狗。」

「對吧。而且她也不喜歡男獸醫。可是喬爾棒極了。非常鎮定。可愛的傢伙——我永遠也忘不了他是如何照顧她的。」

我代他接受誇獎，心裡樂開了花。「聽起來就像是喬爾。」

「一個星期後我回去要好好感謝他，可他們說他辭職了。」

我們又叉了幾分鐘蘆葦。我的呼吸粗重，手心佈滿了熱燙的水泡，即使我戴了厚手套。

「那他現在在做什麼？」

「就暫時休息一陣子，」我說，盡可能不結巴，不當回事似的。「他幫鄰居遛狗，那些行動不太方便的人。」

「喔，叫他快點回去。他是個很優秀的獸醫，萬中選一的。」

「謝謝。我會的。」

「而且他對人和對動物一樣好，我得說妳找到了良人了。」

幾小時後，我跟喬爾在市區會合，吃一頓下班後的中國料理。我餓得前胸貼後背，剛剛結束了長達八小時的沉重體力活。

「剛才先拐到咖啡店了。妲特問妳好。」他跟我說。他現在去得沒那麼勤，因為我不在那裡了。他今晚一臉疲倦——這星期他沒睡多少——但是眼睛仍溫暖有神，搜尋著我的臉，等著聽我這一天的經過。

「你是說他們還沒有申請破產？」

「嘿，妳也不過才走了幾星期。公司破產是需要時間的。」

我微笑著喝水。「少了我那裡會怪怪的嗎？」

「有一點。特別是妲特拉張椅子坐到我旁邊還不肯離開。」

「你遇見蘇妃了嗎？妲特說她這個星期開始上班。」蘇妃是班雇用的新人，據妲特說，她已經建議要介紹一套制服、擦桌子服務以及——借用妲特的話——「用酪梨來肆無忌憚地侵犯菜單」。

葛麗絲對酪梨過敏，她會嚴重抽筋，只能整個人縮成一個球。

喬爾用腳摩挲我的腿，漆黑的眼睛盯住我。「有。不過她當然比不上妳，她有點……精力旺盛。」

我皺起了眉頭，掰開了一條春捲。葛麗絲非常希望咖啡店是個友善的地方，咖啡杯沒有大小，你可以一個人進來也不會覺得緊張。

有時你能在街上就聽見她的笑聲，飄灑在空中，有如彩紙。她也經常到外面跟行人聊天，一面擦拭露天桌椅。葛麗絲對周遭世界敞開胸懷——她像黑夜中一扇亮著燈的窗，有她在的地方你走過去一定會感覺到溫暖。

喬爾問起我今天的情形，我跟他說了費歐娜的狗。「她說你救了她的德國狼犬的命，在你離職前一週。」

他拿水瓶給我們的杯子裝水——先裝我的，然後是他自己的。「釣魚鉤？」

「就是那一隻。」說實話，我覺得非常佩服，有人帶一隻吞了魚鉤的狗來，而喬爾立馬就知道該怎麼做。

「我記得那隻狗很乖。」

「她通常不喜歡獸醫。」

「是費歐娜還是狗？」

我微笑。「狗。」

「喔，她很乖。狗會那樣子通常只是害怕。」

「說不定是她知道。」

「知道什麼？」

「你是好人中的一個。」

他在椅子上欠動，每次聽到誇獎他就會這麼不自在。

「費歐娜跟我說叫你不要休息太久。她說你很優秀——她的話，不是我的。不過我剛好覺得你相當優秀。」

「吃炒麵，」他害羞地嘟囔，拿著筷子比劃。「別等它涼了。」

40 喬爾

凱莉跟我才剛從本地的花園中心附設百貨公司出來，一個小時來我們在一處冬季奇幻世界中飽受了視覺和聽覺的攻擊，那兒比黑潭舞蹈節的裝飾還要華美，簡直就是吃了迷幻劑的聖誕節，刺激過多造成的思覺失調。鈴鼓偽裝為雪橇鈴鐺，窒悶的空氣中瀰漫著薑汁麵包拿鐵。一支小精靈兵團死皮賴臉纏著你買東西。

我通常是從我妹那兒借用過節心情的。可凱莉發現了我們可以從花園中心租一棵樹，節後中心會把樹歸還給種樹人等待來年循環使用，她就問我想不想也沾染一點過節的氣氛。

我說好。但那是在我同意在聖誕節前三天幫忙把一株冷杉抬著走過客滿的停車場之前。

「原來這就是大家會買假樹的原因。」我喘著氣說。

「可是塑膠樹一點歡樂氣氛也沒有。」

我朝花園中心扭頭。「我這輩子沒進過比那個奇幻世界更不歡樂的地方。總之，我覺得他們做的是空頭生意。」

「我覺得你只是因為沒看到聖誕老人才在不高興。」

「我絕對不是。他還戴著墨鏡呢。」

「燈光太亮了？」

我搖頭。「昨晚喝太多了。他在宿醉，百分之百是。」

凱莉哈哈笑。「可憐的傢伙。看他得受多少罪。」

「我盡量不去想。尖叫的孩子，沒完沒了的聖誕音樂，那種想飆髒話的衝動……既然妳提到了，還真有點像我家的聖誕節呢。」

我們終於走到了停車格，把樹靠在擋泥板上。我雙手支著後腰，吸入新鮮空氣。史蒂夫要是看到了我可憐的上身力量，一定會震驚不已。我不確定自己做凱莉的工作能不能撐過五分鐘。

（不像我，她幾乎連汗都沒出。）

「總而言之。」她一腳踩在後輪上，準備要第一次嘗試把樹抬到車頂上。「真正的樹最大的優點就是可以讓你的公寓氣味芬芳。」

「等等，我們幾時說要放在我的公寓的？」

她微笑。「嗯，我該怎麼說呢？」

「妳是在想我絕對沒辦法把樹抬上樓，對吧？」

還真讓她說對了。所以我們就把樹立在我的客廳廣角窗前，用各種小玩意和亮片、五彩燈泡、迷你巧克力裝飾樹枝。讓我微微有些留戀往日時光。

我爸在媽過世後差不多就放棄過節了，沒有裝飾，冰箱裡沒有特別的食物。他唯一的過節努力就是送我們禮品卡，讓我們到市區的購物中心去買東西。

我覺得安珀出生後，天心主動請纓來操辦聖誕節，大家都偷偷鬆了口氣。畢竟是她繼承了媽愛玩樂的性情。有天晚上她到我這兒，喝得微醺，跟我坦白她計畫要「今年辦個全新的聖誕節」，我就知道事情要好轉了。至少氣氛是對的。

我們終於把亮晶晶的東西掛完了。我在凱莉後面上前一步，把她攬進懷裡。她靠著我的胸口，我用臉貼著她芳香的頭髮。我們就這麼站了幾分鐘，交換著心跳。妳一定能感覺到我的心跳失序，我想這麼說。我愛上妳了，凱莉。

「知道嗎，」她低聲說，「我正在想……今年的聖誕節可能真的會很歡樂呢。」

疼痛的心情很熟悉。「妳的上一個節大概過得滿辛苦的。」

她轉過來面對我，眼睛如夜光那麼柔。「這個節一定也讓你很不好過。」

「小鬼頭過來的話就比較好過。現有我們主要是為了他們過節。」

她微笑。「我敢說他們非常喜歡。」

「其實完全是由我弟妹負責，我只管帶著禮物出現，讓孩子們往我身上爬。盡量別喝太多酒。」

「啊。溺愛的伯伯的那一套。」

「喔，我也當裁判。去年他們差點就打起來。比手劃腳猜謎。」

「還有呢？」

「線索是『海灘男孩』的〈美妙的振動〉。我弟喝醉了，以為他可以把歌詞改成猥褻版。」

她笑了起來。「天吶。」

「對，是滿好笑的。我跟天心用手蒙住小鬼頭的眼睛。爸滴酒未沾，驚駭極了。最後他們到花園去解決。我不得不插手。」

凱莉微笑，好似我剛說了一個真正暖心的故事。「我很願意見見你的家人。」

「不太容易……現在跟他們相處。」我想把悲傷嚥下去，一條懷念的引爆線絆住了我，很快可能就會轉變為完全不同的什麼。雖然我還沒找到任何有關我父親的證據，我卻仍甩不掉那個夢的陰影。「知道我對我爸知道的事——或是我自以為知道的事——我不確定該作何感想。」

她捏了捏我的手，幫我打氣。

「可現在是聖誕節，」我不情願地說。「所以我絕對會在某個時候見到他們，妳應該一起來。」

「我很樂意。」

我們相偕坐在沙發上。房間對面，壁爐中的木頭熊熊燃燒，有如熔化的岩漿。「那妳呢？妳要回妳父母家嗎？」

「我們通常都在聖誕節去我姑姑家，家庭傳統吧。可是我的表兄弟有點討厭，我只是不確定跟他們一起過節我會覺得很有……過節的心情。」

我想到了一個主意，心臟來了個後空翻。「嘿，我們既然都在躲避家人，那為什麼不一起過節？」

她吻了我。「我很願意。只是得……讓我爸和媽知道。」

「我不想造成什麼——」

「不會，沒關係，」她立刻就說。「不會有問題的，我保證。」

幾分鐘過去了，然後她站起來，走向窗前，放下了百葉窗，要求我關燈。我照做。

她蹲下來插上了披綴在樹上的五彩燈泡。迷你的超級新星迸發，彩色光圈照亮了四壁。「說不定就從這年起我們看待聖誕節的心情會不一樣。」凱莉低聲說。

我推開了與未來以及過去有關的一切想法。因為在這一刻，在今晚，我是長久以來第一次感覺這麼快樂。「我想妳大概是對的。」

41 凱莉

到頭來我唯一能和喬爾共度聖誕節的方法就是去跟爸媽吃平安夜大餐，好讓他們見一見我的這位神秘人士。我覺得媽的心裡有一小塊地方是不相信他存在的。

喬爾當然讓他們很愉快。他問了最恰當的問題，被爸的笑話逗笑，跟媽談得很融洽。

我們離開之前，喬爾去上廁所，媽低聲跟我說：「嗯，我覺得他很可愛，達令。非常腳踏實地。」

而爸一手攬著媽的肩，說：「這小子不錯。」兩人共同的微笑在這一刻就是我需要的讚許。

我在聖誕節早晨醒來，聽到廚房裡有聲響，我往那兒走，發現喬爾光著腳，穿著牛仔褲和格紋襯衫，茫然瞪著一只淺鍋。墨菲滿懷希望地坐在他腳邊。

喬爾扭頭看，露出笑容。「我正要問妳想吃哪種蛋，可是這個鍋子有缺點。」

我跳上高腳凳。「什麼缺點？」

「我不知道該怎麼煮蛋。」他咧嘴嘻笑，遞給我一杯巴克起泡酒。「這樣可以彌補嗎？聖誕快樂。」

午餐比早餐順利，主要是因為喬爾有先見之明，買了超市冷凍區的全部商品，所以只需要分成烤爐加熱和微波爐加熱即可。我想到了我媽——自己煮飯最一絲不苟的代言人——知道我們只是加熱預烤馬鈴薯，肉汁用的是肉汁塊，麵包醬是包裝的，全都等叮一聲就完成，她不知會怎麼想，但我也感覺到一絲帶著罪惡感的愉悅。我們這麼做感覺有種背叛的快感。

午餐後我在沙發上告訴喬爾，他咧嘴笑。「要是使用微波爐妳就覺得是背叛，那妳爸媽真的非常幸運。」

「喔，他們還沒看到我的刺青呢。」

「不覺得他們會贊成？」

「你沒忘記我的刺青吧？」

他凝視著我的眼睛好一會兒，接著柔聲說：「不確定。說不定應該要再讓我看一眼。」

我的胃在著火，我微笑順從，拉低了牛仔褲，露出那塊肌膚。喬爾前傾，然後嘴貼上了我的嘴，最盪氣迴腸的一吻，然後他才退開，開始以一根手指描摹那隻鳥的輪廓。至少一分鐘過去了，他這才緩慢地、溫柔地把手溜進我的牛仔褲裡，一吋一吋降低，自始至終都盯著我的眼睛不放。他的手指拂過我的內褲邊緣，一次又一次，拖長挑逗的時間，幾乎令人難以承受。最後，好不容易，他把手移到我的腿間，我仰起了頭，閉上眼睛，飛上了高空。

「我有東西要送妳，」他稍後咕噥說，呼吸甜蜜溫暖地吹在我的髮上，一根手指仍在描畫我的髖部。

他從聖誕樹下拿起一個禮物。我坐起來，拆開禮物，露出笑容，感覺到他的視線落在我身上。是一只玻璃水瓶和兩只寬口杯，跟我去沃特芬面試的前一晚那家義大利餐廳用的一模一樣。

「這麼一來妳就可以常常坐在露天咖啡座，」他說，「在地中海的某處。」

我感動得快哭了，向前去吻他，低聲道謝。

「喔，還有……這個。」

他拆開了第二個包裹，我的指尖接觸到柔軟的白棉布，是一件T恤印著一輛黑色牽引車，文字寫著「我的另一輛車是一輛牽引車」。我哈哈笑。「選得太對了。」

「一看到它就想到了妳。」

「你剛好看見這一件？」

「喔，不是。我請網版印刷店幫我印的。」

當然的嘛。「謝謝你，我很喜歡。」

他握住我的手。「好吧。我覺得現在夠暗了。」

「我應該……緊張嗎？」

他笑了。「我會說跟我在一起，提高警覺倒是上策。」

於是喬爾以手遮住了我的眼睛，我像匹才出生幾分鐘的小馬駒，蹣跚地走向花園。我享受那個感覺——他溫暖的手掌貼著我的臉，安穩地指引我穿過黑暗。

最後，我感覺到戶外的冷風，喬爾拿掉了手。我猛地吸口氣。後院籬笆上閃爍著上百顆五彩燈泡，是我們自己的螢火蟲星系。

「哇……了不起，」我愣了幾分鐘後喃喃說。「把一座醜得違規的花園變得這麼美。」

「對，」他輕聲說。「結果還不算太差，對吧？」

我還沒回答，他就牽住我的手，帶我繞到小棚屋那裡。小棚屋在此之前只是廢物，門被常春藤覆蓋住，可是眼前卻有個全新的木巢箱架在屋簷下。「明年說不定有鳥可以看，有可能是知更鳥吧。」

喔，我已經等了你一輩子了，我心裡想，同時把他拉過來親吻。

之後，喬爾出去遛墨菲。他有時會在夜深時帶他繞行街區——大概是另一種讓他能放鬆下來進入睡眠的模式吧。

他出去時，我打給葛麗絲。我知道，我是神經病，可是我們從來就沒有不在聖誕節說話過，所以我至少需要撥打她的號碼。失去她最難受的一件事就是這個——必須訓練自己戒掉這些日常的直覺反應。

我總是想像這一晚會是她接電話的一晚，我會問她這些日子都在哪裡，而她會告訴我她一直在跟某個愛她的人聊天，分不開身。

但是我總是只聽到她的語音信箱的那聲平板的嗶聲。

「聖誕快樂，葛麗絲。這邊的情況真的很順利。我真希望妳能見見喬爾。我覺得……我覺得妳真的會喜歡他。總之，我只是想說……我愛妳。」

然後我讓自己哭了一會兒，因為我想念她，因為這是聖誕節。

42 喬爾

聖誕節的夜已深，而我仍醒著。凱莉睡在我旁邊，在睡夢中抽動，像是一隻在作夢的動物。

我被憤怒填滿胸臆，稍早之時。不是氣凱莉，而是氣我自己。氣我無法開開心心接受她送我的禮物。那本小冊和禮券，印在那麼厚的奶白色紙張上，感覺更像是喜帖。一趟休閒養生之旅，為期七天，包含食宿。是給我的，不是她的。我猜雙人行程不是她能負擔得起的。

他們主打睡眠治療，她告訴我，說得那麼熱心，老是結巴。（我也不忍心提醒她我對深層睡眠沒有興趣，無論是現在或是未來。）他們會教我如何冥想，練習瑜伽。她又問起了黛安娜的事，提到也許可以和史蒂夫聯絡，主動出擊。她說明年可以是步入順境的一年。

我都忘了懷抱希望，對改變保持樂觀是什麼感覺了。現在單是用想的就覺得好奇怪。如同從太空中俯瞰以前我住的地方。我又想起了這些年來我投注在實驗上的時間和金錢，薰衣草和白噪音、安眠藥和烈酒，以及天知道我網購的多少東西。而且我每次都功虧一簣。這個問題沒有解方，凱莉。

我把跟她在一起當藥物，已經好一陣子可以麻痺我對後果的恐懼。可是（儘管用意良善）她的禮物只提醒了我我的夢仍然沒有解決。

她睡著之後，我用iPad搜尋那處靜修中心，一顆心默默撕成了兩半：她幾乎花掉了三個月的房租。

我轉向床頭几，拿起她送的耶誕卡片。兩隻北極熊在摩擦鼻子，裡面的簽名寫著「愛」。

我瞪著那個字看，直看到大腦被燒穿了一個洞。

43

凱莉

節禮日早晨我們賴在床上，但是百葉窗卻收了起來，讓房間充滿了冰冷的光。我用指尖不慌不忙描畫著喬爾赤裸的胸膛，畫出他的肌肉輪廓，他的骨骸地形。他的筆記本放在他的大腿上，一支筆塞進綁住筆記本的橡皮筋下，所以我猜他昨晚一定又作夢了。

「你今天覺得怎麼樣？」我問他。我想像過和喬爾易地而處，卻失敗了，反而意外地有理由質疑我的出處。

「不錯。我很期待他們認識妳。」

一個嶄新家庭中的八名成員——和為了爭取一份你真的、真的想要的工作去面試一樣令人惴惴不安。我想到喬爾在平安夜給我父母的好印象，希望我也能一樣。

不過。「不，我是說……你爸。」

他轉過來看我。「嗯，其他的事姑且不提，跟他在一起十個小時會很有挑戰性。」

我感覺他在避重就輕。可能是太痛苦了。「他總不會在聖誕節讓你不好過吧。」

「我有點希望妳在場會有幫助。」他露出苦瓜臉。「不過我可能應該要警告妳，我弟和他太太會在午餐之後吵架。」

「喔，他們是不是——」

「我夢到的，」他靜靜地澄清。「跟孩子的巧克力攝取量有關。不過要是我們負責洗碗，就可以避開。」

「好主意。」雖然我在微笑，心裡卻非常驚訝——他的先見之明仍是每一次都讓我愕然無言。不意外的，喬爾並沒有沉湎，反而在吐氣，瞄了瞄床頭几上的時鐘。「我們大概該準備了。」

「等會兒。」我低聲說，一根手指在他光裸的胸膛上迂迴，再緩緩往他的腹部蜿蜒。

「對，妳說得對，」他喃喃說，眼睛眨了眨閉上。「我是說，聖誕節嘛。不需要趕時間。」

我一見到喬爾的手足就發現很難忽視他們的對比。不僅是在行為上，連外表也是——黑色與黃銅色，有如不合時節的花朵，家鄉土地上的一隻珍稀鳥類。

我們一抵達我就發覺他的行為起了一點微妙的變化。我看著他蹲下來親吻姪子姪女，跟尼爾握手，拍他弟弟的背，一點緊張不安也沒有。讓我想起了他在隱藏情緒上有多麼的熟練。

午餐是天心帶來的——小山似的大餐，昨天剩下的，經過一夜的醞釀，各種風味熔於一爐。我們一坐下，喬爾的腳就在桌下找到了我的腳，而我們倆的眼睛則在桌子上方跳探戈。謝謝妳，他似乎是在說，來陪我。

吃飯時有些嘲諷的話，主要是來自道格。「植物難道沒有感覺？」是他聽到我和他哥哥一樣也吃素時的反應。然後，我談著使用鏈鋸，「樹倒下來的時候妳一定會逃走，哈。」後來，璐問起了我的父母，我說我爸以前是腫瘤科醫生，餐桌上暫時安靜了一下。

午餐之後，道格開始拿著巧克力盒發放，我和喬爾逃進廚房去洗碗，我忍不住伸長耳朵去聽吵架的證據——而，果不其然，來了。拉高的嗓門，甩門聲，某個時間點是有人跑上樓的聲音。

終於，有人說起去散步，我猜是希望新鮮的空氣能讓大家都平靜下來。所以我提議要帶喬爾的家人去附近的一處田野，我碰巧知道那裡在黃昏時可以看紅鳶飛入棲息處。孩子們似乎興奮得不成比例，直到天心含笑向他們解釋我們不是要去放風箏❺。我覺得很糟糕，彷彿我剛提議去看電影，然後又降級為去超市。不過，我還是有信心觀鳥會贏回他們的心。

黃昏的潮汐拍打著田野上鋪著木頭的犁溝，逐走了下沉的太陽。在極遠的一邊，抵著天空的火紅的肩膀，鳥類在一具屍體上方盤旋，趁著微風滑行。牠們像煙一般散開，從兩隻變八隻變二十隻。二十五隻。三十隻。喬爾站在我身旁，我蹲在巴迪的旁邊，他輕撫著墨菲的頭，分享著紅鳶以翅膀巫術施展的飛行技巧。巴迪著迷地看著牠們隨風而行，有如暮色中的煤斑，直到最後，牠們開始一隻接一隻從天空灑落。

而這就是我度過節禮日晚上的方式——把大自然的雄偉細膩介紹給喬爾和他的家人。夫復何求？

❺ 英文的風箏與鳶是同一個字kite。

44

喬爾

打開一扇門，走進一段截然不同的人生，到頭來簡單乾脆得嚇人。我很可能一眨眼就錯過了：爸闇黑的閣樓上那一閃即逝的光，我是在節禮日午餐前被吩咐上來拿兩張椅子的。是那個裝著媽唯一一次揮霍的成果的防塵袋，杏仁膏色的大皮革購物袋，陪伴她走到各處。到商店繞一趟，搭公車進城，長途駕車去林肯郡看我們的外公外婆。最後是她去醫院的最後一趟。

我注意到防塵袋的徽飾，跟我極為熟悉的那個購物袋上的金色浮雕徽飾毫無二致。我把它拿起來，感覺不該這麼重，所以我就把它打開來，再打開裡頭的購物袋。

一陣椎心的氣味撲鼻而來。幾十年的老皮革，生了霉的回憶。袋中是她最後一次住院帶的用品。爸一直沒收拾。

她的棉布睡衣，印花圖案，糖果似的粉紅色。我拿起來對著閣樓的日光燈，想起了我最後一次擁抱她時下巴就貼在領口上。一支牙刷刷毛都分叉了（典型的媽，對於衛生極其考究，牙齦都刷出血了）。還有她的眼鏡。我拿在手上轉動。以前這副眼鏡架在她臉上十分配合她的臉，似乎放大了她的慈祥。

還有她在讀的書。是驚悚小說，作家的名字我始終記不得，不過我倒是記得她讀讀停停，持續了幾個月。約莫三分之二的地方有一頁折了起來，一定是在她過世時讀到的地方。

我漫無目標地翻動，最後盯著封面前內頁。找到了。

稍後，我開車回家。凱莉的腳架在儀表板上，展示著她的聖誕襪（謝了，爸）。今晚的交通擁擠，但是我不介意。我寧願和凱莉待在車上一輩子，不急著去哪裡。美好的感覺緩慢燃燒，綿綿不絕。

這一天過得很不錯。聖誕節的混亂和過動的小鬼頭表示我至少可以暫時喘口氣，不用去擔心爸的事。而且我也因為覺得昨晚作過夢，接下來幾天可能不會有夢而心頭飄飄然。這樣的感覺已經是最接近放鬆了。

「想不想知道道格的一個秘密？」

「當然。」凱莉說。

「他有樹木恐懼症。」

她哈哈笑，就跟大多數的人聽到時一樣的反應。

「他害怕樹枝會掉下來砸到他的頭。風大的話他就居家工作。顯然是認證過的樹木恐懼症。」我扭頭看她。「所以在妳說到鏈鋸時那些唱反調的話只是在表現男子氣概，虛張聲勢。」

她睏倦地笑，臉頰貼著斑斑雨點的車窗。「我也這麼覺得。他滿大男人主義的，你弟弟，對吧？」

我點頭，又皺眉。「不過那樣子行不通，對吧——砍了就跑？有句話是不是這樣說的？」

「不是，應該是跟船有關吧？總之，要是你砍對了地方，你就會知道樹往哪個方向倒。」

「好。」我說，有點太過強調。

前方馬路變成了一條紅色霓虹河。

我踩住煞車，凱莉一手按著我的大腿。「喬爾，你可曾想過……」她的聲音在溫暖的車中變得懶洋洋的。「我是說，你有沒有想過你的夢是一種……就……天賦？」

「天賦？」

「對，我是說……能夠看到未來是很強的。」她的手指在我的大腿彈奏。「水管爆裂的那晚，在市區，真的讓我想了很多。」

「妳都想了什麼？」

我感覺到她轉過來看我。「你的夢讓你處於優勢地位。知道別人不知道的事。」

「不。」我的聲音僵硬。「我從來就沒有這麼想過。」

「對不起，」她安靜了一會兒後說。「我並不是想要忽略對你的影響。」

車輛移動了。「不，只是……我知道妳的意思。」我的心又如往常一般五味雜陳。「總之……今天謝謝妳。跟某人的家人第一次見面是滿緊張的。」

「我也讓你見了我的家人啊。而且我今天很愉快——你的家人很可愛。」

「妳真的很有孩子緣。巴迪的事不好意思。」我們要離開時巴迪死也不肯跟凱莉分開，而不是我。我們坐進車子裡都還能聽到他尖叫。

「不必。他很可愛，安珀和貝拉也是。我一直都很喜歡小孩。我畢業後真的很掙扎，在幼保和保護自然這兩樣工作中取決不下。」她哈哈笑。「結果我兩樣都沒做。」

「無所謂。妳現在不是在做了？」

「對。」她開心地嘆息。「那，你說你在閣樓上是找到了什麼？」

我摸了摸口袋裡偷來的珍寶。「一本書，在我媽的住院袋裡。上面有個電話號碼和姓名縮寫。」

「縮寫是什麼？」

「W。」

「你認識的人嗎？」

「不像是。我查了區域號碼——是紐基。我沒去過，我們都沒去過，我覺得。」

「搞不好她是從二手商店買的，或是朋友借她的。」

「對，有可能。」

我經過了獸醫診所，瞄了一眼，彷彿是在查看它是否仍屹立。我們快到家了。

「妳覺得我爸是個乖戾老人嗎？」我說。

「這個說法倒不錯，乖戾老人。」

我微笑。

「不，我覺得他是一根腸子通到底的人。他看著你的時候眼神很慈愛。」

凱莉是真的這麼看的？我自己的觀點現在太過扭曲了。「那可能是失望的無望眼神，」我說。「他說了多少次我不是獸醫了？」

「不是失望，他只是不了解。」

「也許吧。不過我滿肯定他巴不得生的是兩個道格。」

「你有這種感覺多久了？」她似乎在替我痛心。

「從小到大。總讓我覺得……」

「說啊，」她頓了一下之後催促我說。「讓你覺得什麼？」

「也許是真的，我並不是他的兒子。」

45 凱莉

元旦之後兩週了，我去劍橋參加脫單派對。亞蓮娜是我在塗料公司的老同事，不過她是那種很有野心的過客，正好可以說明她何以從我們當初的出發點高升了好幾級。

她現在是財金服務的獵人顧問，一定忘了我已經不在塗料公司了，因為她塞了名片到我手裡兩次，堅持她能夠幫我攀上高峰。她第一次這麼說時我還以為她指的是吸毒，幾乎緊張得連拳頭都沒放開。

脫單派對屬於那種我沒辦法分清是否人人都在私底下鄙視彼此的場合。伴娘有六位，卻忙著看手機而不是打成一片，而首席女儐相訂了在康河上喝調酒撐篙——如果現在不是一月中旬，亞蓮娜也不怕水，那倒是不錯。所以我們取消了，改而找了家酒吧，可是首席女儐相直接就衝進廁所去發飆，逼得其他人為了討好她使出各式各樣的招數。

葛麗絲的脫單派對是我籌畫的，去布萊頓附近開越野車，試圖複製——至少是一部分——她去杜拜在沙丘駕駛越野車的傳奇經驗。之後是吃咖哩，然後是去一家正派的酒吧喝啤酒，因為葛麗絲說她在旅行時最想念的兩樣東西就是咖哩和啤酒。而那天最精采的一點就是下雨——而且來得很及時，英國的雨。冰冷，無情，電影《你是我今生的新娘》（*Four Weddings and a Funeral*）中的雨是葛麗絲偏愛的那一類降雨。

她在喝約翰史密斯時，喝到一半向我靠過來。她的眼影已經因為笑得太開心而往下流了，我記得還在心裡默記要幫她買防水的化妝品，以免她在自己婚禮上淪落為萬聖節新娘。「我要妳也結婚，凱莉。」

「嗄？」

「我好想要妳結婚喔。」

「為什麼？」

她環顧酒吧。「那我才能幫妳做這些啊。」

我用指尖按著她臉頰上的紅暈，擦掉了一些黑色眼影。「等我遇到了我想嫁的男人，一定第一個通知妳。」

我那時還不認識皮爾斯，不過我和他反正是不會步上禮壇的。而在那之前，我真的只有一夜情，約會過幾次，還沒進展就夭折了。

現在回想起來我仍會傷心，傷心葛麗絲再也見不到我想嫁的男人了。

脫單派對每況愈下，大家都開始為了是誰的餿主意要撐篙而爭吵不休，所以我就溜到外面去打電話給喬爾。

「情況如何？」

「可怕極了。是我參加過最被動攻擊的一場脫單派對了。」

「哇，可不是大日子的好兆頭。」

「還用說。我在想開溜。要不要當我的共犯？」

我聽見他對著手機笑。「好啊。妳覺得她們會介意嗎？」

「亞蓮娜正在為和她的首席女儐相大打出手而在熱身，所以我很懷疑她會注意到。」我猶豫了一下。「你覺得到低端旅館住一晚如何？」

我在市郊訂了一間便宜的旅舍，地點是首席女儐相挑的，因為團體客有折扣，但是亞蓮娜一看見旅舍臉都氣綠了。那種旅館除非你閉著兩隻眼睛，而且喜歡所有的表面都微帶黏膩的光澤，否則真沒法說是家及格的旅館。

「低端的是嗎？」

「在TripAdvisor上的評價非常差。」

「不要再說了。我馬上來。」

一個小時後，他敲我的旅館房門。

「哇，」他說，在我開門後。「妳美極了。」

我很興奮有機會脫下威靈頓靴和毛呢衣，今晚我刻意換上一件黑洋裝和滿高的高跟鞋，把頭髮燙捲，描了黑眼線。效果沒那麼明顯了——我脫掉了鞋子，頭髮也失去了彈性——所以喬爾仍覺得我漂亮實在是太體貼了。

「我還在設法決定櫃檯的那個人看我直接衝過去連眼皮都沒眨一下不知道算是好事還是壞事，」喬爾說，張開雙臂抱住了我。

我微笑，以親吻招呼他。「我會說是好事。絕對是。謝謝你救了我這一晚。」

「喔，我其實是為了免費餅乾來的。」

我縮了縮。「對不起。只有一塊奶油酥餅，而我肚子有點餓。」

「啊。好吃嗎？」

我笑了。「過期了。」

我們一塊坐在床上，應該說是嘗試過，因為我們發現床架不牢，除非是想要把尾椎摔斷。

喬爾勇敢地扮鬼臉。「喔，他們其實不想要妳躺在這裡，對吧？」

「對不起。這地方比我想像中還差。連半顆星都不配。」

他拿手掌壓床墊，床墊卻不動如山。「哪裡，妳太苛求了。比方說這個，就是非常方便的一個地方。早上就不用設鬧鐘了，看到沒？」

床鋪其實是兩張單人床——脫單派對的人數是奇數，首席女儐相詢問時，我說我不介意一個人住。所以我就把床鋪推在一起，而如此一來只是讓裝潢更混雜。

我又打量了房間一遍。「嗯，我大概沒住過這麼寒酸的地方。那個窗簾是……塑膠的嗎？」

「嘿，無精打采就有點不公平了。」他靠過來吻我。「在這裡等一下。別把保久乳都喝光了。馬上就回來。」

十五分鐘後他回來了，在門口探頭。

「閉上眼睛。那瓶保久乳最好還在我剛才看到的地方。」

我哈哈笑，順從了，兩手摀住臉，免得忍不住偷看。我的感官變得敏銳，感覺到他的步伐，聽到打火機打火，水龍頭打開。接著是撕開什麼的聲音，窸窸窣窣的。最後是喀一聲，而我的眼瞼後夜色降下。

「好了，睜開眼睛。」

桌上這時有了茶光蠟燭，馬克杯中插了一束搖搖欲墜的花。他的手機低聲播放音樂，他手上握著香檳，準備要打開。他聳聳肩。「結果氣氛還是得靠自助。」

「你是怎麼……？」

「喔，蠟燭是我從餐廳偷來的，不過香檳是我買的，然後詢問一位友善的維修人員是不是能把他的打火機捐出來，讓我能製造浪漫。喔，花是我從大廳拿來的。」他眨眨眼。「因為誰會不喜歡尼龍康乃馨呢？抱歉——有點灰塵。」

我不確定可曾有人讓我同時又哭又笑過，可我爬上床撲到他身上，緊抱住他的腰時我就是這樣。「你剛把最慘的一夜變成最美的一夜了。」

我們的兩張臉靠得很近，我們幾乎就是在接吻了。

「想要更美好嗎？」他低聲說。

「要。」這個字在我的舌尖融化。「真的真的要。」

他彎腰吻我，這一吻充滿了煙火，是好幾週的漫長等待。這時，興奮莫名，我們的身體快轉——一瞬間我們的手就不規矩了起來，抓攫四肢，剝下衣服，拉扯頭髮。我們幾乎是在幾秒鐘內就脫光了衣服，倒在床上，手腳糾纏。而現在他在脫掉我的絲質內褲，在令人暈眩的最後一刻之前——在這麼多星期的等待之後——我知道我們兩個都期待得太久了。

「凱莉，」他喘著氣說，臉貼著我的臉，「妳是我的一切。」

「你也是我的一切，」我喘息著回答，狂喜得天旋地轉。我想跟他說我愛他——因為是真的，我好幾個星期前就知道了——可是我只是閉上眼睛，感覺他在我的體內移動，而此時此刻，這就是我想要的一切。

46

喬爾

「喔，糟了。魯佛斯也討厭情人節。」凱莉笑著看艾瑞絲的狗抬腿在公車亭尿尿。上頭貼著一部浪漫喜劇片的宣傳海報，二月十四日上映。

「咦？還有誰討厭情人節嗎？」我問道。

「我認識的每一個人，深惡痛絕。」

「深惡痛絕。聽起來挺合理的。可是為什麼？」

「喔，就是因為那是損人利己的企業花招，商家的煽情伎倆。階級消費主義的象徵。我跟你說過愛瑟每年都會舉辦反情人節派對嗎？」

我盡量不笑。「可是我以為愛瑟收藏了休．葛蘭的全部DVD呢。」

「她不反對愛情，她反對的是商業化。」

「因為那些高預算的大片絕對不是為了利潤拍的。」

「她會說是她自己選擇要買的——」

「全部的三十部。」

「——可是情人節卻是硬塞給她的。給我們，給全世界的。」

「那妳們在派對上都做什麼——燒玫瑰花？把巧克力沖進馬桶？」

凱莉停下來解開纏到了墨菲前腿的牽繩。「倒也不是，不過也相當激烈。非常的……沉浸式。」

「嗄——妳們坐成一圈，唱誦什麼妳們有多恨情人節？」

她挺直了腰，表情封閉。很難判斷她這時是在想什麼。「呣，你至少得要有個觀點。而且一定有一個主題，去年是殭屍。」

「她今年也辦嗎？」

「對。主題是穿越歷史的重金屬。」

「哇。」我摩挲下巴，裝得漠不關心。「那妳要扮什麼？我是說如果妳去參加派對的話。」

她的嘴唇嚅動，像在憋笑。「不確定。我還沒說我會去。」

結果她沒去。反而在兩星期前的那晚要求做一件事，叫我在情人節當晚八點到咖啡店去和她會合。

在我倒是新鮮事。完全相信情人節。你要是在過去問我，我會堅定地支持愛瑟，跟這個節日背道而馳。慶祝愛情這種事我一直都無法理解。

但後來我遇見了凱莉。

我提早十五分鐘到，帶了一瓶紅酒和一束花。（我說『一束』，卻原來誰也不想在情人節太努力卻效果不夠：我到花店時所有正常尺寸的花束都賣完了，所以我最後是握著一把小行星大小的花束，有十五種不同的花朵和異國綠色植物，活像是有它自己的小氣候。可我總不能空手去吧，所以也只能認了。）

咖啡店的百葉窗都放了下來，但是裡頭閃著燈，如同林地上的小屋般溫馨誘人。

她打開門時哈哈笑。「我都看不到你的臉了。」

「對，順便一提，我完全了解這麼荒謬的一把花應該是大忌。」

她從花朵叢中看。「那得看拿的人是誰。」

「是個沒組織的白痴。抱歉，我太晚出門。不想要的話就丟進垃圾桶。這種體驗還是頭一次呢，情人節抱著這些花在大街上走。還有人在旁邊起鬨呢。」

「我認識的人裡大概也只有你為了送我花而道歉的。」

「嘿，這把花很離譜欸。」

「不，我喜歡。」

「那，這裡的東西應該夠讓妳開一間自己的植物園吧。」我把花放到櫃檯上。「對了，妳的樣子真美。」

她的頭髮在頭頂上盤了一個髮髻，一件金屬色無袖上衣閃爍生輝，布料有如熔化的黃金在流動。

「謝謝。我為了愛瑟的派對準備了這身主題裝束。所以我就想，有何不可呢？」她張開雙臂，大方展示。

金色上衣，金色火鶴形耳環，眼瞼上有金粉。我愣了愣。「穿越歷史的重金屬……妳是黃金。」

「我決定要顛覆主題。」

「很高興聽到。」我瞧了瞧我自己的衣著。樸實的藍色襯衫和黑色牛仔褲。安全牌。「可我現在覺得有點穿錯了衣服。妳應該早點告訴我的。」

「為什麼——那你就會穿成什麼樣子？」

我蹲下來跟墨菲打招呼。「嗯，我倒是有一套金絲連身服，不過我都留待特殊的場合。」

「比今天更特殊？」

「我只能說拱門站的搖滾之夜確實是很難抗拒的。」

「哇，要我付錢看我也願意。」

「這個感覺像是回到過去。」我挺直腰，脫掉大衣。「到咖啡店來，期待見到妳。」最羞澀的一笑。「我也一直期待能見到你。」

我那張靠窗的桌子，我每次來都坐的位子。凱莉擺了蠟燭、餐具、杯子。一個冰桶冰鎮著一瓶紅酒，艾拉・費茲傑羅❻的歌聲盈溢空中。

「我問過班今晚可不可以過來。我覺得應該滿好的，因為這裡是我們認識的地方。如果太庸

❻艾拉・費茲傑羅（Ella Fitzgerald, 1917-1996）是美國歌手，公認為二十世紀最重要的爵士樂歌手之一。

俗了，不好意思。」

我吻了她。「一點也不會，很可愛。」

「你這麼覺得嗎？我保證不會給你濃縮咖啡和吐司加蛋。」

「妳下廚？」

「嗯，不是——除非是有熱壓吐司機和微波爐。我很客氣地請後面那家小酒館弄的。」

我們大啖山羊起司塔，從那家小酒館的烤爐裡剛出爐的。我們的酒杯是滿的，蠟燭散發出浪漫的光芒。

「知道嗎，」我跟凱莉說，「聖誕節那天，我在我爸的閣樓上亂翻，我找到了一張我媽跟我爸蜜月時的收據，三十四年前的。」

她的表情微微一愣，彷彿我說的「收據」是一隻「棄養的小狗」。「是什麼收據？」

艾拉透過咖啡店的喇叭優雅地向伊特·珍[7]致敬。

「基督城的高檔餐廳。猜猜看花了多少錢。」

笑容。「二十鎊？」

「八鎊三十九便士。」

「真神奇。像是……把別人的歷史握在手裡。」

「媽多愁善感，會收藏這種東西。她還給我們看過她和爸第一次約會後爸幫她買的公車票。」

「她是那種老派的浪漫。」

「她盡量啦。爸就沒有她那麼感情用事。」我微笑，搖頭。「知道嗎，情人節對我們診所來說總是有點像惡夢。」

「真的嗎？怎麼會？」

我的心變成了一段回憶。「狗兒吃了巧克力，貓兒吃了花。包裝紙和膠帶堵住了胃。蠟燭打翻。沒完沒了。」

凱莉喝了口酒，放低杯子。我可以整天凝視著她的眼睛而不需要眨眼。「唉唷，那可能會把一個人逼成對情人節很反感的人。」

「差不多，」我說，「不過還不至於。」

甜點吃完後，我握住她的手。「今晚真美妙。」

「對。」

「我嚇到了，被這麼美妙的感覺。」

我們十指交纏，緊緊的，完全分不開。「為什麼？」

「因為我從來沒有……」她知道一些我對愛情的看法，卻不知道我要躲避愛情的決定，浪漫

❼伊特·珍（Etta James, 1938-2012）是美國藍調歌手，被譽為靈魂樂黃金時代最重要的女歌手。

的那種。而今晚就向她說明，時機可不算好。

「我愛跟你在一起，喬爾。」她喃喃說。

「我也……愛跟妳在一起。」

「其實呢，」她說，更加大膽，「我愛的是你。我不害怕說出來，我愛你，喬爾。」

可能是反射動作，我低頭看著桌子。她在我們共享的甜點盤上用巧克力醬畫出了一顆心，寫上了我們的姓名縮寫。

第一個是C。

「我愛你。」她又低聲說，彷彿她需要確定我聽得一清二楚。

「你很怕說出來，對不對？」

我以為凱莉睡著了。我正努力保持清醒，半個人在聽TED演講，另一半在看我在爸家找到的書。我在琢磨該怎麼辦好幾週了。我該根據我找到的東西行動，或是不要去攪動過去？我可以去追查那支電話的地址，找出是誰住在那裡。可然後呢？雖然我得到了更進一步的機會，我卻突然覺得恐懼。恐懼我可能會查出的事情，恐懼其中的含義。

起初我沒聽見她說的話。我把耳機摘下來掛在脖子上。

「你害怕說『我愛妳』。」

她穿著我的舊Nike T恤，頭髮圈著臉。她的樣子既甜美又脆弱，一時間，我不確定她是否在說夢話。

「我不害怕跟妳在一起。」嚴格說起來並不對，但我現在至少對未來是好奇的。我超越了徹底的麻痺了。

不過，愛……愛仍然是我還沒膽子臣服的東西。

「你害怕愛我，你覺得說出來會有惡運。」

「妳知道我對妳的感覺。」但話才出口我就在心裡瑟縮。我是在競選英語中最遜的半吊子感情嗎？

我知道凱莉想要我深入探索。她問過我一兩次去看黛安娜的事，問過我是否用她聖誕節送我的靜修中心禮券去訂房（我確定一定是白費力氣）。而我當然不怪她。

說不定我甚至不該跟她上床，既然我連我愛她都說不出口。

我去握她在被單下的手。這個情人節的晚上好冷，但是她的皮膚感覺有鴨絨被的溫暖。

「我知道你愛我。」她的聲音降低為咕噥。「你不必害怕。」

我不是害怕，我心裡想。我是嚇傻了。

47 凱莉

幾週過去了，春天悄悄來臨，世界變得越來越明亮、越來越輕快。被冬天壓制了這麼久，土地似乎在擴張空間。它的肺緩緩填滿了雛鳥的黎明合唱，葉子也把枝椏壓彎了。土黃色水仙花盛開，蝴蝶在花叢中翩翩起舞，在沃特芬，繁殖季達於頂峰。我好愛聽嘰嘰喳喳的柳鶯呼喚我上工，而在一望無垠的天空上赤足鷸飛旋，小辮鴴和鷸在激烈口角。

雖然冬天有很多我愛的地方，但在整理堤壩，穿著青蛙裝涉水幾個星期之後，感覺到腳下的大地變得硬實，白天變長，陽光漸漸暖和，像即將孵出的蛋，還是讓人覺得鬆了口氣。空氣甩掉了土壤與死水的氣味，換上了四月的花香和蜜香。而在大自然自我修復時，我們也一樣——我們放下了鏈鋸和割草機，開始修理籬笆和大型機具，享受著較和緩的勞動，像是拔除薊草，給草原割草。我開始專心調查繁殖中的鳥類，眼睛盯著天空幾小時，或是對著細長的林下植被豎起耳朵，等待著瞥見什麼飛過，明確的羽毛變化，一首圓熟的歌。

我們的花園棚屋巢箱裡來了一對知更鳥。喬爾跟我偶爾會看見雌鳥，一抹橘色一閃即逝，啣著滿滿一口的枯葉和青苔，為她的蛋做窩。我們真是幸運能觀察她，她彷彿是信任我們作伴以及喬爾挑選的小木箱。我希望幾週之後我們能看到雛鳥長出飛羽，幾團褐色的小傢伙笨拙地晃進這個世界。

而在河邊，柳樹漸漸變得枝繁葉茂，綠意盈盈。我有時會在下班後爬上樹，只坐個五分鐘，感覺樹皮的溫暖以及令人舒心的樹幹，再一次和葛麗絲靠近，查看我們的縮寫是否熬過了另一個冬天。每次季節變換，我都擔心她會消失，如同秋天的落葉被土壤吸收，字樣漫漶，顏色黯淡，直到最後它的特性和複雜性只是泥地中的塵土。

我高坐在樹上，總是跟她說我愛她。感覺有點像是跟喬爾說，因為我也像是在等待一個永遠不會來的回答。

我們要去一場新書發布會，是柔伊的朋友，我決定要討論這個話題。我已經考慮了一陣子了——從聖誕節開始——雖然是冒險，我也知道可能會有反效果，但我還是決定一試。

我原本計畫要明天早餐時問他的，找扇長窗，喝著咖啡，讓他有時間慢慢思考，沒有壓力。可是我對著喬爾的臥室鏡盤著腿在捲頭髮，而他站在我後面扣襯衫，感覺正是時候。因為此時此刻就是我們可能會有的日子的寫照——在家裡，舒適自在，兩個人。

「別嚇到。」是我的開場白。

喔，真會說話，凱莉。

鏡中的喬爾微笑。「怎麼會呢？」

「我一直在想……」

他點頭，像在說說下去。

「……是不是……我是說，這樣會不會比較有道理……？」然後我就沒話說了。我找不到要說的話，因為他在鏡中看著我，那雙黑炭似的眼睛把我的視線拉向他。

他等待著。「還是沒嚇到……」

我吸口氣，豁出去了。「我在想也許我們應該要同居。」

他在鏡中文風不動。時間拉長。「那是……妳想要的嗎？」

我捕捉到他的眼光。喔，你現在可嚇壞了。但是我決定要勇敢，給他我發自內心的點頭。「對。你呢？」

「我沒有真的……」

「太快了。」我總結道。

「不，不是那樣——」

「放心吧，」我柔和地說。「你現在什麼也不必說。」

我心裡有極小的一部分希望他會抗議，給我一個是或不是，但是他沒有。他只是說：「好吧，謝謝。」

我們擠進了通風不良的書店，所以在演講近尾聲時喬爾握住我的手說他需要呼吸新鮮空氣時，我也偷偷鬆了口氣。

「我們得買一本嗎？」他說，在我們站上人行道後。我們兩個都很開心能站在戶外。今天天氣暖和，傍晚的微風吹過我們的臉龐，仍帶著陽光。

我輕輕地推了推他的胳臂。「對！這是新書發布會。不然我們是來幹嘛的？」

「我就是不懂。是科幻還是色情？」

我微笑。「就當是色情科幻吧。」

他哈哈笑。「啊哈。就知道有個琅琅上口的名詞。」

「嗯，當然啦，機器人也是需要愛情的。」

下班後的逛街人群從我們面前經過，有對情侶在吃冰淇淋，一個穿T恤戴雷朋眼鏡的人慢悠悠地走著。看著他們給人一種暈陶陶的樂觀感，似乎是春天特有的情形，就如鳥築巢或是花苞綻放。

「對不起，凱，」喬爾突然說。「之前的事。我真的……唉。我處理得非常糟。」

喔，同居的事啊。我現在知道是個錯誤。「不，是我太貿然了。別——」

「我一直在想。想妳說的話。」他清喉嚨。「那妳覺得……搬進我那兒怎麼樣？」

我的心臟長出了翅膀。「搬進你家？」

「對。我是說，別誤會了，我很喜歡妳的公寓，可是搬進我的比較合理，有花園，方便墨菲，而且……？」

我沒辦法不笑。「你確定嗎？你不必——」

「我知道。可是感覺很對。」

「確實。」

「只要妳不介意……就，一切。」

「介意的話我就不會問了。」對，我偶爾會一大早就發現他神不守舍，忙著寫筆記，喃喃唸著單音節詞。要是我們晚上在一起，我們幾乎不會同時入睡——他經常帶墨菲出去，在我已經就寢之後，或是用熬夜來迴避睡眠。有時我們的休息會受到打擾，如果有什麼夢驚醒他的話。可那又如何？再多的缺點也阻止不了我愛他。

他這時低著頭，嘴唇靠近我的。「當然，這一切的前提是妳沒有偷偷討厭我的公寓。」

「我私底下是更愛你的公寓。」

「那就說定了？」

「說定了。」

在喬爾吻我前的一瞬間，他好似想要說什麼。我屏息以待，但是他的嘴唇卻印了上來，而那一刻就消失了。

48

喬爾

凱莉的臉孔沾上了泥巴，也有幾小撮頭髮從馬尾逃出來。她依偎著我坐在沙發上，在豔陽高照的沃特芬辛苦了一天之後心滿意足。我為她高興，在這麼多週被冬天折磨之後。冰凍的手指，衣服結滿了泥巴塊。不過她可沒有一句怨言。

窗外，週五晚上的燈光照亮了天空。

墨菲把下巴擱在我妹的膝蓋上，很有耐性地盯著她的臉，彷彿他知道她來這裡是想說什麼。

「我懷孕了。」

我一躍而起，把天心抱在懷裡。我希望她看不出來，儘管我的喜悅是真實的，但是驚訝卻是裝出來的，因為我早就在夢裡見過哈利了，吻過他光潔無瑕的額頭，驚異地看著他粉紅色的新生命。感覺到滿滿的愛。

「妳是最好的媽咪，」我對著她的頭髮喃喃說。「恭喜。」

我張開一條胳臂，讓凱莉也加入擁抱。我們三個站在一起，又是笑又是拭淚。

凱莉去拿飲料，我問天心懷孕多久了。（我當然已經知道她是八週左右。這種事始終讓人很彆扭——在別人得知之前就先知道他的私事。）

她確認後我微笑。「尼爾一定樂壞了。」

「喔，你也知道尼爾那個人。要是我們中了樂透，他也只會說『酷』。」她繼續摸墨菲。「不過，對，我覺得這是僅有的幾次我看到他流淚的。」

「那就是聖誕寶寶了。」凱莉把一杯藥草茶端給天心。（我特別買的，在我夢到哈利之後。）「好棒喔。」

天心歡呼。「明年他們生日的時候別忘了提醒我，還有往後的許多年。可得要好好計畫。」

「妳會想知道性別嗎？」

「不，還是當驚喜吧。」

我看了凱莉一眼，趕緊別開視線。我們知道最棒的部分，比天心早了整整七個月，感覺一點也不對勁（妳懷的是男孩，而且妳會叫他哈利）。不過我已經感覺到熟悉的恐懼暗流在拉扯：我只想要夢到他的好事情。

天心小口喝茶。她穿了一件奶白色和海軍藍格子棉裙，一雙編織鞋底涼鞋。頭頂上的太陽眼鏡箍住了她紅棕色的頭髮。「我覺得媽是在懷道格一個半月之後才嫁給爸的。」

不知哪裡浮現出一張微微彆扭的照片，我，還不滿兩歲，夾在我父母之間，僵硬地站在戶籍登記處的台階上。

在我心底，那份彆扭變異了。他們看來彆扭是因為媽抱的那個孩子是另一個男人的嗎？爸是有十成的把握？抑或是他下意識察覺到的？

是怎麼回事，媽？我們為什麼從來沒談過？

「這一個是在結婚前懷上的，」天心對凱莉說，還朝我眨眼。「我們覺得這就是為什麼他有點……就，體制外。」

我的血液起了漣漪。*結婚前懷上的——或是別人的兒子？*

天心一手按著仍平坦的小腹，看著凱莉。「我幾乎不敢相信，知道嗎。尼爾跟我從安珀一歲起就一直想要再生一個，我真的沒想到會懷上第二胎。」

「我們太為你們開心了。」凱莉說。

「我只是希望……」天心遲疑不決。

我的五臟絞成一團。「不要。」我低聲說。

「可是等了那麼久，萬一——」

「不會的。」

「你怎麼知道。」

「我就是知道。」我以眼神更緩慢地對她重複。*我就是知道。*

「你怎麼知道的？」

凱莉抓緊了我的手。我強迫自己不動聲色。今天的重點不是我，而是天心。「相信我就對了，好嗎？」我說。「一切都會順利的，我保證。」

這句話似乎就夠了，她點頭，只點了一下。拿著凱莉遞給她的紙巾擦掉溢出眼眶的淚水。

「我猜太想要什麼就會這樣。」

「沒有太想要這回事。」

她擠出笑容。「那你呢？」

「我怎樣？」

「不是你，是你們兩個。要不要讓我當姑姑？」

我握著凱莉的手，卻面無表情。「天，才六個月欸。」凱莉甚至沒有正式搬進來，但是她告訴了史蒂夫，而且她的東西也開始一堆堆出現了。我瞧了瞧她的藥草和室內植物，現在就排列在窗台上。她是昨天帶過來的，連同她的窗戶花壇，而屋內突然綠意盎然，感覺就像有新鮮空氣在湧動。這週她計畫要把天井擺滿花盆，種上夏花，給蜜蜂和蝴蝶來採蜜。

「更奇怪的事都發生過。」天心說。

是啊，的確是，屢見不鮮。然後，有如霹靂轟鳴，一個想法成形。事關凱莉懷孕，而我欣喜欲狂。

愛情雖然處處都讓我害怕，我卻忍不住覺得會是一種奇特的美妙，看著凱莉的肚子，知道我們的寶貝兒子或女兒舒舒服服地窩在裡頭。

可是我只說了「小妹」，就把這個想法拋到一旁，拿馬克杯遮住了臉。

那晚凱莉睡著之後，我帶墨菲去街區繞了一圈。我不在家時，手機跳出一則訊息，來自梅莉莎。她問我在幹嘛，說很久沒見，叫我別疏遠了。

這不是第一次了。她在聖誕節聯絡我，二月又一次。兩次我都寫好了回覆卻沒有傳送。也不知是為什麼，用簡訊告訴她結束了感覺幾乎比一言不發更加的怯懦。

可現在我知道了我的愚蠢。我必須要回覆她，於是我就回覆了，盡可能不慍不火。我向她說了和凱莉的進展，說以後不要再傳簡訊可能是最好的。我想溫和，但不能模稜兩可。

我把事情說清楚，按了傳送，感覺羞愧。對於我對待她的方式，以及我們之間的結果。我希望，有一天，她能夠原諒我。

49 凱莉

六月初，喬爾建議慶祝我正式搬入，到市區去吃石烤披薩，披薩大到我們幾乎吃不完，但是我們仍然在餐後去吃了甜點。

「搬了那麼多箱子，應該要犒賞一下自己，」我向喬爾保證，一面看著小山堆似的巧克力圓餅和起司蛋糕。「抱歉我的東西那麼多。我敢發誓我當初搬家的時候沒有那麼多東西。」

「別擔心。只不過明天我可能會有些地方很痠痛。」

「我也是。我覺得我的肌肉萎縮了，因為天氣一直那麼好。我最近只是坐在牽引機上——幾乎連汗都沒流。」

「聽起來倒是很不錯的一日勞動。」

「呣，是啦，沒那麼糟。能享樂的時候就趕快享樂吧。」

喬爾吃著起司蛋糕。他今晚就跟平常一樣英俊，一件淡色丹寧布襯衫，袖子捲到手肘處。

「完全正確。總是比冬天強吧。」

我思忖了一會兒，用湯匙挖掉了一塊巧克力圓餅。「很難說。冬天有它的魅力。比方說……蒼涼也有一種美。」我微笑聳肩，因為我實在解釋不來。大多數的正常人討厭冬天，天空死氣沉沉，還有側飄的毛毛雨，時不時就會發抖。「冬天好像更狂放不羈。我就愛這一點。被風吹刮的大地，飽經風雪的前哨基地——正好是我的菜。」

喬爾咧嘴笑。「有自己的小生境沒什麼不好。」

我微笑著描述童年的假日，爸跟我總是在戶外探險，去健行，一路蒐集文物。「所以我才會被智利吸引吧。因為那種遼闊的戶外——真正和荒野連結。」我接著跟喬爾說拉脫維亞有多壯麗，敘述連恩對它的愛，說得熱情洋溢。

「那妳為什麼從來不去做，凱？」喬爾的額頭皺了起來。「我是說，妳有那麼多的書和夢想，那麼多妳想看的東西……」

雖然我知道他不是在批評，我還是在座位上稍稍縮了縮。「就是時機好像總是不對。我天生就是個謹慎的人，而且我的世界也總是相當……安全，即使是在小時候。每次我想跟葛麗絲看齊，稍微做點不一樣的，總是會出大紕漏。」我回想起我的刺青，那個衝動之下鑄下的大錯。

「沒理由不能再試啊。」

「我知道。將來有一天我也會想去智利看那種鳥，就算只是為了證明大衛和連恩是錯的。」

「那麼稀有啊？」

我拿湯匙劃過嘴巴。「有點像個……謎。」在我心裡，一段記憶浮現。「我爸有一次看見一隻稀有鳥類。我跟媽在逛商店，爸很激動地打電話來，要求她送照相機過去，所以我們只好跳上車，趕回家去，再飆了半個小時的車去支線旁邊的湖邊找到他……媽在車陣中穿梭……」我哈哈笑。「我是說，我不是觀鳥迷，可是我才七歲，感覺好刺激。我永遠也忘不了。我覺得我好像是在拍警匪片。」

喬爾定睛看著我。「嗯，」他說，「也許是時候該妳去找一隻珍稀鳥類了。」

「現在不行，我可是找到了夢想中的工作了，」我堅定地說。「旅行還得等一等。」

我沒有說的是問題不是只有工作，而是和喬爾分開——我自己的奇妙發現，一個神往多年的東西就在家鄉這邊找到了。現在棄他而去，感覺大錯特錯，即使只是幾週，即使是去追逐夢想。

回到公寓，我在大門前摸索鑰匙，感覺到喬爾的手環住了我，他的臉貼著我的脖子微笑。他嘟嘟囔囔說了什麼，我沒聽懂，所以我後退，問他說了什麼，而他跟我說我可以做我想做的事，絕不要以為我做不到。

我們一起跌跌撞撞進去門廳，他把我按在欄杆上，我們吻來吻去，呼吸加快，開始拉扯彼此的衣服，甚至連外套都還沒脫，只是解開鈕釦、拉下拉鍊，夠我們辦事就行。不知如何我們倒在了地毯上，眼神交鎖，情慾橫流，身體因渴望而輕顫。我們開始移動，我感覺到我對他的愛的每一顆原子的重量，彷彿我的心臟爆裂成一千顆流星。

50

喬爾

我同意陪凱莉去參加雨果的婚禮，他是庫柏家的老朋友。

不消多久就能猜出凱莉的父母為什麼會改變主意。大學畢業後搬到瑞士，創立了私募基金，結果卻沒有讓雨果的個性有什麼長進。我們抵達他的詹姆斯一世風格豪宅之後，他兩次叫錯凱莉的名字，後來又問我是不是外燴公司的。（我假設他指的是我的套裝稍微有點太正式。可是既然他連一丁點的幽默感都沒有，我實在聽不出他是不是在說笑。）

雨果的新婚妻子莎曼珊倒似乎不錯。（可能有點迷糊，因為她自願嫁給這個混蛋，只能祝她好運了。）

我對雨果的不良印象後來變得更不良，因為我們被安排和他最古老的親戚同桌。沒有一個神志清楚，所以凱莉跟我只能自得其樂。不過，倒也不算什麼壞事。比方說，挑揀出蔬食居然是個滿有趣的智力挑戰。

「一定是弄錯了。這是肉。」凱莉咬著牙說，瞪著盤子上的迷你威靈頓牛肉，笑容像是印在臉上的。

一整天我都沒辦法不看她。想吻她的鎖骨輪廓，手指按著平滑的凹處。她把頭髮挽成一個鬆鬆的髮髻，一件翠綠飄逸的洋裝，耳環是葉子形狀的，鑲著翡翠，是我送的禮物，搭配她這件衣服的。

幾星期前我走進臥室看到她在試穿衣服，幾分鐘後這一件就丟在地板上，如一池絲滑的酢漿草色水潭。

不過我被八十多歲的長者包圍，實在無力去想那個。他們是無法預測的一群人，其中一個正開始隨著弦樂四重奏劇烈搖晃，儼然是像小甜甜布蘭妮唱的〈中你的毒〉（*Toxic*），令人心驚膽跳。

凱莉左看右看，找尋服務生。「我的確在問卷裡告訴他們我們吃素。」

「問卷？」

「喔，對，我們得填問卷，就像在填應徵表格。而且他們的禮品單也是他們說了算。」

我喝了口酒。「妳說雨果是開了幾場脫單派對？」

「三場。」

我靠得更近。「幾場婚禮？」

「兩場。這一個，還有慕尼黑一個。」

「幾次蜜月？」

「兩次。一個超豪華，一個迷你的。」

我舉起酒杯。「讓我們絕對不要變成雨果。」

「乾杯。」

我們碰杯。「對了，我有沒有跟妳說妳穿這件衣服有多美？」

「說了六次了，七次，算進地板上那次的話。」

「我說的可是真心話，並不是只想要厚顏無恥地誘惑妳。」

她一手溜上我的膝蓋。「我不介意。我有沒有跟你說你這一身有多衣冠楚楚？」

我微笑，回想起上週跟她一起在百貨公司試衣間裡試穿。我們摸索著拉鍊和鈕釦，我半懷疑會不會被逮捕，但是我很快就明白我壓根就不在乎。

服務生出現了。「有什麼事？」

凱莉伸長上半身，低聲和他說我們吃素。

他愣住，活像是被她的美貌驚懾住，這一點我倒是可以原諒他。「恐怕我們並沒有收到準備素食的要求。」

一個也沒有？超過一百五十名賓客的喜宴？

我們等他想出個方案來，但他只是瞪著我們。他顯然是在等凱莉說沒關係，我們今天就做個一日葷食者。也可能他是在想像他們兩人是在眉目傳情。

「喔。」她最後只發出這個聲音。

他居然在走開時還有膽子朝她眨眼。

「哇。」我微笑。「古怪的素食者還真對他有作用。」

她皺起了眉頭。「什麼意思？」

我向前傾。「我覺得他喜歡妳。」

「才不是，他只是搞糊塗了。」

一如平常，她渾然不覺自己有多美。

凱莉傾身看著盤子，拿叉子戳威靈頓牛肉。「你覺得我們該怎麼辦？」

「我覺得我們只有一個選擇。」

「說啊。」

我舉起剛斟滿的酒杯。「液體午餐。」

「我想你說的是婚禮早餐。」

「妳可不會想聽我說明為什麼叫作早餐。」

最後我們一點也沒碰餐點，而是在燈光變暗之後第一對進舞池。凱莉笑得開懷，牽著我的手。她的笑容就像是昏暗房間裡的一盞燈泡。

我們跳舞，我們歌唱，我們大笑，最後兩人頭重腳輕。十全十美的一天。

午夜時我們逃跑了，興奮焦躁，頭髮蓬亂。今晚很清亮，空氣透著夏天的味道。凱莉的鞋子掛在手指上，我們穿過潮濕的草地，走向我們留宿的廂房。她大步走過沾著露珠的草皮，洋裝隨著她的步伐搖曳，我緊緊握著她的手。

我看著頭頂上的點點星光，把這一刻吸入胸臆。我覺得我沒有這麼快樂過。

凱莉說著她在讀的一本書，是她深愛的一位自然作家寫的野泳的事。顯然是某人的追尋，游遍英倫群島。「我看了好想跳進最近的一條河裡，而且現在的季節正適合，對吧？在大自然裡游泳是最貼近自然的事情了。」

我們來到了另一片廣闊的草皮頂端。「那就是現在。」我把她拉住。「看。」

「看啥？」

「妳的完美時機。」

草皮上一處天然的凹地底部就是一處觀賞用湖泊，子夜的顏色，如冰鎮檸檬汁一般誘人。空氣是熱的，我們也是：即使是對我來說，這個主意都很誘人。

「真的假的？」

我放開她的手，脫掉外套，任由它落在地上，接著彎腰解鞋帶。

「喬爾，不行。」她東張西望。「他們很可能會把我們押解出去。」

我開始解襯衫鈕釦。「那我們最好動作快。」

她低聲笑，又扭頭看了一遍。「好吧。」

「好吧？」

「好吧。」她再說一次，突然膽子變大了。伸手到肩後，拉下洋裝拉鍊，扯下肩帶，讓衣服如流水般落在草地上。她穿著酒瓶綠內衣，好美，皮膚因漫長時日在戶外勞動而呈現楓褐色。她溜到我這邊，動手幫我解鈕釦。我們哈哈笑，脫衣服變成了團隊合作。

我踢掉皮鞋，而凱莉則幫我拉開長褲拉鍊，解開我的腰帶。現在我們手挽著手，穿著內衣褲，奔下陡坡到湖裡去。動力加速度的作用使得我們都沒能煞住腳，一頭栽進了水裡。湖水就如深海一樣寒冷，像是泡進了液態氮裡。我們浮上水面，怪叫連連，大口喘息，兩腿亂踢。我們又是潑水又是手腳亂舞，有如魚在掙脫網罟。但是儘管我們渾身濕透，荒謬可笑，又忙著喘息，我們的眼神卻互相撞擊，而我們又笑了起來。我們笑得好厲害，一定會不小心就淹死，所以我們開始本能地朝岸邊游。

好不容易，我們的手摸到了泥巴。我們把自己弄上岸，水草黏著我們的小腿。兩個都氣喘吁吁，說不出話來。

我們翻身仰躺，看著星辰，喘得像動物，大腦和血流慢慢恢復。

我第一個開口。「妳怎麼樣？」

「大開眼界。」

我轉過頭。她的頭髮濕漉漉的，在草皮上閃著光，有如沙上的海草。「真的，那麼好？」

「我們在野泳，」她說，「你跟我。我們要去加入俱樂部。有野泳俱樂部嗎？我們可以每個週末都游一次，就我們兩個，一起。」

我靠過去吻她，一手拂過她的身體，拂過了那個怪誕的刺青，讓我更加愛她。「冷不冷？」

她解開她腿上的一條水草，打了個哆嗦。「冷。」然後，「我要一直持續下去，這一刻，這裡，跟你一起。我好愛你。」

我的皮膚輕顫抽搐。

她仰臉看著我。「別讓我說別的話。」

我撥開她臉上一束濕髮。「為什麼？」

「因為我不想嚇壞了你。」

我想跟她說無論她說什麼都不會嚇壞我。但我不確定是不是真的。

大堂飄來了迪斯可的遙遠悸動聲，顯然是來自義大利的DJ搭乘直升機抵達了。

凱莉一隻手放到腦後，轉臉看著黑暗，彷彿是在天空尋找銀河。「因為很嚇人。我對你的強烈感情。」她說得很清楚，語聲在溫暖的空氣中清脆可聞。

「我知道。」我又低頭吻她。「我也嚇到了。」

51 凱莉

隔天，陽光熱辣辣地曬在我的皮膚上，從窗簾的縫隙。喬爾的筆記本放在他的大腿上，所以我猜他昨晚一定作夢了。他除非是自己想說才會告訴我，我也從來不問。

「我幫妳找到了一家俱樂部。」喬爾低聲說。

「嗄？」我的頭感覺像是過度揉按的麵團。我正打算要幫我們兩個弄杯小包裝咖啡加一丁點保久乳，然後再爬回床上睡覺。

「一家野泳俱樂部。看。」他把iPad豎在我面前。「他們夏天每個星期日早上集合。」

我閉上眼睛。「喔，天啊。我記得。」

「妳記得湖嗎？」

我呻吟。

「還有我們回房間之後妳做了什麼？」

我又睜開眼睛，這次比子彈還快。

「妳決定把內衣吊到窗外去曬乾？」他緊接著說。

「喔，糟了。是不是……？」

「是，」他說，好像在忍笑。「我穿著晨袍下去想要搶救。」

「拜託，拜託，跟我說你撿到了。」

「對不起，凱，」他說，而且現在真的在笑了。「我救回了下半部，可是妳的胸罩掛在滴水嘴獸上，搆不著。」

「我的天啊！」我坐了起來，腦袋瓜裡像是有行星在排列。「拜託跟我說你是在開玩笑。」他樂不可支。「是就好了。」

「那我們得趕緊走。我們現在就退房！」

喬爾爬下床，移向窗戶，抬起下半部的窗框，把頭伸出去。「對，我覺得妳說得對。太陽出來了。這下子人人都看得見了。綠色襯著這棟建築實在很顯眼。不過，往好處想，衣服快曬乾了。」

我拿枕頭丟他，不過儘管我在不同面向上苦惱不已，我還是笑了出來。「我們真的必須離開。」

「妳覺得我們可以不動聲色地去吃早餐嗎？」

「不行！」

「那可以在淋浴間裡來個快版的〈阿嘎嘟〉（*Agadoo*）嗎？妳昨晚唱得好美。」

接連的恐怖淹沒了我的心。「我們快走，現在就走。」

回家途中我們停在一家咖啡廳，是一處雙向道的休息站，只供應一種即溶咖啡，炒蛋卻有十五種選擇。

窗外，公路有如賽車場，車輛快得讓人眼花。

喬爾一臉疲倦，卻是好的那種——那種疲倦讓我想到了黎明時在床上的擁吻，或是夜深後有音樂和燭光的交談。

對比之下，我就不太確定此時此刻是否想知道我是什麼鬼模樣。我太急著離開飯店了，所以連把頭髮吹乾都省了。化妝也是最精簡的——一點眼影，再為求心安噴了一點香水。

「你知道你昨晚是舞池之王嗎？」我跟喬爾說。

「妳的意思是被嘲笑最多的？」

「才不是，我是說真的！對一個自認是隱士的人來說，你的舞步還挺厲害的呢。」

「嘿，妳也沒差到哪去啊。」

「得了——我生了兩隻左腳。你難道沒看見我險些就撞上樂隊？」

他吃完蛋捲，擦擦手指。「他們好像不介意。我覺得妳無限的熱情讓他們倍感榮幸呢。」

「說是微微提高警覺還比較適合。」

「而且妳很有孩子緣。」

這一點倒是真的。不知何時我發現自己被一幫十歲以下的孩子包圍了，在教導他們如何跳扭扭舞。稍微起鬨了一下之後，喬爾也加入了，接下來的二十分鐘左右，我們全都一塊跳舞——就我們兩個和一群糖吃太多的小鬼頭——而這時我的心裡跳出一個想法：我們會是很好的爸媽。我們會有數不完的樂趣。我們應該生幾個——兩個？五個？十個？我太開心太累了，不想去管制想像力了，所以我任它奔竄，享受著幻夢——幾乎是用它來喝醉了。

我用食指在喬爾的小臂上懶洋洋地劃圈。「你是在哪裡學跳舞的？」

「其實是我媽教的。放學後我們在客廳跳舞，一面等我爸下班回家。」

我的喉嚨在擦痛，然後是我的眼睛。「好甜蜜。」

「啊，妳應該去跟我弟說。」

我低頭看桌子。塑膠桌面處處是黃色的污漬，讓我想起了前一晚的剩咖哩。

喬爾放下馬克杯，一隻手揉頭髮，一陣飯店洗髮精的味道飄散出來。「知道嗎，雨果雖然是個大白痴，倒還真辦出了一場滿精采的派對的。」

「想要聽聽我的看法嗎？」

他隔著咖啡的蒸氣凝視我。「請說。」

「我覺得是我們讓派對很精采。我是說，我滿肯定你跟我在牧草田裡也能很開心的。」

「嗯，我其實還沒試過呢。不過妳願意的話，回家路上我們可以找一處牧草田。」

我想到了那個湖，搖了搖頭。「不可以再在公眾場所撒野了。」

「對，在車子裡更安全。」

我繼續在他的皮膚上劃圈。「這種事應該要多多益善。沒關係的，對不對？出門過一夜？」

「對，」他說，語氣幾乎是驚訝的，好似他之前真的沒有想到過。「是沒關係。」

「那……你願意嗎？再來一次？」

「好。」他說，像往常一樣輕描淡寫。但是他翻過手抓住我的手，他的眼睛像是一部默片，一個沒有語言的愛情故事。

52

喬爾

然後，才過了一個月，發生了。果然是怕什麼來什麼。

令人痛苦的夢，真實得像一道閃電刺穿了我。

凱莉喃喃喚著我名字，叫醒我，但我已經醒了。我甩開她，翻身躲開，把臉埋進了床墊裡。

拜託不是凱莉。

不能像這樣。

不。不。不。

第三部

53 凱莉

我仍然想著我們，喬爾。可能不應該那麼頻繁。最不起眼的事就會把你帶回我的心頭。

我昨晚在露天泳池游泳，回想起你跟我一塊跳進湖裡的那一晚。幾週前我烤了一些托瓦姆凱，做到一半就哭了起來。我受邀去參加脫單派對，可我卻滿腦子都是劍橋，以及我們在那裡共度的美妙時光。

我開始讀那本科幻小說了——記得嗎？——其實還滿精采的呢！你絕對應該也讀一讀。（七十九頁讓我笑得好大聲。讀的時候要在腦子裡模擬那種聲音，你就會知道我是什麼意思。）但願你在讀的時候讀的仍是你那一本，不然的話，我的可以借你。

我們兩個一起大笑已經是好久以前的事了。有時候，想著我們一起有過的歡樂讓我能繼續走下去。你照亮了我的內心，每一天。

54

喬爾

外頭天空佈滿了八月初的暴雨雲。我站在臥室窗前，等待著沐浴的聲音停止。

我沒想到居然有可能會這麼慘。

頭頂上的地板吱嘎響。新房客丹尼住進了凱莉的公寓。他的工作時間很長，幾乎不在家。偶爾會在擦肩而過時寒暄幾句，隨即就像鬼影一樣消逝。

凱莉幾星期前搬了進來，感覺已經像是一連串很快會遺忘的回憶。她爸幫我們把大箱子抬下來，還在安全方面教訓了我一頓，好似我並沒有在這裡住了十年。第一晚一起在沙發上喝香檳，是她父母送的禮物。我們最愛的食物終於一齊擺在冰箱裡。一起洗澡，喝同一壺咖啡。站在後門台階上看著墨菲追球。我的手指探索著她的新鮮事物。她蒐集的古怪小飾品和小擺設，在她是難為情，在我卻有如寶藏般有趣。

我完全怪自己。我根本就不該讓自己鬆懈下來的，拖延著不打給史蒂夫。因為要是我採取了某種行動，或許這一切就不會發生了。

55 凱莉

我終於走出了浴室，一動不動停在五斗櫃前，上頭擺滿了我的東西。我喜歡這樣，至少是喜歡過——那種略微有點格格不入，那種在我搬進來之後我們已經讓空間變侷促了的想法，那種周遭的世界限制不住我們了的想法。

「對不起。」喬爾說，就站在窗前，活像他會很開心跳出去。

想起了昨晚的事讓我好想再大哭一遍。太痛苦了，想到他睡覺時眼瞼邊緣滲出的淚水，他一遍又一遍哽咽地喊著我的名字，彷彿喘不過氣來。

「喬爾……這不是該說對不起的事。」

他遲疑了——似乎是瀕臨用感情淹沒房間的邊緣上。在最後一刻，他退縮了。「妳可以取消今晚嗎？」

我的心思在追逐它自己的尾巴。今晚。今晚……？

終於，我追上了——我們說好去班那裡晚餐，愛瑟和蓋文也去。「當然。」

「我只是不認為……」但是他沒說完，所以我仍像個丈二金剛，不知道他不認為什麼，更別說是他認為什麼了。

「喬爾，拜託不要這樣。」

「怎樣？」

「排拒我。」

我們只是看著彼此，被哀傷和無能為力攻擊。

「我說我愛你是真心的。」我低聲說。

「我知道。」

「不只是你，而是你的一切。」

他似乎差點被痛苦傷得暈眩，而屋外天空轟隆作響。

「是我，對嗎？」我說。「你昨晚的夢。」

這時他的眼睛瞪得很圓，像貓頭鷹一樣幽黑。他無言凝視了大概一分鐘，像是我在走開，離他越來越遠，而他只能看著我走。

他的聲音發出時是溫和的。「妳快遲到了。」他只說了這麼一句。

56 喬爾

她六點之前就回來了，我今天泰半在戶外，遛狗，然後帶著墨菲坐在花園裡。雲朵在天空中跳華爾滋，我琢磨著該怎麼辦，我能怎麼說。

我發現視線落在凱莉的花盆上，現在吸引了成群的蜜蜂和蝴蝶。她的窗口花壇也盛開著夏花，花朵充滿了花蜜。這些真的完美詮釋了她這個人：灰色的底色上繽紛的色彩，生命取代了怠惰。

我們的知更鳥幼雛早就已經羽翼豐滿了，巢箱也已鳥去巢空。但有一陣子雄鳥仍很顯眼，在隔壁的李子樹上大膽地鳴囀。凱莉跟我說牠是在教導幼鳥飛翔，誰知道是不是真的，但我倒是喜歡這個想法：幾世紀之久的一首樂譜，寫在天空中。

「嗨。」是一聲疲憊的嗨，像吁口氣。她丟下袋子，抱住我的脖子，吻我。汗水在她的臉頰上形成了一條白痕，她有鹽和傷心的味道。

「今天過得如何？」我對著她的頭髮喃喃說。

「悲慘極了。」她對著我的T恤說。我幾乎鬆了口氣，卻只是因為我不想聽安撫的話。明明有事還說沒事。我寧可她生氣，有話就說。

說這是災難，而且完全都怪我。

「我沒辦法不去想你的夢。」

「我們需要……」我幾乎說不出話來。「我們需要談一談。」

她抽身後退。「沒錯。可以去別的地方嗎？」

我寧可不要在公開場合討論，但既然我就要把凱莉的人生切碎剁爛，尊重她的意願似乎才公平。

我們決定去那家俯瞰河流的屋頂酒吧。酒吧聽起來浪漫，卻是言過其實。價格高昂，還是在辦公大樓的頂樓，一向就不會有太多的客人。風景倒是不錯，但是主題卻平淡無奇：埃佛斯堡的建築物既不出色也缺少獨特的魅力。放眼望去只有單調乏味的辦公大廈和摩天大樓，教堂尖塔和屋頂。建築年代混淆雜亂，沒有明確的特色。不過，我們可以看到河流，陽光下一條銀帶，液態水銀似的。而且早晨的暴雨已經過了，天空綿遠清澈，像頭頂上一個淡藍色的降落傘。

我發覺樹木也比我想像中要多，突出在建築物之間，有如小小的綠色火山。

我們坐了角落的桌子，靠著一扇很高的玻璃窗，大概是為了防止我們跳樓自殺吧。我需要清楚思考，就點了咖啡，但是凱莉選了一杯白酒。也不能怪她。她換上的花朵洋裝是那麼的鮮豔喜慶，看著它幾乎令人痛苦。

她是第一個開口的。「你昨晚夢到我，是不是？」

點頭，卻沒開口。我的嘴巴成了橡皮。

「你不停喊我的名字。你非常難過。天啊，看到你那樣我……好難過。」

我的胸膛收縮：輪到我了。可儘管在腦海中翻來覆去琢磨了一整天，我還是找不到話來說出個所以然來。

「凱，我很怕我說的話——」

她打斷了我。「那就別說。你不需要說什麼。我來問，你只管點頭搖頭就好。」

我吸口氣，也可能是吐氣。她的果決微微讓我措手不及。

她的眼睛隔著桌子找到了我的。「有時候說出來是最棘手的一部分。」

「今晚就是。」

到頭來只需要三個問題。三個問題，以及幾分鐘。

「我死了嗎？」

對。

「你知道是怎麼死的嗎？」

我強迫自己又一次看著她毫無生氣地躺在地上。沒有傷口，沒有流血，毫無線索。不。

「你知道是幾時嗎？」

對。

我們沉默了，眼睛捕捉住嘴巴說不出的東西。附近桌子飄來高亢的笑聲，地面層上的埃佛斯堡交通也如常。世界不肯停止轉動，人生無情地向前滾動。

我知道我必須說話，概述我有的貧乏計畫。「或許會有——」

「等等。」她覆住了我的手，感覺冷得出奇。「什麼也別說。」

「可如果妳——」

「我是認真的，喬爾。我不要你說話，你只需要聽我說。」

於是我不再說話，只讓眼睛麻痺地盯著她的飛燕項鍊墜。跟幾個月前我在咖啡店和她初識的那天是同一個。

「別的事我都不想知道，包括你作的夢。我不想知道你看見了什麼，或是幾時會發生。一點也不想。我不想知道，好嗎？」

我瞪著她。她眼中的淚已化為鋼。「凱，我認為妳不——」

「我了解。」她的聲音割穿了甜蜜的夜晚空氣。她縮回了手。「我真的了解。此時此刻我只知道我會死。我不知道是怎麼死的，或是幾時會死。今晚在這裡我跟大家都一樣。」她瞧了瞧我們的服務生，接著是幾桌外喧譁的客人。

「可是我知道。」

「對。而如果你告訴了我，就等於是給了我一個末期疾病。就在這裡，就在現在。」

「凱，」我說，「妳怎麼可能會不想知道？說不定有些事是我們可以——」

「並沒有。你已經說過你不知道是如何發生的，你和我一樣無能為力，喬爾，你也知道。」

「凱莉，」我的聲音激動。「拜託讓我——」

「不，喬爾。這是我的決定。我沒辦法面對死刑。」

我想到了我媽，我否定了她需要準備的寶貴時間。在她過世後我對愛情的恐懼現在又發生在凱莉身上，我幾乎承受不了。「妳是真心的嗎？」

她點頭，只點了一下。

我又握住她的手，握得很緊。也許我是想要把一點理智捏進去。「我知道而妳不知道，我沒辦法這樣子活著。」

「你想卸掉重擔嗎？」

「不，不是那樣的。」可我又不由得懷疑是否就是這樣。

「你知道這代表什麼吧？」

「代表太多事情了。」

「這代表你愛我。」

啊，凱莉，總是看到光明面。她的臉上甚至還掛著最溫柔的笑容。「凱莉——」

「你可以說出來了。最壞的事情發生了，你不必再害怕了。」接著，她探身越過桌面吻了我。

但是在我回吻她時，我只能看到她躺在地上。

連一丁點的抽動也沒有，而且她的皮膚冰冷雪白。

57 凱莉

喬爾作夢之後的一個星期，我竭力保持正常。午餐時間我不和費歐娜及連恩一起吃飯，反而走到河邊，獨自爬上那棵老柳樹。和同事的對話已經沾染上了不同的色彩——很難一塊討論昨晚的電視，或是折扣超市變多，因為喬爾和我共度的夜晚因為我們在我的死期上的歧見而蒙上了陰影。

週五晚上，因為推動工業級的割草機在草原上割了幾小時的草，我虛弱地爬上了樹，又脫掉靴子和襪子。融入了枝葉之中，行人從我的光腳底下走過，我感覺到血液從小腿流到腳趾的愉快感覺。蜻蜓飛過，有如閃亮的迷你直升機，對岸的沼澤中傳來求偶的原始叫聲。一整天空氣都溫暖靜滯，充滿了夏天的靜電，只有種子穗忙著迸破噴射。

我只能想到喬爾——熱血熱心，自制的態度掩飾著內裡的劇烈痛楚。我努力想像他告訴我他知道的事，大地隆起，地震的連續衝擊從他身上傳到我身上。我考慮著我們的人生可能改變的方式，以及我們可能會變成什麼樣子。

很難說我會變成什麼人，訊息是否有害，徹底地改變我。我們在生物學上的設定就是對這類事無知，而這樣的設定當然不是意外。

我設想估量出我僅剩的日子，每一種經驗的化學都會改變。或許我會拋棄對我重要的一切，而同時末日越來越逼近，纏得更緊，有如颶風黑暗的手。

我簡直不知道喬爾和我如何能夠希望為我們倆打造出一段人生來，有這麼多事情要恐懼的。

可是喬爾已經揹負了這麼久了，而且也無處存放。如果我真心愛他，也許我會鼓勵他說出心裡的話，同意分擔那副擔子。因為愛不是只有輕鬆的選擇，簡單的解答——而是棘手的移植及困難的決定，是必須做出實際上你並不想要的犧牲的。值得擁有的從來不會是唾手可得的，我爸總這麼說。

我低頭瞪著樹幹上我在葛麗絲旁邊的名字縮寫，又翻找著手機，撥她的號碼，等待著嗶嗶聲。

「我在我們的樹上，想著妳。唔，其實是想著喬爾。我真希望能跟妳說，葛麗絲。我滿肯定妳會知道該怎麼辦的——不然，妳至少也會知道該說什麼。我覺得妳會叫我繼續幸福地無知下去，活在當下。我說對了嗎？

「妳老是說妳想要在做妳熱愛的事情時死掉。唉，很遺憾妳沒能如願。可是妳死的時候並不知道妳要死了，這樣子至少算是第二好了吧。」我閉上眼睛。「聽著，葛麗絲，就給我一點徵兆之類的，好嗎？就某個事情——什麼都好——好讓我知道我該怎麼做……妳認識他的話一定會喜歡他的——喬爾。我知道妳會很樂意看到他讓我有多快樂，妳也會感到快樂的，我覺得。

「所以，別忘了，好嗎？就……給我一點徵兆。」

我掛斷了電話，又靠著硬實的柳樹皮一會兒。我已經傻傻地在尋找徵兆了——代表我的朋友讓我知道她聽見了。但是空氣仍岑靜如常，河流也靜靜潺湲。

58

喬爾

我作夢之後已經兩星期了，兩星期的癱瘓無力。我在心裡翻閱著凱莉和我的篇章，彷彿是一本我敢打開的書。我知道我快失去她了，但是我就是不能坐視她被命運的潮水捲走。我必須要做點什麼。

史蒂夫接電話時氣喘如牛。「喬爾？」

我在遛布魯諾。直到現在我才想到該看看手錶，都快晚上九點了。「抱歉，兄弟，你是不是——」

「只是在睡覺前做幾下伏地挺身。」他重重吐出一口氣，像個士官長。「原來你還活著啊。」

「對，抱歉，我一直——」

「不理會我的簡訊。」

我暫時覺得像個退出新訓營的客戶在被他責罵。「我覺得我準備好要去看黛安娜了。」

「你還真會拖。」

「對，抱歉。」

「你是認真的嗎？」

「非常認真。」

「那你的——你知道——作夢的情況怎麼樣了？」

「說有多糟就有多糟。」

他安靜了幾秒鐘。「跟凱莉有關吧？」

「我現在沒辦法解釋。你……你能幫我安排時間嗎？」

「當然可以，兄弟。」

我掛斷時才恍悟，或許是領悟得太遲了，像史蒂夫這樣的朋友是千載難逢的。

59

凱莉

我坐起來，眼睛找到了時鐘。半夜兩點，而我是被手機的聲音驚醒的。

喬爾在我旁邊昏睡。我伸長一隻手，輕輕摘掉了他頭上的耳機。他一定是戴著耳機睡著了。

我瞪著他的筆記本一會兒，想像著裡頭的文字一定也寫了我。我思索著，只要我翻開一頁，我的未來就可以輕輕鬆鬆改變。

「我聽了葛麗絲的語音信箱，」班說。「妳跟喬爾是怎麼了？」

喔，慘了。他查看她的訊息。

「抱歉，」我低聲說，輕輕摀著臉。「把它刪除就好。」我留下訊息是兩星期前的事了，我都忘了。

我爬下床，走到客廳。墨菲跟在我的腳邊。晚上的空氣濕氣極重，很像泳池的更衣間。我坐在窗台上的花盆之間，撩起百葉窗，看著夜空。

「我需要知道妳沒事。」班說。

「我沒事。」

他等了一下。「妳是對的，知道嗎。」

「什麼對的？」

「妳在訊息裡說的話。別人說他們想要在做熱愛的事時死掉，其實他們的意思是不想知道幾時會死。」

葛麗絲的確總是這麼說，所以我偶爾會懷疑她是不是應該跟班去南非爬桌山的時候死掉，或是去西班牙的蘭薩羅特島跑半馬時死掉。我還是不知道答案——不過我倒是知道她不應該是在趕著去上皮拉提斯課時在那條可怕的後街上死在別人之手。但是我猜這就是人生令人焦慮不安的現實——你沒得選擇。

我詛咒自己的神經大條。「對不起，班，我沒用腦子。」

「凱，妳可以叫我別管閒事，可是……妳跟喬爾是怎麼了？」

他的問題，儘管出於好意，感覺上卻像是一支飛鏢。「一言難盡。」我只這麼說，而且還是太過簡化了。

「好吧。不過聽我一句話。要是妳已經找到了真愛，凱，別放它走。妳不知道……」他掠過了一兩次呼吸。「我們都是等它消失了才知道得到了什麼。對，是老生常談，卻是一句大實話。」

我的心湖捲起了龍捲風，我想著喬爾。「班，我可以問你一件事嗎？」

「說吧。」

「你真的相信……你相信葛麗絲走得很快比較好嗎？還是說你希望你有更多時間，就，可以……準備？」

「像……癌症那樣準備？」

「對不起，」我喃喃說。「你不想答的話就不必回答。」

「不，沒關係。要我摸著良心說的話，凱，從葛麗絲的角度看，我會說無知是幸福的。對，她死的時候我是很震驚。太殘忍。感覺像是那個混蛋撞了我們每一個人。不過我不覺得葛麗絲受得了被宣判死刑。」

「我也這麼覺得。」

「妳沒生病吧？」班的聲音像是撥了一個恐懼的音符。

「那倒沒有。」

「我可能錯了，」他接著說。「也許葛麗絲會寧可提前幾個月知道，也許她知道的話會再好好利用她的人生。」

我微笑。「我倒看不出怎麼可能。」

「對，我也一樣。」

60

喬爾

黛安娜邀我去她任職的大學見面。現在是九月中旬，就在開學之前。我盡量覺得這是一個好兆頭。新學期，新開始，從頭來過的機會。

「坐。」

這間辦公室擁擠窒悶，微風被牆擋住，光線也不充足。整個地方感覺就像監獄，所以我把椅子對著門口，以防萬一。

她自我介紹，問有什麼是她能效勞的。儘管不算不友善，她的語調卻乾脆俐落，而且語速很快。她一定五十好幾了，不過可能並不是教授，因為她沒那麼古怪。比方說她坐的是一張符合人體工學的椅子。還有那副巴迪・霍利[8]眼鏡，黑色緊身牛仔褲及帆布高幫鞋，別人很可能會誤認她是廣告公司的，剛剛結束了廣告詞的腦力激盪，打卡下班了。

「史蒂夫說他跟妳談過。我的……狀況。」

令人緊張的是她已經在拍紙簿上書寫了，而且沒看著我。「你說你會通靈？」

「嗯，我不會『說』我是。我真的是。」

她點頭，只點了一次。別無他話。

我彆扭地在非常不合人體工學的椅子上欠動。「這種……情況妳以前見過嗎？」

「個人是沒有。你能說說你的經驗嗎？」

我的心裡又出現了懸崖邊緣。大學的那位醫生，他乾裂的嘴唇上的冷笑。但是現在我是在這裡。所以我吸口氣，提醒自己史蒂夫已經向黛安娜說明過一切，可她仍同意要見我。

我從簡單的部分開始。我昨晚的夢。天心、尼爾和安珀在六週之後有一趟學期中旅行，地點是當地的一處野生動物園。（獅子老虎都不是什麼天大的威脅，不過猴子會對天心的車輛造成輕微的損傷。我想我會在他們行前用YouTube來事前警告他們。）

我往下說，說到了路克和我母親。說到帕琵和車禍，我妹的懷孕。我告訴了她無眠的夜晚以及輾轉反側的夜晚。說到我爸。然後我說了凱莉的事，說我知道幾年之後會發生的事。除非黛安娜能幫助我，除非她能做點什麼。

「我只會夢到我愛的人。」我重申道。

這位科學家連連打冷顫。

「史蒂夫提到了一些……」我低頭看筆記本，就敞開在我的大腿上，為了提示之用。「……我的顳葉和額葉。還有我的右半球？」

「你曾經腦部受傷，或是有重大疾病嗎？」

「沒有。」

❽巴迪・霍利（Buddy Holly, 1936-1959）是一九五〇年代與貓王同時代的美國搖滾歌手及作曲家。

「有過什麼漏網之魚嗎？我是說，有什麼重大的事發生而你沒有夢到？」

「有，隨時都有。我沒辦法無所不知，有太多我不知道的事情。」

「你夢到過後來並沒有……成真的事情嗎？」

「前提是我採取了行動，做了什麼阻止了它。」

她並沒有深究可能牽涉的事情，只問了我的病史。

「嗯。」她終於低頭看著筆記，在什麼上劃了圈（我巴不得搶過來看）。「我會找同事諮詢。我們有可能申請到贊助來繼續研究，只要能符合倫理要求。」

「那得等多久？」

她稍微避重就輕。「我們必須先看看贊助圈，決定是否提出跨學科申請。也就是說你是否願意讓我把你的情況告知我的同事，做一些初始的詢問。」

「好。」我愣愣地說。雖然說我是自己送上門來的，聽到要審查我還是覺得格外手足無措，好像我被困在黑暗的某處太久，需要慢慢適應光線。我努力重新聚焦。「那……妳覺得妳能幫得上忙嗎？」

這麼多年了，我仍然不確定我有沒有膽子相信。

黛安娜往後靠，椅子向後倒到極限。她又瞧了瞧筆記，冷漠的態度讓人摸不著頭腦。她拿鋼筆輕敲筆記。「嗯，那得看你說的幫忙是哪一種。我們顯然是沒有能力為你改變未來，可是或許我們能夠處理作夢的這部分。」

「妳是說，讓我不會再作夢？」

「在這個階段，實在不好說。」她很顯然不做任何諸如讓我恢復正常的不尋常保證。

一個想法在我心裡急遽落下。我一直是一門子心思想著要阻止作夢，幾乎沒有停下來細想過實際上會造成何種影響。

因為如果黛安娜幫不了凱莉，那這一切是所為何來？

自從我夢到她死後，我就一直在擔心凱莉，而不是我自己那一團混亂的不平衡的大腦細胞。

「有件事我還沒問，」黛安娜在說。「你的家人有沒有和你有同樣……情況的？」

在我心裡有把鑰匙開始轉動。「我……我不確定。」

「我想從你的家人開始調查。」

我的呼吸變得僵硬、機械化。我之前怎麼會沒想到？

我根本不是你的父親！

「其實呢，」我突然說，同時合上了筆記本，站了起來，「先不要告訴別人。我想要一點時間。好重新考慮一遍。」

「你需要多久都可以。」她的語調暗示她的桌上還有成堆的其他研究，而且都不會像這一件那麼燒腦。

「謝謝妳願意見我。」

「代我向史蒂夫問候。」她說。但是我已經離開了。

我穿過大學校園中的水泥迷宮，回到停車場。這地方安靜得讓人毛骨悚然，只有一股秋風吹過大樓發出的咻咻聲。

我的心裡有一個接一個的問題在閃爍。

長久以來我一直在尋找治療的方法，不曾停下來思考治癒之後。說不定阻斷我的夢會害我憂心忡忡，漂泊不定。如同中了大樂透卻不敢相信，有人贈送一棟房子卻恐懼得手腳冰冷。許願要小心。

因為我真正希望的有可能是一個阻止未來發生的辦法，可是世界上卻沒有哪個學者能夠幫我做到這一點。

唯一能做到的只有我。

61

凱莉

喬爾和黛安娜有約的同一天，我在上班時幾乎出事。我在幫忙砍樹，正把安全帽上的護目鏡掀起來時，有塊塑膠伐木楔子噴彈出來，既厚重又結實，像個門擋，只是更銳利，只差幾公釐就打中我的臉。再近一點，我就瞎了——或是更慘，要是它擊中了我的頸部的話。這是個愚蠢粗心的錯誤，而我也受到了一次震撼教育。

我不由得納悶是否因為喬爾的夢提醒了我我會死，所以我就時時刻刻提心吊膽。說不定中風或是心臟病發作過的倖存者就是這種感覺——隨時都在害怕下一次的胸口緊繃或是頭痛就是大限已到。說不定現在我每次早上醒來都會擔心——胃裡那隻籠中鳥，恐懼的冷顫雖微弱卻始終存在。

大限到來時我一定還年輕，我是後來才明白的。我能從喬爾的難過程度中看得出來。看見灰髮老邁的我平靜地在睡眠中辭世是不會把他折磨到現在這種地步的。

我設想過各種可能發生的方式——被一棵樹壓死，或是從我正在砍伐的一棵樹上摔下來，淹死，窒息，血塊或腫瘤，骨折……會很痛嗎？喬爾又會在哪裡？會不會有……

我閉了閉眼睛，努力鎮定下來。停。妳只是太驚嚇了。這種焦躁是會過去的，恐懼是會消失於無形的。

「嘿，凱，」連恩大聲喊，又把護目鏡拉回原位，準備再砍下一棵樹。「別想太多了。真的——再熟練的老手也會遇上。」

連恩人很好，可是我全身發抖，我在考慮是否該讓喬爾坐下來把一切都告訴我最好。可我又提醒自己末日時鐘響個不停比起偶爾和死亡擦身而過要恐怖太多太多了。那會是最不祥的鐘擺，倒數著每一次的落日，每一個夏季，每一個吻。

我能體會為什麼他們會說無知是幸福的。因為如果大限會是迫在眉睫或是慘不忍睹，或是兩者皆是，我知道我是沒辦法活在那種恐懼下的。

幾分鐘後，連恩跟我向後站，看著樹木終於倒下。這是一株生了病的橡樹，危及了一條公眾步道，所以不得不砍除。我們一言不發看著它倒落，如同一位國王在古老的戰場上倒下。它是在維多利亞女王時代萌芽的，橡實衝破了土壤，長成了一棵鮮綠色的小樹苗，受過查爾斯·狄更斯、喬治·艾略特[9]的照拂。而現在，將近兩個世紀之後，樹葉的低喃逐漸拉高為一聲怒吼，它倒落在地上，比打雷還要響亮。我覺得歷史吐出了一口氣，一千個秘密消亡了，而我突然悲從中來。

「好可怕，對不對？」我對連恩說。沼澤再一次寂靜下來，受到驚擾的林下植被也安定了。被驚嚇離樹的鳥類仍站立著，有如蒲公英的果實被風吹散。「看著這麼古老的東西走到盡頭。」

「是也不是。」連恩摘掉安全帽，把頭髮中的鋸木屑撢掉。「萬一樹倒了砸死了人就更糟了。」

我沒說話。

連恩跟我開始把倒下的橡樹切割成小塊，我設法想像如果我讓喬爾告訴我他所知的事，我的生活會是什麼樣子。雖然真的不能怪他，我卻懷疑到頭來我會不會怨恨他把我們都視為理所當然的那個空白填補了起來，怨恨他吹滅了溫暖的希望之火。怨恨他給了我並不真正想要的終點站。

可是既然已經事到如今了，說不定我對他的愛足以凌駕這件事。葛麗絲就老是說我要不就是找出一條路來，要不就是殺出一條路來。

我幫忙駕全地形越野車把木頭載回場，回家晚了。墨菲仍在壁爐前的老位子上，公寓卻空落落的，如同一座不會動的時鐘。

我在廚房的流理台上看見有張字條靠著水壺。

去紐基幾天。回來再解釋。XX

我不安地坐在沙發上，瞪著手上的那張紙，活像是拿著勒贖信。墨菲用鼻子拱我的大腿，抬頭看著我，水汪汪的眼睛充滿了哀愁。

---

❾ 兩人都是十九世紀英國作家。

　　我知道紐基的區域號碼是喬爾在那本書裡發現的電話號碼，我只能希望無論是誰住在那裡都有可能幫得上我們，在為時已晚之前。

62

喬爾

他長得就像我，只是年紀大了二十歲。我認出了我自己下巴上的凹洞。魚尾紋和嘴唇。他的眼睛，黑得像銀河。

「站穩，站穩……嘿，你沒事吧？」他一定以為我是要暈倒了，因為他的表情就像大家看著新聞報導上的天災。他攫住了我的手肘，帶我進屋。

他的客廳讓我想起了初識凱莉時的客廳。到處是東西，五顏六色。有盆栽，牆壁吊飾，海浪的照片；三面衝浪板直立著靠著一個櫃子；沙發上的毯子像是剛從露天市集買來的；一堆CD旁是一台舊式的音響；一盞道地的熔岩燈。

「來，坐下。喝茶嗎？」

儘管我勉強點了頭，他仍徘徊不去。

「你經常這樣嗎？」

「跑到陌生人的門前嗎？我盡量不要養成習慣。」

「不是，我指的是你的皮膚顏色。你有點……粉白。」

「茶裡加一點白蘭地大概就能解決。」我低頭置於雙膝之間，好像在祈禱。說不定真的是。

他拍了我的肩膀，手停在那裡一兩秒。「馬上來。」

他的名字是華倫．古德，他在電話上這麼說的。我也只知道這麼多。我從黛安娜那兒一回來就撥了我媽寫在驚悚小說上的電話，我們聊了幾句，然後我就坐進汽車，一路用五檔，一口氣殺到紐基。一路上凱莉都在我的心頭縈繞不去。

我和黛安娜見面後豁然開朗，而我簡直連一分鐘都等不下去。畢竟時間是不站在我這邊的。

他端來一杯加了白蘭地的茶，自己則是一杯純白蘭地。他不確定地坐在我對面的扶手椅上。

我喝著茶，讓室內陷入寂靜，好讓我的下一句話得到它需要的時間。「我認為……我認為你可能是我父親。」

筆直的瞪視，眼中的柔光透著一生的猜疑。然後，好不容易，「你說得對。我是。」

我覺得脈搏加速，血液奔流著感情。

他清喉嚨。「你在電話上說……你是去年耶誕節發現我的電話的。」

緊接著是停頓，時間足以讓我納悶來這裡是不是錯了。他顯然是以為我有話要說。什麼話呢？他是在氣我拖了這麼久？他是怎麼想的——認為我應該在節禮日就跳上汽車，在M4公路上一路飆車過來？

「對。那……為什麼是寫在書裡。媽在醫院看的那本書。」（我在電話中只簡短一提，覺得我寧可面對面聽到詳情。）

華倫搖頭，彷彿是想把各種念頭推出個次序來。「我去看過她，喬爾。就在她死前。」

「為什麼？」

「我想要見她，最後一次。她那天跟我說了你。我想她可能是想把我的號碼留給你。」

「你之前不知道我？」

又是搖頭。

「那你們是——婚外情？」

「不是，我們早就在一起了，在她見到……嗯，湯姆之前。」

湯姆。原來華倫以前也認識我爸。「你愛她嗎？」

「愛，非常愛。」

「那為什麼——」

「想不想出去透透氣？消除疲勞？」

「你怎麼知道媽病了？你沒跟我的……沒跟湯姆有聯絡吧？」

「沒有。是從朋友的朋友那兒聽說的。」

今晚有一陣直接從大西洋吹來的風，一些衝浪客在浪頭上馳騁，但大多數的人仍然待在堅實的陸地上。遛狗的，沿著岬角漫步的。九月的天空是飽和的粉彩，紫的、粉紅的，有如少女情懷的信紙。

「那，你認識媽的時候是做什麼的？」

「我正要駕著我的露營車去環遊世界，」華倫說。「我是衝浪客，或者該說以前是。」一位環球旅行家。原來我們至少在這方面是截然不同的。「那你現在的工作呢？」

他做出了那個別人問我的工作時我會做的表情。「教孩子衝浪，偶爾拍照賺點零花錢。我是想要推出自己的衝浪板品牌，可是……」他別開臉，看著大海。「錢用光了。」

我們從海灘出來，接上了通往岬角的上坡路，在峭壁頂端經過了維多利亞式飯店，既宏偉又壯觀，浪漫得像首詩。

浪漫。這個概念現在於我而言幾乎是模糊不清了，就像是透過一面迷濛的窗看著一片摯愛的風景。

「那你們為什麼分手？」

「衝浪在召喚我。我以為我會是下一個世界冠軍。」他的笑聲充滿了嚮往。「我拋棄了你媽，喬爾。我一直都是個自私的混蛋。沒多久之後她就認識了湯姆，你爸。」

至少他的誠實讓我佩服。「就這樣？」

「差不多。」他說，但好像他希望不僅如此。

「要是你知道她懷孕了，你會留下嗎？」

他迴避這個問題。「我總是跟奧莉薇亞說我不要孩子，我跟她說那種人生不適合我。說不定她就是因為這個原因而決定不告訴我的。」

*奧莉薇亞。奧莉薇亞。*我從沒聽過的名字。它的發音如同音樂般飄進了我心裡。

「知道嗎，跟湯姆在一起是你媽最好的結果——也是對你最好的結果。我能給你們什麼生活，住在露營車裡，滿腦子都是追逐完美的海浪？我沒有錢，沒有財產，沒有工作……我的名下一無所有。」

我想到我爸，那些個一板一眼的上班時間。他一生尊奉著秩序以及辛勤工作，如同一名士兵在服役，這輩子的每一天。

「媽認識我爸時懷了我嗎？」

「對。她在他的公司裡找到工作，我記得是這樣。不過他們並沒有立刻就開始約會。」

我抬頭盯著岬角，盯著矯捷的銀鷗御風而行。至少爸對我的敵意終於有了解釋。我不是個會計異常現象，不是他能立刻就修正的誤算。倒像是華倫把他的名字寫在我們家的每一個角落，逼得爸每一天都必須要看著它。

「你媽是天底下最容易讓人愛上的女人，」華倫這時說。「每個人都是。不過她自己當然是一點也不知道。」

我想到了凱莉，一顆心填滿了。

「那，道格和天心……他們只是我的同母異父弟妹？」我問道。

「是的。」

我的胸口熱了起來，想像著天心如果知道不知會有何種表情。我們一向是那麼親近。

「所以爸的父母……根本就不是我的祖父母。」那些到林肯郡的旅行，他們總是給我那麼溫暖的歡迎。他們知道嗎？這個黑髮的小鬼頭出現在他們家門口，他們有過一丁點的懷疑嗎？

「對不起，」華倫小聲說。「我父母——你真正的祖父母——多年前就過世了。」

我們繼續走，兩人的步調一致。大西洋變成了火爐，夕陽火紅熾熱。

「你去醫院時媽跟你說了什麼？」

「她很高興看到我。我們聊了聊，她要了我的電話。到頭來，那一刻還滿好玩的。」

「我猜她是忘了要給我了。」我說，想起了緩和性化療對她的記性有多大的影響。

「大概吧。」他說，聲音粗嘎。

我看著他。感覺被第一波的憤怒淹沒。「那你為什麼從來不聯絡？媽二十三年前就走了。」

他皺眉，下巴抽動。剎那間我以為他是想要找藉口。「喔，哇，好凶啊。」

我的怒氣更強。「你說啊。」

「我有過，喬爾。我真的有，不止一次。」

我的心臟脫軌。「什麼？」

「第一次是在兩年之後。我一把事情想清楚就跟湯姆聯絡了。你那時才十五歲。」

陣陣強風吹過。

「他說你年紀太小了，說等你十八了再說。所以我就等了，可是他說你忙著考試，然後你念大學了。他老是說時機不對。等你畢了業我又試了一次，可是他跟我說你們兩個仔細談過了，說你說你沒興趣，說你根本就不想見我。」

我張口結舌。「那你就信了？」

「他讓我害怕會毀了你的人生，喬爾。他跟我說你很敏感，我會害你緊張不安，造成大問題。對不起——我猜他只是想保護你。」華倫吞嚥一下。「可是，幾年之後，我……我作了個夢。夢到了今天。」

「什麼樣的夢？」

我們完全停住，面對著彼此。華倫一言不發，只是看著我，直到我有了十足的把握。

我感覺到一種想要狂嚎的奇異衝動。嚎什麼呢？鬆了口氣？喜悅？挫折？「你也會。你也會。」

他握住我的手臂。「沒關係的。」

「你一直在等我？你知道我今天會來？」

他的皮膚在夕陽下散發出琥珀光。「對。」

是遺傳。

我轉身背對他，仰臉迎向海風。鹽分入侵了我的鼻孔，僵直了我的頭髮，而我努力吸收一切。

過了幾分鐘我才覺得有力量繼續走。「多久了？」我仍無法消化他說的爸的事。

「從小時候開始。」

「而你還沒找到治療的法子。」

華倫遲疑了一下才說出他自己令人氣餒的歷程。年輕時吸毒酗酒，然後是比我的稍微正統的方法——大量求醫和諮詢。催眠療法，針灸，服藥。但是到頭來我們都撞上了同一面牆。

他也有自己的爛筆記本。黑皮精裝本，和我的一樣。

「你睡覺嗎？」我問道。

「很少。」

「你有女朋友嗎？太太？」

「太複雜了。」他瞅了我一眼。「你呢？」

我笑了，笑得無力。「不然你以為我為什麼會來？」

「可別說你也一輩子是個王老五。」

我想到了凱莉和我的夢，我的心臟又裂成了兩半。「我盡量，不過我不夠堅強，我會渴望。」

因為他只知道一半，所以他認為是好消息。「你不知道我聽了有多高興。」

後來，他給了我一張床過夜。但是感覺太快了。我需要空間來躲避心中如暴風雪般的紛亂思緒，所以他就打給附近的民宿詢問空房。

趁他打電話時，我發覺他的門廳上掛著一幅加框照片。是個衝浪客，頭髮濕淋淋的，穿了一件防磨衣，脖子上掛著一條夏威夷花圈。他被人群高高抬起。起初我以為是華倫，再看仔細一點才發現有金色鋼筆簽名。我只能看出名字是「喬爾．傑弗利斯」。

原來媽可能是以華倫最喜歡的衝浪客給我命名的。大概是為了紀念他吧。

隔天早晨我滿累的，因為只睡了不到四小時。我不認為民宿被網眼窗帘遮住的餐廳有助於提振我的精神，所以我回到華倫那兒，在當地的一間咖啡廳外帶了濃咖啡和蛋捲。

我們在戶外進食，在華倫的花園裡（其實只是片發黃的、荒原似的草皮，只有一株頑強的康沃爾棕櫚樹挨著籬笆）。海灘飄來的空氣很鹹，早秋的天空橫陳著羊毛衫似的一片雲。

華倫打開早餐。「已經有好長一陣子了。」

「飢餓嗎？」

他笑了。「不是，我是指這一刻。我夢到過。嗯，這個，以及你昨晚幾時會出現。」

我瞪著他。「你夢到……我們現在在做的事？」真詭異，我從沒停下來想過變成夢的主角會是何種感覺。

「還夢到你買的是黑咖啡。」

我挑高了一道眉。

華倫掀開了杯蓋。「不是一家人不進一家門。」他微笑。「只能喝黑咖啡。」

喝著黑咖啡吃著蛋捲之間，我跟華倫說了黛安娜的事。可是我刻意不提夢到了凱莉。說不定是因為我已經能清楚知道他對我的愛情生活抱著很高的希望。

「黛安娜是對的，知道吧。」他說，在我說完之後。

我看著他，將他的皮膚皺褶盡收眼底。他眼角的魚尾紋。他的膚色是那種飽經風霜的顏色，日曬的褐色永遠不褪。即使是在隆冬，大約有六週的時間沒有陽光。「哪裡對？」

「嗯，說不定她能阻止你作夢。說不定。在你當她的白老鼠幾年之後，可是她改變不了未來。」

「你在說什麼啊？」

「我們有這種毛病，喬爾。可是我們現在有了彼此了。自從我夢到這個週末之後，我就一直努力把自己打理打理，把房子收拾得乾淨一些，更常去衝浪。不要再這麼像隱士。」他拍拍肚子。「減了幾磅。」

這是個暖心的想法，甜蜜得出奇：華倫這些日子來費心費力，為我的到來做準備。

「我想幫忙，可以的話。別犯下我犯的錯——搞砸了你的各種人際關係和事業和——」

「在這方面，已經覆水難收了。」我告訴了他我是如何變成全世界最失職的獸醫的。然後華倫也說了一個他自己原本前途光明的衝浪生涯的故事，說他是如何因為酗酒又嗑藥而毀了他的事業的。

「可是我們可以讓你回到軌道上，」他說。「現在還不太遲。」

我的思路飄向爸，飄向他趕走華倫而否決掉的一切。華倫可以是我推心置腹的人，帶著我熬過我的人生中一些最艱難的階段。「我不知道能不能原諒我爸。」我這時跟華倫這麼說。

「別對他太苛刻了。他可能是怕失去你，在奧莉薇亞死後。我想他是有他自己的觀點——苦工都是他在做，然後我又不請自來，以為可以硬插進來。」

我皺眉，喝著咖啡。

「那現在呢？」華倫問道。

「我只想要不要再作夢了，」我最後說。「我執迷在這個上頭太久了，可是……」

「認真說起來，不知道未來會發生什麼事，你又不覺得你應付得了？」

我吐口氣。思索著。「也許吧。看我夠混亂了吧？」

「唉，你這樣子活著太久了，萬一停止了，你可能會不好過，這也是能理解的事。就像那些一輩子都在等退休的老人家一樣，等到真退休了又不知道該如何是好。」

「那答案是什麼？」

「忘了科學，忘了治療。就走出去好好地過——你跟凱莉。充分利用你們兩個的人生。」

「我根本不知道該如何做到。」我說。因為我的那個夢仍像烏雲罩頂，毀滅的威脅僅僅一息之隔。

63 凱莉

我跟爸在菜園裡，摘蔬菜做週日的午餐，宛如回到從前。媽不管我們，她一向如此——我們喜歡這麼想，她在窗後看著我們，是在回憶那些我穿著小小的雨衣跟在他屁股後面，緊緊抓著塑膠水桶和小泥鏟，被風雨欺負吹淋的日子。

說不定是源自童年回憶的愁懷，但是我突然懷疑我選擇了遺忘是不是很自私。我是否該讓爸媽有心理準備，事前警告那些愛我的人。說不定我甚至可以考慮一下那種生前告別式，讓大家聚在一起，說些好聽的話——喔，不，太變態了。誰也不應該體驗自己的葬禮。絕不。

「那他是去哪裡了？」爸在拷問我喬爾臨時起意的旅行。

「康沃爾。」

「那妳一點意見也沒有嗎？」

「當然啊，爸。我們又不是——」

「連體嬰？喔，我知道。你們這些現代的年輕人都是各做各的事。」

我微笑。我猜在我爸的眼裡我永遠都是他的小女兒。

喬爾跟我昨天用FaceTime視訊過，今天早晨又一次。他確認了他早就懷疑的事情——湯姆不是他的親生父親——並且說他要住到週二晚上，他想把事情想清楚。我代他高興，跟他說我愛他，他需要待多久都可以。

「爸，我能問你一件事嗎？」

「問吧。」

「你覺得你的病人……」我吞嚥了一下。「……你覺得你的病人會感激在死前有時間準備嗎？」

「有時候，」他簡短地答，拔起了一根胡蘿蔔。「有時候他們很慶幸還有時間，有時則否。」

「那些不想有時間的人是什麼理由？」

「咳，因人而異。一樣米養百種人。拖拖拉拉的死亡不見得是每個人的理想死法。大家經常以為他們寧可要有時間準備，可是他們的最後幾個月和幾週會因為傷痛，以及恐懼而癱瘓。實際情況和雜誌上寫的未必相同。」

「你是說，不都是去玩高空彈跳，開著露營車環遊美國。」

爸笑得傷感。「差得遠了，甜心。不是人人都堅強到可以把握最後的機會，即使在體能上是完全有能力的。我就沒辦法。」

我們繼續拔了幾分鐘。附近的農地上隱隱傳來器械的轉動聲，菜園最遠的界線外有一群雨燕掠過樹籬。這裡總是如此寧靜——沒有川流不息的交通，聽不到警笛聲，沒有都會生活的立體聲響。

「那你是寧願哪一種？」我問他。「走得很快，還是……」

他扭頭看我，左頰上有一條泥巴，媽等會兒一定會叨唸。「凱莉，這些話開始害我擔心了……」

「不需要，」我趕緊說。「我只是好奇。」

「妳會告訴我吧，萬一——」

「爸，真的沒事。算了，忘了我說的話吧。」我挺直腰，吸入新鮮空氣。「再來呢？」

「義大利香菜，拜託。」他說，但他不像是真正放心。

後來，我準備要離開時，並不是有意的，我說：「爸，你覺得你應該為你愛的人做多少犧牲？」

「那得要看是犧牲什麼。」爸說。

「嗯，如果是可以讓別人開心，可是你自己的人生會一團糟的，那應該要犧牲嗎？」

爸皺起了眉頭。「這個我回答不了，凱莉，我完全不明白是什麼情況。」

唉，是最壞的情況，我心裡想。能有多壞就有多壞。

「找到了！」媽在樓上喊，她一直在翻找她為我保留的一份剪報。

我踮起腳尖吻他。「我知道了。愛你唷，爸。」

「我想到頭來完全是看喬爾是不是也會一樣愛妳。」

露餡了。我低頭看著地毯。

他是愛我，爸。他只是說不出口。

64

喬爾

華倫跟我坐在一處酒吧的露台上，眺望著菲斯綽海灘，桌上擺著啤酒和墨西哥玉米片。天空和海洋閃閃發光，波浪洶湧。

雖然只是週一的午餐過後，四周的人似乎滿多的。他們在沙灘上聊天，穿著短褲夾腳拖，停在我們的桌邊和華倫握手，評估海浪。我漸漸覺得隱隱約約像個城市鄉巴佬，穿著運動鞋和牛仔褲坐在這裡，儘管在無處可去這方面我是和他們融成一片的。

這兩天我們都是這麼過的。主要在戶外，在一連串的美麗風景之前。小心翼翼地熟悉彼此，努力把錯失的歲月理出一個頭緒來。

他並沒有向別人介紹我是他的兒子，他只是說「這是喬爾」。而大家也跟我握手，問候我。

「他們知道嗎？」我現在問他。

華倫按部就班把玉米片沾上酸奶油、酪梨醬和莎莎醬。「知道什麼？」

「朋友，認識的人。知道你的事，那些夢。」

他聳聳肩，一面咀嚼。「有些知道，有些不知道。」

我瞪著他，難以置信。「那他們怎麼說？」

「你得自己去問。」

「我不要問他們，我是在問你。」

「我猜有些覺得我是瘋子。有些相信我。大多數的不在乎。」他又拿了一片玉米片，拉出長長一片起司絲，直到斷裂。「喬爾，年紀大了學到的一件事就是別人對你的私事不像你覺得的那麼感興趣。」

「可……為什麼？你為什麼會告訴他們？」

他微笑。「因為我最終決定說出來總比把這玩意像個死屍一樣掛在我自己的脖子上要輕鬆。」

我喝著淡啤，瞪著海浪。然後我複述了大學看醫生的事。說明我爸和弟弟有多麼的愛批評。華倫一面聽一面看著大海。「現代的人心胸比較開闊，」他在我說完之後說。「看看凱莉，還有你的朋友……史蒂夫對吧？」

我皺眉，沉默不語。

「也可能只是我遇到的人。他們有的人做的事……一旦騎上了四十呎高的浪頭，你對人生的看法就會開始有點不一樣。有點像吸毒，而我認識的人裡大多數都上癮了。他們對我和我瘋狂的夢是連想都不會多想的。」

「你玩過四十呎高的浪？」我過了一會兒才說。

他冷笑。「不是我。大浪和老頭子合不來。不過你呢……」

「你瘋了。」

「一點也沒錯，喬爾。」他向前傾。「要是說這幾年來我懂了什麼，那就是不要想太多反而會有神奇的效果。做點不一樣的，信賴周遭的世界。」

「你不會要開始說你是從衝浪上學到的吧？」

他笑了。「哈，有可能喔。」

「可是你真的開心嗎？」我逼問他。「你沒有——」

「別人？」他往後靠著椅子。「活得開心有不止一種方法，喬爾。」

我也微笑，我不由自主。因為，別的不提，跟一個真正了解的人談話感覺實在是好。真正知道我不是孤獨的，有生以來第一次。「你知道嗎，華倫？我覺得你有點像嬉皮。」

「這是誇獎嗎？」

我揚起眉毛，拿了最後一塊玉米片。「我還沒決定呢。」

在康沃爾住了四夜之後我駕車回家。在凌晨停在休息站，在古怪的小露天劇場式咖啡店裡喝咖啡。想在踏上埃佛斯堡的最後一段歸程之前休息一下眼睛。

附近的一張桌子有個女人在哄孩子，她的伴侶坐在她旁邊，狼吞虎嚥一個甜甜圈，同時在有紫外線等級的照明下眨眼。但是我最感興趣的是那名女子。她閉著眼睛，而她雖然是在半夜兩點的休息站裡哄孩子入睡，她的樣子仍然相當幸福。平靜滿足，彷彿她是聽著豎琴曲，或是有人在幫她按摩。

她讓我想到凱莉。同樣的心形臉蛋，同樣的深色長髮，在她轉頭時同樣的側臉輪廓。兩人之酷似太驚人了，我沒辦法不瞪著看。（直到她的伴侶像是會站起來修理我為止，也不能怪他，我也知道該走人了。）

我又上了M4公路，展開返回埃佛斯堡的最後一段路。可是凱莉的分身抱著孩子的畫面卻一直扯動著我的意識，沒多久，有個想法就鑽進了我的腦海：既然我的這個毛病是遺傳的，那麼對我而言，孩子是絕不能列入考慮的。儘管數月前那個美麗的短暫的瞬間，我想像凱莉懷孕……我不能讓我的這種生活方式去污染一條無辜的生靈。

可是凱莉呢？她雖然沒說什麼，我卻相當肯定她想要孩子。至少她從沒給過我理由認為她不想要。她的父母暗示過幾次。再者，她天生就有孩子緣，他們會抱住她的大腿，在她離開時哭鬧。我想像著她和我的甥姪女玩，在雨果的婚禮上教導滿屋子的十歲以下兒童跳扭扭舞。拜託，她還考慮過要到托兒所工作呢。而如果家人是她要的，那我就不能擋著她的路。

領養？不知為何，我能想像我的妹妹如此建議，擔心我一如往常否決掉自己的人生樂趣。可是領養感覺不像是我想要探索的事情，因為我仍會是老樣子：執迷於我的夢，擔心凱莉。即使不會把我的毛病傳給孩子，我也養不好這個孩子，我敢肯定。把我的各種恐懼感染給他們，害得他們焦慮難安。

我想像著時間一久，凱莉跟我停滯不前，而我則鬱鬱寡歡，倒數著她的死期。在我知道媽會罹癌之後的頭幾天裡，我痛苦焦慮，滿腦子只能想到四年之後的情況。生活失去了色彩，逐漸變得更灰暗。我如何能夠從頭再來一遍，卻還能讓凱莉幸福？不可能，就是不可能。

我想起了她對我說的話，去年我們在節禮日開車回家的途中。說我的夢是一種天賦。我感覺到一股新的哀愁，因為我現在知道了對我來說只會是詛咒。

我進門時將近四點了，我不忍心吵醒她，就和墨菲待在客廳裡。

坐在沙發上，我上網搜尋喬爾・傑弗利斯。他是英國人，和華倫同年，但是和華倫不同的是他是衝浪冠軍，生活優渥。海邊的房子，妻子，孩子，僕人。我的直覺是替華倫感到哀傷，之後才回想起昨天在海灘酒吧他說的話。

活得開心有不止一種方法。

65
凱莉

我大約六點半時醒來，陽光正要穿透百葉窗。是什麼讓我知道喬爾回來了，所以我就套上了他在聖誕節送我的那件牽引機T恤，走進客廳。

我在沙發上找到他。他把頭靠在抱枕上，瞪著天花板，一動不動。

「哈囉，」我低聲說，在他身邊坐下，握住他的手。「你在這裡幹嘛？」

光是他的表情就可以讓我心碎。「抱歉。不想吵醒妳。」

「康沃爾如何？」我彎腰揉墨菲的耳朵。「我們很想你。」

「我也想你們。」

我們視線交會，而打開的窗戶外有隻鳥在獨唱。

「那隻是什麼鳥？」喬爾喃喃說。

「知更鳥。他唱了一整晚了。」

「一整晚？」

我點頭。「是街燈的關係，他以為是白天。」

「感覺有點不公平。他竟然沒睡覺。」

「你也是啊，夜貓子。」

一分鐘過去。

「他們只活兩年，知道嗎。」我說。

「誰？」

「知更鳥。」

這時他探身吻我，這一吻道盡了言語所無法訴說的所有感情。他有疲憊和咖啡的味道。他挪到我的頸子，嘴唇熱燙潮濕，我被一種幾近瘋狂的飢渴攫獲，想讓他知道他對我何其重要，我多討厭和他分開。而他必定也有同感，因為我們的吻迅速變得急迫，我們的動作狂野。我們的T恤脫了下來，他的手撫觸我光裸的肌膚，我一陣輕顫，而他把手伸到我們之間，扯掉我的內褲時，他也似乎是因為慾望而顫抖。他一下子就進入了我，低眉凝視著我，我的腦子一片空白，只知道這一刻，他的臉，他喘息著呼喚我名字的聲音。

之後，我們倒在彼此懷中，一絲不掛，滿臉潮紅，整個世界暫停了。陽光在我們的皮膚上浮懸，早晨屏住了呼吸。

喬爾喝著咖啡說明了更多華倫與他父母的事，他們令人心碎的故事。他透露了華倫也有相同的狀況，他也有和喬爾一樣的經歷。天心和道格只是他同母異父的手足，他跟我說，湯姆一直都瞞著他們三個。

我想像著在更開心的情況下去康沃爾拜訪華倫，說不定他會教我和喬爾衝浪。我想像著海水和陽光，鹹鹹的海水拍打岩石，感覺到一陣椎心的後悔。

「事情太多了，一下子消化不了。」我在他說完後說，伸手去牽他的手。

「我可以找個法子全部都處理好，凱莉……」

這是你無能為力的另一件事。「你告訴華倫你夢到了我嗎？」

「沒有，我沒辦法。我覺得……」

我等待著。

「……他可能會受不了。」

「我能理解。換作我我也會。」

他瞪著自己的大腿。「問題是……見過華倫之後，我沒辦法不去想我媽。她看著我的樣子，在她告訴我她得了癌症時。」

「什麼樣子？她是怎麼看你的？」

「好像她希望我能早點告訴她。這是我畢生最大的恨事，凱，我沒說出來。我沒給她更多時間準備。」

雖然我的胃因同情而翻轉，我卻心意已決。「不過你並不知道我會怎麼死。我們兩個都無能為力。」

「可是我知道日期——」

「不。」我從來沒有這麼篤定過。扭頭看著喬爾，我讓眼睛掠過他臉上的甜蜜陰影。「不要建議，不要線索。我說過我不想知道，現在還是。我沒有辦法那樣子活——」

「凱莉，拜託，就——」

「不。話一出口就收不回來了，一切就會完全改觀。」

他緩緩點頭。「我只是不確定我能繼續生活，」他說，「卻一次也不給妳暗示，或是讓妳當成線索的什麼事情。」

我在好奇是否他說得對，是否我從現在開始會在各種事物上看見徵兆——一次的心情低落，一滴眼淚，一次拖長的停頓。難道我們在一起的人生注定會變成一連串漫長的猜測？

房間變得和峽谷一樣安靜。

「妳不必留下來。」他最後說。

淚水湧上了眼眶。「跟你在一起？」

他點頭。

「我不是這個——」

「我知道，可是我需要妳知道……妳沒有必要。」

「我想留下來，喬爾，因為我愛你。」

我們看著彼此好半晌。

然後，「我也愛妳。」他低聲說。

我瞪著他。這麼多個月了，他終於也說了。

儘管他的眼睛含著淚，他卻沒有別開臉。「妳說得對，」他說。「現在還會有什麼更壞的事？怪我之前太笨，沒說出口。我愛妳，凱莉。我好愛妳。我一直都愛著妳。」他抱住了我，臉貼著我的脖子，抵著我發紅的皮膚，喃喃重複，一遍又一遍。

那晚在床上我的雙手找到了他，憂心如焚地想阻止我們飛向相反的路徑。他的嘴立刻就覆了下來，既猛烈又溫柔。但那是一種傷心的溫柔，那種你在黑白電影中看見的。我們好像是隔著蒸汽火車打開的車窗在親吻，就在汽笛鳴響之前。

66

喬爾

現在是十月初，我從康沃爾回來之後兩星期。剛才的幾個小時凱莉正和愛瑟、蓋文、班共進晚餐。

我臨時退縮，宣稱頭痛，但是她壓根就不相信。可是我一整天都在掙扎，撇開別的不談，我仍因為幾晚之前夢到巴迪從腳踏車上摔下來而心神不定。

「我們仍然是一對，對吧？」她問我，就在出門之前的三十分鐘。她站在鏡前打扮，頭髮仍上著髮捲。我坐在她後面的床上。她看著我在看她，換作是我我也會懷疑我們擁有的是否只是一個幻覺。她看得到，可是摸起來卻是冷冰冰的。

「當然是。」我咕噥著說。不過，證據呢？我每天都在等待並且希望有什麼變化，有什麼解決之道會自己冒出來。卻還是和以前一樣。

「那我就在家裡陪你。」

「不，我要妳去。」因為我是真心的。我要她玩樂，忘掉目前的一切。我不要拖著她和我一塊沉沒。

我猜這頓飯她一定吃得很開心。午夜了，還是看不到她的人影，也沒有發簡訊說她馬上就回家。

我在花園裡發著抖打電話給華倫，回頭看著公寓。我們的公寓，我們開始創造回憶的地方。廚房裡留著一盞燈，散發出橙色的光芒，有如垂死的火焰。上方丹尼的窗戶漆黑寂靜。

「我夢到了凱莉。」

「很遺憾。」華倫說。

「不是好事。」

華倫清喉嚨。「你知道她幾時會……？」

「八年。」我勉強說出來，在我的鎮定瓦解之前。

他只是讓我哭了一會兒，默默支持著我，有如生命線的義工。

等我恢復過來他才細問。當然細節極少。

「我不知道是怎麼發生的，」我結束時後。「夢裡找不到線索。而不知道……」

「……是最可怕的部分。」華倫總結道。

我同意，描述了凱莉對於任何干預的強烈抗拒。

「那她爸呢？」

「她爸怎樣？」

「你不是說他是醫生？」

「以前是，現在退休了。可是我不能請他幫忙。」

「為什麼？」

「你是在建議我跟他說？什麼都說？」

「也不是什麼都說，只是探探他的口氣。你可以看看是否有什麼可能相關的家族病史。表達是有很多方式的。」

「我不確定。」凱莉的爸滿聰明的。比方說，他每天都會做深奧難解的字謎。他幾秒鐘就能看穿我。

「你需要什麼都試一試，小子。」

是這個無害的「小子」刺激了我，像是莫名其妙點燃了我的一把火。真可惜我沒有你，我好想放肆地怒罵。*真可惜這麼多年來我沒有你來幫我度過這個。*

但是我沒有。我只是一仰頭，瞪著天空，被一百萬顆星釘在上方。

「我夢到媽死了，」我在幾分鐘後跟他說。「我知道她會死於癌症，可是我卻什麼也沒說。這是我這輩子最後悔的事。」

「你那時還小，喬爾。」他溫柔地說。

「可是她看著我的樣子，在她發現……」

「告訴凱莉她幾時會死也沒辦法讓妳媽起死回生，喬爾。」

「你在說什麼啊？」可是我覺得我知道。

「咳，如果凱莉一口咬定她不想知道，那到頭來你也只能尊重她的意願。」

「不行，我沒辦法這樣子活著。我沒辦法把這件事藏在心裡，每一天，卻仍然讓她快樂。不可能。」

漫長的沉默。

「那，你也許就不再是那個可以讓她快樂的人了。」

感覺像是一記重拳從康沃爾打了過來，證實了我最最害怕的恐懼。「我並不是想聽你說這句話。」

他嘆氣。「我知道。不過如果你是想聽好話，那你就撥錯號碼了。」

盛怒之下，我掛了電話。

不，華倫，我忍不住想。*我是不會放棄的*。

幾小時後，我又作夢了。是三年多之後，我看著凱莉走在海邊，手牽著……喔。

儘管黑暗，卻是又熱又像暴風雨來襲。有棕櫚樹，有白沙，樣子有點眼熟……邁阿密嗎？（我沒去過。我的跨洋旅遊完全是靠網飛節目。）

凱莉似乎很開心。他們笑著，頭靠在一起，極有默契。

然後我看到了她手指上的戒指，而我的心頭變得一片漆黑。

67

凱莉

一天天過去，再一週週過去，很快就是十月底了，空氣變得乾爽，白晝變短，世界將自己緩緩帶入冬季。我和喬爾陷入僵局，無法前進。

愛瑟察覺到不對，不止一次問我是否一切安好。或許她是因為那晚喬爾藉故躲掉晚餐而知道了什麼，也或許她和班談過，而他把我留在葛麗絲語音信箱中的話告訴了她。但是我當然不能跟她說，所以每次她問起，我只是含糊其詞，推說是工作太累了。

喬爾和我現在幾乎是沒辦法討論——討論就像是在壅塞的車陣中挪動，每次都只是走錯終點站。但是我注意到喬爾有了一種平靜的果敢，一種決心，讓我偷偷好奇。

我覺得他像是在計畫什麼，但究竟是什麼，我無從得知。

幸好我愛他愛得這麼徹底。我不知道未來會如何，但是如果我閉上眼睛只想著當下，我們算是在緩緩穿過。我們仍然是一對——我們不能就這麼放棄，背離我們倆生命中最美好的一件事——也就是說我們仍然外出，仍然做愛，仍然笑到肚子痛。但是卻有點像是憑兩隻手把屋頂撐住：只需要風勢一變，你就不夠強壯了。

我們到天心家去慶祝她的生日。道格和璐帶了一個精美的蛋糕，獨角獸的形狀，多半是為了取悅孩子的，但是也有無酒精調酒和古早味的派對遊戲，這就是為了我們自己玩樂了。這一天充滿了歡樂——使我想起了喬爾跟我可以擁有的每一天。

稍早我猶豫著是否要吃蛋糕。我一直斷斷續續地擔憂著是否該整頓我的飲食，徹底戒酒，過濾飲用水，調查瑜伽的功效。大家都會這麼做吧，我猜，在他們知道自己的死期將至時——他們給予身體戰勝的最大機會。也許我該跟爸委婉地談一談，問他一些保健秘訣。

但是安珀不知打哪冒出來，拉扯著我的衣袖，另一手端著一片蛋糕。「我幫你留了獨角獸的角，凱莉阿姨，」她低聲說。「吃下去妳就會長生不死。」

我能感覺到喬爾從桌子對面看著我，但是我沒法抬頭看。要是我看了，我可能會哭出來。

「知道嗎，」我說，我們正走在有林煙味的傍晚裡，準備回家，「焰火節差不多是一年前的事了。」

他捏了捏我戴著連指手套的手。「是啊。」

「我那天就知道我喜歡你。我有點暗戀你。」

「只是有一點嗎？」

「好吧，是很大的一點。」

「可以理解。我可是千載難逢的。」

「沒錯。」我的內臟揪成一團。*拜託要相信，拜託要相信我仍然深深愛著你。*

我們又走了幾步，腳下踩著枯葉，兩人的步伐配合得十分完美。昨晚時鐘調回冬令時間，而天空中的日光已經黯淡了。

「那你呢？」

「我怎樣？」

「也暗戀我嗎？」

「紳士是不會說的。」

「對，可是你可以跟我說啊。」

他的手牢牢握住我的手。「不只是暗戀，凱莉。我從一開始就知道。我根本就沒有必要抗拒。」

我們又默默走了一會兒。葛麗絲就是在這一區發生意外的，自從那夜之後我就沒有走過這條馬路。我想我也不會再有下一次了。一瞬間我好奇相同的命運是否在等著我——但是喬爾說他不知道是如何發生的，也就是說他沒看到汽車，路人，柏油路……

但我的思緒才剛開始起骨牌效應，喬爾就把我喚回現實。他在拉我的手，指著右邊的什麼東西。

「凱莉，看，」他急切地說。「快看。」

他指著一棟空屋前方的矮牆，在一處預定要拆除的平台的一半處。前門和窗戶都封上了木板，被塗鴉填滿了，排水管和磚牆上雜草叢生，四處蔓延。

牆後突出一條褐色的尾巴，靜止不動。

我還沒眨眼，喬爾就不見了。

我尾隨上去，幾乎是提心吊膽。

「他被拋棄了。」喬爾已經跪了下來，雙手拂過一隻白褐雙色、樣子年輕的狗。我在他身旁蹲下來。狗對喬爾的撫摸毫無反應。

「他怎麼了？」我問道，極力忍住眼淚。

喬爾開始輕柔地檢查。「不知道。可能是感染。他的狀況很差。牙齦太白了——看到沒，這裡？而且他冷冰冰的。我們得找人幫他，要快。」他站了起來，撥打電話，喃喃說了幾句。我聽見他說出我們所在的地址。「基倫來了，」他說，在掛斷之後，然後又跪下來。「目前我們就先幫他保暖。」

我們兩人合力把狗抬到大腿上，喬爾脫下了外套，我也脫下了大衣，我們把狗包住，抱著他保暖。還是沒有反應——他軟綿綿的，好像已經是在死亡邊緣了。

「他會沒事嗎？」我問喬爾。

他迎視我的眼睛。「抱歉，凱莉。情況不太好。」

我咬住嘴唇，盡量不哭出來。

基倫開車送我們到喬爾以前工作的診所，我和喬爾坐在後座，狗橫躺在我們的大腿上。喬爾向基倫敘述他的評估，我隱隱聽到什麼靜脈注射、貧血、內出血。然後基倫打給一家本地的慈善機構，他們同意支付醫藥費，之後他和喬爾就開始辯論最佳的行動方案。

進入停車場時，我看見狗項圈鬆開，掉在座位上，沒有名牌，沒有電話，什麼也沒有。我拾起了項圈，默默放進口袋裡。

「妳回去，」喬爾跟我說，在我們一下車後。「這可能會花一點時間。」

等他回公寓時已經天黑了，他在浴室找到我，他疲憊地坐在浴缸邊緣，身上隱約有消毒水的氣味。

我坐起來，洗澡水溢出邊緣一些。「怎麼樣？」

「還好吧。他有相當嚴重的寄生蟲感染，我們給他輸血和抗生素。情況很危急，不過基倫今晚會帶他回家。」

「幸好你看到他了。」

「最後一刻。現有也只有等著瞧了。」

我握住他的手，感覺軟綿無力，而且他的眼睛空洞，視而不見。「你還好嗎？」

他用另一隻手抹臉。他的臉色蒼白，好像變老了。「只是有點虛脫。」

「你真了不起。非常鎮定……你會想念嗎？」

他抬頭看著窗戶，別戶人家的燈光在黑暗中就像一顆顆燈泡。「我想念幫助動物。」

「那也許你可以——」

「我不適合那份工作。」

「你很適合，喬爾。你今晚就證明了。」

「只是一晚，凱。是不能和全天候工作相比的。」

我知道我不該催他——我知道。可是我要喬爾看到我看到的：他的才華以及一副好心腸，他溫暖親切的核心。

「喬爾，你今晚做的事——」

「是每一個獸醫都會做的。」

「怎樣？」

我低頭看，一手捧起有草莓味的泡沫。「你為什麼要這樣？」

「貶低一切，說你不是個稱職的獸醫。」

「因為我不是。我有將近四年沒有執業了。」

「可是你對動物那麼好。」

「不是這樣子就夠了，凱。」

「你究竟是為什麼辭職的？」

一陣停頓，只聽見泡沫消失的聲音，像是在一場很無聊的派對上乏人問津的香檳氣泡消失的樣子。

「喬爾？」

「我犯了一個大錯，凱莉，而我覺得我不配再當獸醫了。行了嗎？」

「不行，」我溫柔地說。「你都沒跟我說過。」

「對不起。不過我發現很難啟齒。」

「拜託告訴我。」

他掙脫了我的手，手指做出抹油灰的動作。「妳想知道什麼？」

「我要知道發生了什麼事。」

他眼中的黑暗似乎更暗沉了。「我犯了一個錯，後果是……能有多糟就有多糟。」

「什麼樣的錯？」

最後他告訴了我他在工作中心不在焉。當時他只是在兼差，正經歷一段接連幾個令人心煩意亂的惡夢的煎熬時光，他努力想爬梳回一些理性。他那時總是宿醉，睡眠不足，忽略了運動或是照顧自己，總是疲憊不堪地去上班。

「我有個客戶，格瑞，他有憂鬱症，而他的狗就是他的命。他每次來都會跟我聊天，我只聽不說，我覺得多少對他有些幫助。他跟我說他不止一次想自殺，但是一想到狗的下場，他才打消念頭。有時候那隻狗就是格瑞還活著的唯一理由。」

我沒搭腔，只是傾聽。

「後來有一天格瑞送狗過來——他腹瀉，有點倦怠。我很肯定沒有什麼好擔心的，可是我應該要再多留意的。我應該要深入檢查，抽血檢驗，可是我只是讓他回家，叫格瑞要注意他，情況變壞的話再帶他回來。」

「聽起來……」滿合理的，我想這麼說。完全合理。可是，說真的，我懂什麼？

「回顧起來，我知道我讓他覺得他是在浪費我的時間。我記得對他有點不耐煩。不是故意的，可是……我比我在大學看的那個醫生好不到哪兒去。我也像那個醫生對我一樣對待格瑞。」

「後來呢？」我的聲音輕如羽毛。

「唔，一週後他又把狗帶回來了，那時已經無力回天了。他的肝臟已經衰竭了，都是我的錯，我漏掉了最關鍵的病徵。」

「我相信你已經盡力了。你不能怪自己——」

「凱莉，是該怪我。我連簡單的驗血都沒做。我心不在焉，沒有注意。而那隻狗都是因為我才會吃那麼多苦的。」

「喬爾，」我說，又握住了他的手，「拜託不要這樣自責。每個人都難免會犯錯。」

他瞪著我，眼睛好圓。「妳不懂。」

「我不必是獸醫也知道如果你——」

「幾週後格瑞自殺了，」他突然說。「那隻狗是他的生命線，卻被我奪走了，完全是出於失職。」

我震驚得啞口無言，好幾分鐘說不出話來，洗澡水也漸漸變涼了。

「我真的很遺憾。」

「格瑞會死都是因為我，」他說，聲音尖厲刺耳，完全不像是他的。「就是這麼簡單。」

我開始打哆嗦。「不，不是那麼簡單。」

「妳想知道我為什麼會說我不是個稱職的獸醫，這就是原因——因為我不配叫自己是獸醫。」他低頭凝視我的眼睛。「而如果妳想知道我為什麼必須把我夢到的事告訴妳，那是因為我沒辦法餘生抱著明知道我可以做更多事的悔恨活下去。跟妳不行，凱莉。輪到了妳，我沒辦法那麼做。」

「拜託不要，」我說，感覺到喉嚨哽咽。「這樣不公平。」

「我不知道我還在不在乎什麼公平不公平。我在乎的是什麼是對的。」

他站了起來，背對著我，離開了。

我在浴缸裡又待了半個小時，熱辣辣的眼淚落在皮膚上，而洗澡水則變得冰冷。

68

喬爾

萬聖節早晨我在出去遛狗時打給華倫。

很難相信自從我和凱莉在街角咖啡店火花四射已經一年了。這一年我們獲得了那麼多，但我們是否也失去了一切？

每天早晨我睜開眼睛就希望會有一個向前的方法，一個頓悟。那種能見度零的狀態會變成陽光耀眼，卻從來沒有。

「我照你的話做了。」我告訴他。

「我說了什麼話？」

「我……你在哪裡？我怎麼聽到尖叫聲？」

「海邊。誰知道——沙子和海水就是會讓小孩子尖叫。」

「嗄？現在是十月欸。」

「期中假期的最後一個週末。」我想像他在聳肩。他很愛聳肩，我這個親生父親。

「你在那裡是在監督還是……？」

「我十分鐘後要上課。有什麼事嗎？」

「我去找凱莉的爸爸了。查出是否有我該擔心的家族病史。」

「幹得好。查到什麼了嗎?」

事情並沒有想像中的彆扭。我趁凱莉上班時上門去找他，我們坐在廚房裡。我喃喃說什麼作了個惡夢，不想害凱莉擔心，然後，就這樣，他就把我需要的資訊告訴我了。(不過並沒有什麼用。整個庫柏家族都是健康寶寶。)

他保證我們的談話不會有第三人知道，他實在是非常寬厚。我知道萬一凱莉知道了，她可能會覺得我是背叛了她，向她的父母透露了端倪。然後很有可能她再也不會信任我了。

「沒有。」

「啊。」

「對，所以這一招不管用。」

停頓，只聽見海鷗的粗啞叫聲。我在想不知是否該把我夢到凱莉在佛羅里達海灘上的事告訴華倫。我一直沒辦法甩掉這個夢。

但是告訴華倫的想法卻讓我不快。也許是因為我不想證明他對我的推論——就是我不再是那個讓凱莉快樂的人——是對的。

我又走了幾步，想像凱莉在家裡。仍因為沐浴而身體暖烘烘的，拿梳子梳頭髮，皮膚潮濕發光。我感到一陣渴望，想念她的頸背，想念她低沉綿軟的聲音。

然而。「你覺得我應該放棄是嗎?放開凱莉，讓她過她的人生，找到某個能讓她幸福的人。他們不就是這麼說的嗎?愛一個人就放他們走。」

停頓的時間拉長了。「是這麼個說法。」

「那就這樣吧。」

「還沒有。不見得是這樣。別急著做什麼事。」

「時間並不在我這邊，記得嗎？」

「對，可是，聽著，萬一真到了那一步，你會知道何時是正確的時間點。」

「咳，你可真會幫忙。」

「我很抱歉不能幫你解決這個問題，喬爾。」

「你在三十七年前就有機會解決。」

「你在說——」

我沒辦法忍住接下來的話，純粹是因為挫折感。「你可以在開始之前就解決的，你不必跟我媽來一段毫無意義的一夜情就行。」

「那不是毫無意義的一夜情。」

「你為了衝浪板丟下她。請問是還要怎樣才能更毫無意義？」

那晚我又夢到了凱莉，在不到一年之後。她在某處裹著厚厚的冬衣，我不確定是哪裡，只知道遙遠壯闊，正是她喜愛的那種風景。她的樣子昂揚熱情，是我許久不曾看見的模樣。脖子上掛著望遠鏡，手上拿著相機。我能聽到風聲呼嘯，看見湛藍的天空。而在地平線上則突起了一座火山，威嚴得宛如大教堂。

我醒來時全身發抖，我爬下床，抓起筆記本，走向門口，在門口停步回望，一如既往。她蜷縮在床上，恍如陷入昏迷，臉貼著我的枕頭。

昏迷。去一個暫時停下來喘息的地方，得到一個把事情理清的機會。

「妳值得更多，」我在門口低聲說。「我連一件事情都不要妳錯過。」

我又回想起華倫說的話。*也許你不再是那個讓她快樂的人了。*

當初我就應該聽從我的頭腦，而不是我的心的。我現在知道，當時也知道。本就該由我來踩煞車，在我一察覺到我的頭腦即將戰敗之時。我可以更聰明一點的。*我應該要。*讓我們兩個躲掉現在這種痛苦。因為現在我見到了命運為她準備的好事情，我不確定我能否允許自己剝奪她的權利。

凱莉有時間可以前進，為自己打造出一種人生，做她一向想做的事情。她可以是那個人，我明白了，而和我在一起，她只能是一半。

69

凱莉

「看到了嗎？」連恩丟了一張明信片過來，我們正在工作室裡清理鏈鋸。

我擦乾淨兩隻手，撿了起來。是大衛寄來的，正面是亞馬遜雨林的鳥瞰圖，背面是他最近的冒險梗概。我想像著他現在的生活，靠近赤道，心跳就稍微變快──熱氣蒸騰的風景和異國的新奇發現，雨林閃爍發光的野生世界。

「古怪吧？」連恩說。

「哪裡怪？」

他聳聳肩，活像是明顯得不需說明。「一年之前大衛還在這裡，吃著薯條，騎著全地形車胡鬧，現在卻在世界的另一頭。打賭他不會回家來。」

我把明信片翻過來。「對，真怪。不過看起來他玩得非常盡興。」

連恩移除了鏈鋸的引擎外殼，放在長椅上。「不是我的菜。不過，對。」

我笑了。「我知道，在雨林六個月對你就跟下地獄一樣。」

他打個哆嗦，彷彿我們談的是一種真正的折磨。「不過妳沒有倒是讓人意外。」

我微笑著再把明信片翻面。「沒有什麼？」

「去旅行，」他說，一如平常那麼直言無諱。「妳老是在說。妳應該去智利，去找那種鳥。」

我眨眼抖掉葛麗絲也表達同樣看法的畫面，朝連恩投去一抹笑。「你不是說我看到雪豹的機會還比較高嗎？」

他露出那種似笑非笑的表情。「唷，我是覺得妳一定會找得很開心。是什麼阻止了妳？」

我聳聳肩，別開了臉，嘟囔著什麼時機不對。連恩的單音節語詞異常症一定是會傳染。

「時機不是正理想嗎？」他反駁道。「妳的合約一定也快到期了。」

沒錯——再幾週就到期了，而且至今沒聽說續約的資金到位了。費歐娜跟我保證他們要我，卻還得看時間和程序。最起碼，她說，他們可以在青黃不接的時間提供我一份清理灌木叢的工作，那總比什麼也沒有要強。「再一個月。」我跟連恩說。

「他們說了是怎麼回事嗎？」

「沒。他們一直吊著我。」

連恩皺眉。「他們不是才從補助金計畫那兒拿到一筆新的資金嗎？我昨晚還看見電郵了。妳可以去旅行，然後——」

偏偏就在這個時候，時機選得無懈可擊，工作室的門打開了，費歐娜探頭進來。「凱莉，可以說句話嗎？」

70 喬爾

我在爸的廚房餐桌坐下，努力想起我們兩個有多久沒有好好談一談了。可能是從我剛辭掉工作之後。他在後院裡埋怨我，隔壁的莫利斯太太也幫腔（她偷聽了整件事，湊巧也認為我極其不負責任）。

美好的時光，唉，美好的時光。

爸皮膚粉紅，仍穿著短褲，剛上完週一早晨的羽毛球課，遞給我一杯咖啡。我注意到他的眼鏡上有繫繩，方便他在運動時固定眼鏡。

一時間我不禁懷疑毫無預警就把這件事拋出來是否太殘忍，可是線索漸漸快速累積。我上週才來過，我的手機在客廳裡響了，而安珀則大聲喊著華倫的名字。我衝進客廳裡，胃裂了兩半，幸好爸上樓去了。不過他用不了多久也會猜出是怎麼回事。

「嗯，這可真是驚喜啊。」爸在說，其實卻是最可悲的誤會。

我打量了廚房一會兒，彷彿是在看最後一眼。過熟的香蕉，給貝拉當圍兜的茶巾，黃色手套披掛在水龍頭上。我看著一切，彷彿一旦話說出了口就再也回不去了。我猜在許多方面是沒辦法。

「我知道我不是你的兒子，爸。我知道華倫的事。」

他的皮膚顏色變白，一言不發，連嘴唇都沒動。

「爸。」我探身越過桌面。「沒關係的，我都知道了。」

廚房裡的鐘在寂靜中滴答。爸變成了蠟像，文風不動，不像真人。

最後，他開口了。「你是怎麼知道的？」

「重要嗎？」

他重重吐氣，我把它解釋成不重要。「他對不起你母親，喬爾。」

「我知道。」

爸的眼睛瞪得有銅鈴大。「你見過他？」

「一次。他住在康沃爾。」

嘖嘖聲。活像華倫是某種風流的逃稅者，而康沃爾等於百慕達。

「你應該告訴我的，爸。告訴我他曾聯絡過。」

爸皺眉。「我慌了。我不想要他回到我們的生活裡。他……對你沒有權利。一點也沒有。」

你是說撇開他是我的親生父親不談。「可是你也無權瞞著我。」

他嘆氣，揉了揉太陽穴。我看得出這番談話對他是一種考驗，會讓他從投入變成關閉溝通管道。「我大概是怕你早晚有一天會發現，我可能只是在拖延不可能避免的事情。」

我任由時鐘滴答。說真的，我能說什麼？我還不能原諒他這一點，可我還是想聽聽他的說法。

「當年你母親確實想告訴他她懷孕了，可是她還沒能說出口，華倫就說他要去旅行了。」

「於是你就介入了。」

他吁口氣。「起初並沒有。她在你一歲以前連跟我約會都不答應。」淡淡的笑。「所以你們母子倆才會一直那麼親密吧。你們相依為命，就你們兩個，在她那個可笑的小單間裡。」

我用食指在桌上畫愛心。我和媽的確有一種特殊的牽絆。她會抱著我在客廳跳舞，在我的弟妹上床睡覺之後低聲說故事給我聽。像老朋友一樣和我推心置腹。我總假設是因為我是她的長子。但是共度的那一年，只有我們兩個，已經感覺像寶藏了。某種珍貴的寶物剛從翻過的土裡被挖掘出來。

我呷了口咖啡。「所以你們開始約會，然後……？」

他仍猶豫不決，清了清喉嚨。「她之後沒多久就和我同居了，懷了你弟弟。我們結婚了，又生了天心。」

「你為什麼從來不告訴我？我是指以前。在我年輕一點的時候。」

「我們一直計畫要說。可是她走了以後，我不覺得該由我來說。我想那就是後來華倫出現我會那麼生氣的一個原因。你得了解，喬爾——在她過世之前，我們已經一塊打造出一個完美的人生了。我們從來沒有華倫的消息。我也一點都不想要再談那件事。」他皺眉，把玩著眼鏡。「也許我的一些選擇並不理想，可是到最後，你母親跟我結婚了十二年，有了三個孩子，一棟房子，有錢，有朋友。而我相信——我真心相信——她是快樂的。」

憑良心說嗎？我也相信。

「聽著，她也許沒有像……她愛華倫那樣瘋狂地愛著我，可是等她有了你們這些孩子——

咳，那是另一種瘋狂的愛。更好的那種。而華倫從來也不想要成家——他們認識之後他就這麼跟她說了。他對自己至少還有這一點認識。」

我同意華倫是有這種觀點，不過，算我走運吧，他在貫徹時並沒能始終如一。

「不過他倒是知道他失去了什麼。」

我點頭。「所以他才會那麼努力想要聯絡。」

「不，那還要更早。你媽最後一次生病之後，我看到他走出她的病房。他顯然是有一些後悔。」

「你看到他了？」

「對。他燒成灰我也認得。不過，也真怪。」

「哪裡怪？」

「她那天早晨才剛住院，我誰也沒說。我猜你母親一定是跟他聯絡上了。我是說，那人就算是多才多藝，可他也不會通靈。」

內心深處湧出了一個領悟。

爸聳肩，彷彿到頭來老婆的舊情人出現在她的病榻前並無關緊要。「那，你們的事是怎麼解決的，你跟他之間？」

「我……我也不知道。你會介意嗎——我跟他繼續來往？」

「不會。」這是他準備好要給我的最大鼓勵。「不過要小心，我只有這一點建議。」

一股情感，溫暖得有如洗澡水。「你永遠是我爸。」

他的眉頭鎖得更緊了。「你也是，你永遠是……」

他的話沒說完，但是他肯嘗試對我就已經足夠了。

「朋友的朋友個屁。」

「喬爾？」

我在我喜歡的新藏身處，花園裡，瞪著落霜的屋頂。今晚的空氣冰冷，但是我連外套都懶得穿。

「你不是從朋友的朋友那兒聽說媽快死了，你是夢到了她，就在一開始，你夢到她會死於癌症，而你斬斷了兩人的關係是因為你要她去活出她的人生來，在太遲之前。」

嘆息。「我就想你總有一天會猜出來的。你比我聰明太多了，謝天謝地。」

「對，對。跟我說實話。」

「我夢到……我看到她在醫院裡。兩個晚上之後，我又夢到她的葬禮。」

「所以你知道她會有孩子，會有完整的人生。你根本就不是自私自利的混蛋——恰恰相反。你離開她是因為你要她快樂。」

沉默像是張大了嘴巴的哈欠。

「對，行了吧？」他終於說。「對。她還剩十四年，而我知道我自己的問題一大堆，既沒錢又酗酒，我沒辦法讓她幸福，至少在短期之內不行。」

我把痛苦吐在結霜的空氣中，看著它化為小小的、憤怒的暴雨雲。「所以你才一直要我放凱莉走。」

華倫吐氣，線路沙沙響。「我去醫院看你媽，我就知道我做的事是正確的。她過了美好的一生，她是幸福地死去的。我選擇了不要毀了她的有生之年，而我覺得我做了正確的決定。」

我沒想到會覺得背上的大石頭變輕了一些。沒輕多少，卻足以讓我察覺。華倫也知道，媽。

也許下意識裡我也不想要毀掉媽剩餘的時光。

「只是讓你知道，喬爾，我跟你媽是真愛。我這個人基本是個廢物，可是我愛你媽。我們最後一次牽著手，看著彼此，知道她很幸福，一切都值了。」

我想到凱莉窩在我們的床上，想到她的現在和將來和結局。我想過了每一件事，然後我知道了我必須怎麼做。

71 凱莉

焰火節的隔天，我正站在沼澤及膝深的水裡，我打給喬爾問他是否想到市區新開張的西班牙小菜館吃晚餐。

幾天來我一直在沉思一件事情，而現在我因為興奮而暈陶陶的。整個下午我穿著青蛙裝在大雨滂沱之中跋涉，我都在想像透露我的計畫，臉上就會掛著幸福的笑容。我想像自己向他保證這個——這個——就是不要告訴我的正確決定。因為我現在能夠計畫未來，否則的話我根本連想都懶得去想。

結果，我一直到吃甜點時才提起。

喬爾今晚似乎有心事，悶悶不樂。他的心思飛到了別處，而我開始擔心也許我的時機已經過了。我知道他最近幾乎都沒睡覺——從我認識他以來，這一週的他最疲憊萎靡。

但是今晚就快結束了，而我等不下去了。

「我星期一跟費歐娜開會。」

喬爾幽黑的眼睛轉向我，我的緊張也平緩了。儘管心情低落，他的表情仍充滿了愛意。「談妳的合約嗎？」

「他們提供了一個永久的職位。」

「凱，這……太好了。星期一嗎？妳怎麼都沒說？」

「嗯，我一直……其實是，她告訴我沃特芬偏遠的一邊有一棟小屋要出租，是一位割蘆葦的人的地方。她昨天帶我去看過了。好漂亮，喬爾。我們可以住在那裡，你跟我，而且我們就在保護區裡，四周都是樹木和鳥類和蘆葦……」

這時他的視線與我的交會，但是我不太能詮釋他的表情。他是因為驕傲而激動，或是什麼更傷心的事？

「費歐娜說在簽約之前她可以給我幾星期休息。」我微笑，低眉看著吃了一半的甜點。「只要能省一點錢，說服他們是不需要多費唇舌的。」

他的表情在請我填補空白。

來了。「你記得大衛吧，那個在我開始工作不久就離開的人，他搬到巴西了？嗯，他寄了一張明信片給我們。」我把明信片滑過去給他。「所以我就開始想……」

喬爾拿起明信片，掃瞄了一遍。「妳想這麼做？去巴西？」

「不是。我想去智利，去勞卡國家公園，去找那種鳥。」

喬爾對我微笑——大概是今晚的第一次——然後喝了口酒。「我覺得這個主意好極了。」

我舀起一點加泰隆尼亞焦糖奶凍。我很開心決定要三道菜——我是說，這地方坐滿了九十歲的長者，吃起司，喝威士忌，像老菸槍一樣抽菸。「而且我在想……等我回來之後，我們可以搬進沃特芬的小屋，我會在保護區工作。」

他點頭——但動作非常慢，感覺幾乎是不情願。「嗯，也許妳不應該回來，凱。」

我在心裡愣了愣。「嗄？」

又喝了一口酒。「我覺得……妳應該去智利，想待多久就待多久。」

「對，去個幾週，就跟我——」

「然後妳應該去風把妳帶到的地方。」

「喔，」我緊張地說，「風會把我帶回來這裡。帶回來找你。」

「不。」儘管決絕，聽起來卻是錯的，毫無脈絡，宛如被強風吹離航道的候鳥在呼號。

「不什麼？」

「妳需要活出妳的人生，凱。」

「可是我會——」

「不，我是說，真正活著。忘了我。做妳想做的事，而且還不止。」

我笑了。「你在說什麼啊？我不想忘了你。」

「這樣最好。」

「喬爾，不……怎麼？」

「這樣子……是行不通的，凱。」

雖然餐廳溫暖，高朋滿座，愉快的噪音迴響，但是我們的桌位卻突然變得好冷。

「喬爾，」我低聲說。「我們得試一試。不然的話，那我們還不如乾脆放棄。」

他的表情在我心裡犁出深深的溝痕，停留不去。

「你是，」我慢慢明白過來了，眼中突然有淚。「你在放棄。你在放棄嗎？」

「我是……接受了現實。我們擁有的……行不通。」

我隔著桌子握住他的手。「不，這是……不。我們屬於彼此，喬爾。沒有人……沒有人能像你一樣逗我笑。每天在你身邊醒來就讓我很幸福。沒有人能像你一樣讓我感覺外在的世界等著讓我予取予求。要不是你，我可能還在咖啡店裡工作，看著我的人生掠過。你讓我對未來又再次感到興奮。我們可以克服的……我知道我們可以。」

他搖頭。「我只會拖累妳，凱莉。我不要妳錯過了……妳值得的美妙人生。」

「不，不。美妙人生是我和你一起共度的。」

在他的眼睛後方關閉了一道門。我注意到他握著酒杯的手指收緊，他的甜點碰也沒碰。「但是我做不到妳需要我做的。」

「我需要你什麼了？」但是我知道，我知道。

「妳要我假裝沒事人一樣繼續下去，帶著我夢到的事活下去，假裝我沒有夢到。我辦不到，凱。我就是……辦不到。」這些話從他的胸口發出，像是臨死前的呼吸。「妳應該現在就忘了我。到外面去，活著。」

我想說的是「怎麼做？」但是我只是說：「你錯了。」

「有個人……有個人可以給妳的比我能給的多多了。」

我倒抽一口氣，連想一想都驚愕。

喬爾的聲音嘶啞。「我不能否定妳的未來，凱莉。各種的可能。什麼也比不上看見妳幸福更讓我開心了。而如果我們抱著我每天夢到的事情而活，那妳就不可能會幸福。妳也知道的，不是嗎？」

這番話把我一塊一塊肢解了。我的手指麻痺了，我的腳趾和我的腳分家——可我仍然要為我們而奮戰。「不。我愛你，喬爾，我知道你也愛我。這樣子就放棄太可惜了。一定有辦法是我們可以……你何不再回去找黛安娜？」我說，走投無路了。「她說她可能幫得上忙啊。」

「可是她改變不了將來，凱莉，」他低聲說，眼中盈滿哀傷。而他說話時，他說的事整個向我壓了下來，因為我知道他在結束，此時此地，就在今晚。

「這樣也無濟於事，」我說，最後一次想脫服他。「因為即使你把你知道的事告訴了我，我們的生活也不會變得更好，只會更糟。告訴我並不是解答。」

「那我們就更沒有……」可是他說不下去。

我繼續瞪著他，我們繼續沉默無語，很快我的眼淚就太過沉重，忍不住了。因為也許如果他說的話是對的——如果他真的沒辦法這麼活下去——那麼確實是沒有了向前的方法。

說不定本來就沒有。

「有些改變一定要發生，凱，」他最後說，說得輕柔。「只是需要我們其中一個說出來。」

我在搖頭。不是因為我仍認為我能改變他的心意，而是因為我喘不過氣來，處於震驚狀態。

「我不……我不相信。」

他的表情說他也不相信。這麼突然，這麼殘忍，像心臟病發作或是被車撞。

我的眼淚開始往下掉，燭光似乎也閃爍著憐憫。「這是我最美好的一年，」我說，因為我需要他知道。

「我覺得對妳來說，」他低聲說，「最美好的還在將來。」

「我真恨你作了那個夢。」我的話是一道悔恨的激流。「比什麼都恨。」

我們的目光交會。「我很努力不要愛妳，凱莉。可那是不可能的，因為……唉。妳是妳。」

感覺到附近用餐的客人一個個扭頭看我，我伸手拿餐巾，開始擦眼淚。可現在我的眼影可能都流在臉上了。

可能是出於反射動作，喬爾傾身來幫忙，卻害我哭得更難過，攫住了他的手。「怎麼能這樣結束？」我說，在他的手指緊握住我的手時，可能是最後的一次。「我們還沒有結束。」

「我知道。」他的眼睛盯著我。「所以才會這麼難。」

可他是對的。我現在明白了。我們的路終於走到了盡頭，不能回頭了。

我吐出一口氣，盡力克制，等待著最煎熬的部分，我不確定能夠強迫身體做的部分。我設法站了起來，雖然我微微搖晃。

我不能看他，因為如果我看了，我就沒辦法撐過去。

「我今晚會去愛瑟家——」

「不，不用。我會去天心那兒。」

我這時停頓住，因為我一定要在走之前把話說出來。「請你……相信別人愛你，喬爾。因為是真的，非常真。」

而此刻我走過了大門，糊裡糊塗地過了馬路，不在乎寒冷。我走到對面的人行道上，勉強轉身，眨眼看著餐廳，彷彿是在查看餐廳是否仍在，半希望只是自己的幻覺，是奇異角度的光造成的海市蜃樓。

喬爾坐在我們的桌位，背對著窗戶，低下了頭。四周的車輛無聲地來往，街道消融了。現在只有我，瞪著玻璃後的喬爾，好似他已經是件手工藝品，只能去愛，卻不能再碰觸。

然後是巴士煞車的嘶嘶聲，一陣風的呼嘯。行人擦肩而過，聲響在我四周鼓漲。世界推著我移動，一道洋流在我的腳下拍打。

我吸口氣再吐出來，向前跨步，隨波逐流。

直到二十分鐘後我落在愛瑟家的台階上，我才發現我仍緊緊抓著甜點匙。

72
喬爾

凱莉離開餐廳之後，我留在原位，可能待了三十分鐘，一小時。最後我們桌上的蠟燭燒盡了。但是沒有一個服務生過來，他們必定是目睹了經過。一段感情粉碎，就在他們的餐廳裡。

我無法不瞪著她的空盤看。

最後，服務生讓我帶回家。我來時是帶著那個我真正愛過的女子，兩小時後離開卻帶著一只盤子和一顆破碎的心。

我們連一年都沒撐到，更別說一生了。

第四部

73

凱莉

人生是如此的不同，這些日子以來。無論我在何時停下來細想，都很難相信自從最後一次見到你之後變化是那麼的大。

可是你最後一次見到我是幾時，喬爾？你可曾在夢裡看見我？有時我會猜測你對於我現在的生活知道多少——那些你私下知道的事情，那些細節和顏色。你說的話我想了很多——我想對妳而言最美好的還在將來——我納悶了好久，要說出這句話是有多麼沉重。我的傷心是否錯放了。我是否應該只感覺到樂觀。

我知道你一直都只想要我能快樂，但是我也知道要想快樂，我就得學會放開你。

我在努力，喬爾。把我的心從地上撿起來，愛我們的曾經，最終放開你。

請你知道，每一天，我都在努力。

74

喬爾——六個月後

我斷斷續續在沙發上過夜，只落下個可能會斷的背和永久性的頸部傷害。自從凱莉走後我就一直睡在沙發上。比起躺在那個空洞的位置旁邊，在另一種人生是她應該會睡的位子，這個代價還算是小的。

她搬出去一週之後，愛瑟和蓋文過來載她的許多東西。我沒辦法在公寓裡，所以就帶著狗去十哩健走（當然少了墨菲）。我回來後，公寓又是空落落的。了無生氣，只是個回聲。和她搬進來之前一模一樣。

起初我覺得少了她的東西包圍應該會有幫助，我希望空洞或許能擋住回憶。但是整個地方都有她的痕跡，仍然有。沙發墊下、抽屜裡、門把上的髮圈。我的東西裡發現的一隻襪子。院子裡的花盆，如今長滿了雜草。她最愛的刷毛工作短上衣（愛瑟忘了帶走）仍掛在前門旁，讓我的門廳充滿了隱約的營火味。她的靴子沾到的蘆葦屑掉在廚房的護腳板邊，因為我還沒能把它掃掉。上週，我踩到一只耳環，是我送給她的。

我被割出了血，我卻壓根不在乎。

我想念她，好像她是被別人偷走了，好像我是在黑暗之中被剝奪了什麼無可取代之物。打從餐廳那一夜起，我就沒辦法走過咖啡店，或是去靠近沃特芬的地方。我甚至沒辦法走過那家西西里烘焙坊的街尾。我沒過聖誕節，在情人節晚上看一部又一部動作片。我靠一盒又一盒的穀片和一次又一次的遛狗維生。偶爾，我會露個臉去查看天心、安珀和三個月大的哈利，然後又回到公寓，繼續瞪著四面牆壁。

幸好我只有一個理論上的鄰居需要顧慮。丹尼幾乎不在家，我也沒有義務去在乎他現在可能對我的看法。我不必閒聊，或是假裝沒事。最好的是，我不必捏造一些鬼話，像是「反正就是這樣」和「我真的覺得這樣最好」（頭兩個星期我對家人只能這麼說）。

爸和道格雖然非常喜歡凱莉，似乎並不意外我們會分手。可是天心卻難過極了。而我永遠也忘不了安珀在我告訴她可能不會再見到凱莉阿姨時一張臉垮了下來，感覺就是最粗心的一種殘酷。

那晚我回到家，我哭了。

五月初的一天下午，我聽見對講機響。整整十分鐘，我瞪著墨菲以前喜歡躺的壁爐前，想像著他暖洋洋的身體貼著我的大腿，凱莉在我身邊，笑容燦爛得像陽光。

諸如此類的小事情會害我心情低落。像是轉頭要跟她說話，這才想起她走了；不知道她晚餐要吃什麼；煮水泡茶時看見她遺留下的一只馬克杯；重溫我們最美妙的吻。那些光是碰觸她就讓我飛上平流層的時刻。

還有墨菲。跟著我的腳後跟，總想撿掉落下的起司吃，或是聽到他能夠了解的那寥寥數語。像影子一樣依附著我。溫和得像綿羊，忠心不二。

對講機響了約莫十二秒才停，但接下來是我的手機鈴聲大作。我看了眼手機，發覺是華倫打來的，頓時警鈴大作。

我伸長上半身從廣角窗的百葉窗縫隙裡往外看。他就站在我的台階上，一眼就看見了我。

「你不能住進來。」我開門時只說了這麼一句話。他提著行李箱。

「我擔心你。」

「我現在沒辦法。」

「你什麼都不用做。只要讓我進去，這樣你至少不會一個人。」

一句話擊潰了我，我淚如雨下，是那種會讓身體抽搐的流淚。所以他只是抱住我，讓我哭個夠。

後來他出門去買炸鳳梨和薯條。這大概是兩週來我的第一頓熱食，因為，坦白說，既然有一把一把的穀片可以攝取，何必花那個力氣出門？我們像兩個老頭子並肩坐在海邊，手指閃著油光，嘴唇被醋刺激得微痛。

「你瘦了，」他說。「臉色也不好。」

為什麼大家老是這麼跟我說？活像我不知道似的，活像我連一面鏡子都沒有似的。

「我跟你媽分手以後，我把旅行延遲了一陣子，」華倫說。「只是坐在屋子裡，有一個月忘記吃飯。跟朋友失去了聯絡，整天愁雲慘霧的。」

對，而同時她懷著我，我心裡想。你可曾想過她的感受？

「後來我明白了，」他接著說。「你知道什麼可以解決一切嗎？臉上的鹽水。」

我茫然瞪著他，半猜想他來這裡是想要告訴我什麼。

「你需要躬身下潛幾道浪，小子。跟我去衝浪。會有用的，我保證。你會感覺像新的一樣。我如果遇上了問題，大海就會解決它。」

此時此刻，我不要華倫是我的夥伴，也不要感覺像新的人。我想要回到我作夢的那晚，大量吞食咖啡因，阻止我昏睡不醒。

「到康沃爾來，住個一陣子。我會教你衝浪，幫助你放下。」

「我沒準備要放下。」

華倫擦掉手上的鹽。「這樣子不行。看看你——你會把自己弄出病來。你需要更常出門，看人……」

「河邊有一家不錯的旅館，不會很貴。我會打電話去。」

華倫重重嘆氣。「好吧。我明天會去住，你堅持的話。」

「我堅持。」

「不過今晚我可以在這裡將就。」他拍了拍沙發墊。「我不會打擾你的。」

也許皺巴巴的鴨絨被應該給了他線索。「說真的，這裡目前是我的床鋪。」

他憐憫地看著我。「別這樣，喬爾。」

「聽著，我沒有別的意思，華倫，不過你沒什麼資格教我怎麼活。」

「你做了正確的事，你知道。讓她走。」

我想到我媽。華倫做的決定讓她能夠活出她自己的人生。

然而。「正確並沒有比較輕鬆。」

「我知道。可是我確定凱莉不會要你——」

這句話刺痛了我。「也許你應該走開。」

他無助地注視我。「你真的要這樣？」

請你……相信別人會愛你，喬爾。

「我現在沒辦法。」我只這麼說。

他離開後我坐在沙發上，空氣凝結了薯條店的油膩味。我努力想像凱莉現在在做什麼，納悶我是否有不再這樣感覺的一天。我想著她，想到心臟燃燒，心思著火，然後我終於用雙倍的上好蘇格蘭威士忌撲滅了火勢。

75
凱莉——六個月後

時間一下子飛躍，五月了，然而我卻沒感覺到這麼潮濕、這麼灰暗、這麼孤寂過。週五夜是最糟的。曾經是一週的黃金時段，終於可以好好鬆懈下來——像是滑入溫暖的洗澡水，吐出憋住的一口氣。可現在光是在下班後回到家就足以引發記憶山崩，在喬爾作夢之前璀璨的那幾個月，那時人生——以及我們的愛——真的感覺浩瀚無垠。

以前，週五夜意味著喬爾，壁爐裡的火，誘人的冰鎮白酒。等待著我們的週末像等待著轉開的軟木塞，傍晚的慵懶長吻變成做愛，我們的皮膚粉紅黏滑，心跳如雷。兩人一起悠哉地沐浴，之後到市區去吃燭光晚餐，跟朋友小酌。

我的心濾掉了較凌亂的事情，像是喬爾失眠，或是深陷在某個夢的意義裡。因為這些小事不重要，不真的重要。我愛他，愛他的整個人。

半年過去了，我仍然愛他。

那晚我從餐廳出來之後，生活就不像生活了。我受不了爸媽經歷我的痛苦，所以我直接跑到愛瑟和蓋文家。其實我也只有這個地方可去。因為，內心深處，我覺得幾乎就跟葛麗絲死時一樣。愛瑟一開始不太確定該拿我怎麼辦。我們共同經歷了葛麗絲過世之後的後果——酒喝太多，麻木地瞪著彼此，偶爾提醒對方要吃飯盥洗。而現在她又看著我一個人重來一遍，而哀傷的醜陋之處是不適合有觀眾的。她被關在寒風中，不停地懇求我開門讓她進去。

她有太多事不知道，比如說喬爾和我究竟是為了什麼分手的（我只跟她說反正就是走不下去了，然後就不得不別開臉）。或是我為什麼開始在她的地下室小廚房裡消磨那麼多的時間，瞪著喬爾跟我那晚在她的派對上所站之處，分享一個我永遠不會忘記的吻。

幾星期後，愛瑟對我的狀態從困惑不解逐漸轉變為激勵，所以我終於搬進了沃特芬邊緣的那棟屋子，因為你在朋友家裡像條幽魂般遊蕩也是有一定期限的。可憐的蓋文在我終於離開之後一定是巴不得能張燈結綵。

我那時已經接受了費歐娜提供的全職工作，我要求簽約之間不休息，因為我受不了登上飛往智利的班機的想法。

可現在，在我最黑暗的時刻，逃走的念頭又一次召喚我，在闇黑中對我眨眼。我更常把架上的旅遊指南拿下來，在吃早餐時或是在爬上床後翻閱。說不定很快會有一天我會利用休假遠走高飛，試圖重建我的心。

小屋樸實無華，卻正符合我的需要。在保留地的邊緣，遺世獨立，被蘆葦和高大的樹木包圍，唯有紅隼和貓頭鷹才能俯瞰。在這裡不會有人聽見我哭，不會有人勸我吃飯或是告訴我我像個死人——我知道我是，可我好像懶得在乎。而且因為到小屋的路是一條漫長又佈滿了坑洞的小徑，需要得到核准才能越過鐵道，我差不多不必擔心會有不速之客。我的社交圈大都移入了我的手機，而這樣正合我意。

有時，天黑之後，我會在保護區裡健行，只有我和墨菲和月亮。有時，我會大聲嚎叫，把痛苦釋放到夜空裡，然後在緊接而來的幾分鐘裡質疑我是不是真的瘋了。

總是小事情點燃了最可怕的孤寂——想到週末時的微笑，或是打開WhatsApp問他這天過得如何，然後回憶如晴天霹靂般落下。而我甚至無法否認現實，像我處理葛麗絲的事情時，留下他不會收到的訊息。因為他仍然在這裡，他就在順著馬路可到之處——但是他不再是我的了。

愛瑟去幫我拿東西時誤拿了幾件喬爾的T恤，我一個晚上又一個晚上蜷縮在沙發上，抱著T恤，彷彿是抱著他。我如果聽到廚房窗外有知更鳥在叫就會兩眼淚汪汪，我堅持要跟妲特約在距咖啡店大老遠的地方，烤出一批批的托瓦姆凱，卻吃不下。我不停地捲動手機上的照片，無法不看他可愛的臉龐，抗拒著撥號的欲望。

總是、總是在抗拒撥號的欲望。自從走出餐廳後我就沒有他的消息，只能認為這表示他不想要再接觸。

雖然喬爾是我最大的弱點，我卻可以堅強地阻止我的心思飛向太遠的未來——飛向怎麼活、在哪裡活，以及我還有多久的壽命。每次這個想法一掠過，我就會立刻壓制，已經很熟練了。我不想給它氧氣，否則這一切的苦痛就會毫無意義。

我把從餐廳拿出來的甜點匙加入了我小小的回憶收藏之中，那些會一直提醒我我們的東西。

雨果婚禮的飯店洗髮乳，喬爾拯救的那隻狗的項圈，牠勇敢地熬了過來。那件牽引機T恤也在，因為我沒辦法再穿它，還有喬爾寫給我鼓勵我去申請沃特芬的工作的字條。他給我的首飾，前年聖誕節的酒杯和玻璃壺。我們相守的時光甘苦參半的集合，儘管短暫。一個只說了一半的故事。

76 喬爾——十一個月後

「你是天生好手。」

「是嗎？」

「看他凝視你的樣子，」天心說。「你真的不想搬進來，讓我們可以睡上半年嗎？我們會付錢。」

我微笑，用膝蓋上下顛動哈利。奇蹟似地，他不叫了，不過我們當然還不能放鬆。他不算是凝視，我會說他是在審視我的臉，同時思索下一步。詭計大師，這些寶寶。

「說真的，喬爾，我需要你幫忙一件事。跟照顧孩子無關。」

「說吧。」

「是那天的事。你打給我叫我不要搭地鐵。」

我在夢裡看見了地鐵站，就在事發前幾小時。一次嚴重的踩踏事件，盲目的驚慌，尖叫聲不斷。我看不出是哪個車站，但是我知道天心那天要帶著安珀和哈利去倫敦看一位大學的老朋友。（我當時並不知道踩踏事件的原因或是經過，一點線索也沒有，根本無法通知倫敦交通局。）

「喔，那個啊。」我又把哈利顛動了一次，直接對著他說話。做出一連串驚愕的表情，就跟別人在拖延時間時的作法一樣。

「對，那個。知道嗎，我有點疑惑。」

「疑惑什麼？」

「疑惑你怎麼可能會知道。你在事情發生之前幾小時打給我。」事件被廣泛報導，那天的社群網站幾乎都被這條新聞佔據了。

我的胸口像有隻被困住的小鳥在振翅。「我說過了，只是一種預感。」

「少來，喬爾。」

我記起了凱莉在將近兩年前的節禮日說的話，說我的異象是一種天賦。以及在她離開餐廳前的話。

請你……相信別人會愛你，喬爾。

我瞧了瞧妹妹。她今天一副正經八百的樣子（頭髮向後梳，卡其洋裝，結實的靴子），但是積習難改，多年的隱瞞，埋葬我自己的秘密。

「我現在要告訴你一件事。」她說。

我吞嚥一口，緊張不安。這不是我的台詞嗎？「好。」

「記得去年我來這裡，我跟你說我懷孕了？就在我離開之前，我去上廁所。」

我又對著哈利挑高了眉毛。一聲不吭。

「嗯，我出來之後，你們兩個站在門廳裡，我聽到凱莉對你說：『安珀有了弟弟。哈利真是太完美了。』」

我瞪著面前的藍眼罪魁禍首。來呀，哈利，現在正是你鬧脾氣的時候。尖叫，尿褲子。必要的話，噴出嘔吐物。什麼都好。

「總之，我是真的很迷惑。我一直都知道如果我生了兒子就要叫他哈利，可是我從來沒跟你說過。」她的視線向我滑過來。「所以我就開始想，還把事情都加總起來——你所謂的神經質，你這些年來的焦慮。你比我先知道哈利的名字和性別。地鐵事件。你的容易緊張，媽死後你的情況。」

「好吧，」我說，以雙手揉哈利肥嘟嘟的胳臂。他的樣子幾乎就像是在微笑，這個臉皮厚的小乞丐，他顯然一點也不想要幫他最愛的舅舅脫困。「好吧。」

「我知道我一直挖苦你有點……」

「我知道。」

「……可是你可以信任我，喬爾。你什麼都可以跟我說。」

我直視她的眼睛一會兒。幾個月前，爸跟我告訴了天心和道格華倫的事。像是在我的靈魂插進一把刀，看著我妹那天哭成那樣。這是我一生中最困難最怪異的一次，充滿了爭辯、指控、疑問。而現在我在這裡，就要重新再試驗她的愛一次。

可是，說到底，我知道天心的世界是樂觀光明的。充滿了筆直光亮的道路，彎道都漫長寬闊。她不肯相信有懸崖峭壁和死胡同和黑暗的角落。她覺得一切都是可以攀越的，而對她而言也確實如此。要說我需要什麼來證明的話，那上次告訴她我們是異父兄妹就是了，因為到頭來她徹底接受了這件事，毫無芥蒂，不讓我們之間有任何改變。

所以我吸口氣，向前一躍。緊抱著外甥。繼續說話。「我看見……將來會發生的事，天。在我愛的人身上，在我的夢裡。我看見未來鋪展開來，在事發的幾小時、幾天、幾星期之前。」

哈利懷疑地咕咕叫，倒也公平。但是天心文風不動坐著，一隻手掩口，明亮的眼中有淚。

「拜託相信我。」我低聲說。我直到現在才明白我有多麼需要她相信。

「我就知道，」她慢吞吞地說。「這些日子以來……我是說，我知道，喬爾。」

「怎麼會？」我的聲音幾乎聽不見。

她張大嘴巴，慌張地聳肩，像是我請她解釋我們為何需要氧氣。「你從來不驚訝，什麼事都是。你總是今天給個委婉的警告，明天給個隨意的建議。你老是好像知道……我們幾時會吵架或是什麼事會發生。還有上個星期，爸……」

「對，」我小聲說。夢到了他特別劇烈的一次胃痛（算我幸運），我在週日午餐不假思索就問他好不好，忘了他並沒有告訴我們。我趕緊打圓場，堅稱他說過，但是我感覺天心盯著我看。

「這些年來一件一件都說得通了，然後是哈利，還有地鐵……」

哈利張開五指來摸我的鼻子，我低頭讓他碰我的臉。

「醫治得好嗎？」

「是遺傳，」我承認道。「華倫也一樣。」

天心吐氣時罵了一聲。「你為什麼不告訴我，喬爾？我欸，拜託。你大可相信我。」我有種感覺，要不是我正抱著她的兒子，她可能會選在這一刻拿東西砸我的腦袋。

「這可不算是什麼普通的消息，天。而且我不想冒險毀掉了妳跟我的關係。我會沒辦法處理，尤其是在媽之後。我跟妳……我們以前一直很親近。」

「所以你才更應該要告訴我。」天心在皮包裡亂翻，抽出了一包面紙。「喬爾，凱莉就是因為這個原因離開的嗎？」

在我的懷裡，哈利簡直就像是一條掙扎著要吸口氣的蚯蚓。「多少算是吧，」我跟她說，因為我當然不能把實情說出來。「不過不能怪她。」

我們繼續談到黃昏，最後哈利非常清楚地表明他要我們到此為止。

天心離開時緊緊擁抱我，向我保證她是支持我的，堅稱她會永遠愛我。她也想說她確定我和凱莉之間會解決的。

將近三個小時來我就在這時險些失控。

但是我沒有。我一直等到她走了才讓自己崩潰。

快一年了，現在。我知道餐廳的那一晚是我們見面的最後一次，但是內心深處我卻不敢相信真的是。不敢相信我現在無法翻過身就摸到她的手臂，在她說了什麼好聽話時在沙發上吻她，在她聽我的笑話笑彎了腰時胃裡興奮雀躍。

我仍然不敢靠近我們常去的地方，我不能冒險遇見她，削減了我的決心。華倫建議如果我渴望一個感覺靠近她的方法，就應該使用她兩年前送我的那張靜修中心禮券。當然，現在已經過期了。不過他或許是對的。說不定我要是去了，多多少少會是一種安慰。和她又默默地連結，就像在黑暗中牽手。

但是我知道我還沒準備好。說不定有一天我會，但還不是時候。

不過，健康有各種的形式。兩個月前史蒂夫邀我和他一起訓練，他建議我從他的河畔魔鬼營開始（廣告詞寫著「不分等級」、「你自己的步調」和「沒有人批評」）。拗不過他的糾纏，我同意了，因為我得做些事來阻止自己去想她。

讓我獲益最多的是拳擊訓練。捶打出我的怒氣，揮擊掉我的挫折。我在打拳時會想著這一切有多浪費。為什麼，為什麼，為什麼，為什麼，為什麼？結束後我不得不蹲下來，不讓那個戴著拳靶的人看見我快哭了。

史蒂夫看見了我稍微失調的使用拳頭偏好，就邀請我去健身中心好好訓練，所以我一週三次會和老朋友一對一訓練，把憋在心裡的那股悶氣都發洩出來。史蒂夫只是站在那裡，舉著拳靶，穩如泰山。

是有幫助，一點點。不僅讓我宣洩我的痛苦，也讓我感覺不是孤獨一個人。

77
凱莉——十一個月後

我在勞卡國家公園第一個完整的一天，下午四、五點了，我悄悄蹲在地上，我的嚮導里卡多在我的旁邊。我昨晚在青年旅舍的大廳遇見他，他脖子上戴著望遠鏡，正向一對旅客說明公園的特殊之處。讓我沮喪的是他們很快就興味索然，但我卻聽得非常亢奮。

於是我在他離開時攔下他，問他我急於找到的那種鳥。他立刻變得生氣勃勃，說我可以明天雇用他，我可能得和其他遊客湊團，不過，沒錯，他可以帶我去看那種鳥，以及沿路上任何勾起我興趣的東西。他在離開前和我擊掌，要不是我已經信了他，也一定會因此而被說動。

現在氣溫下滑，我雖然穿外套戴帽子，仍是冷得快打哆嗦。不過也可能是因為興奮，期待的刺激感。

我們注視著阿爾蒂普拉諾高原無窮無盡的月世界景色，植物像一堆堆凌亂的山丘，天際線有如佈景，空氣逐漸變涼，多了泥土味。

「那裡，」里卡多說，放低了望遠鏡，方便他指出來。「看到了嗎？」

我舉起里卡多借給我的望遠鏡，手被一股強風吹得搖晃。我望向緩衝帶的沼澤中的一塊土地，高踞在上的是那隻黑頂鴴。

最後，牠飛離了我想像中的樹枝。我無論到哪裡都認得出牠來——那白色的腹部和淡淡的黑色長條紋。淺黃褐色翅膀和黑色的頭，背上有一塊紅斑，像鐵鏽。

這麼多年後。

我的心在翱翔，飄飄欲仙。我目不轉睛，吐出喜悅的喘息，眼眶有淚。能夠看著如此稀有、如此珍貴的生物——能夠擁有如此罕見的經驗——是我在大自然中前所未有的體驗。

「看到了嗎，凱莉？」里卡多又說一遍。

「看到了，」我低聲說，聲音因喜悅而輕顫。「看到了。」

「要我拍照嗎？」

我想到了大衛，露出笑容。要是拍到了照片，一定要寄給我。「不，」我跟里卡多說，摸索著我的照相機。「不，我自己拍。」

我們坐在一起將近二十分鐘，拍照片，交換觀察心得。小鳥開始移動，低頭尋找著沼澤中的昆蟲和螃蟾。我的心頭裝滿了這隻鳥，小鳥在如此高聳的全景下變得渺小——森然的火山山頂白雪皚皚，襯著蠟筆藍的天空，輪廓分明。這種風光感覺幾乎是廣大無邊的，不屬於地球的。我被遼闊的大自然包圍，我做了兩三次深呼吸，想要把這一刻當獎品收藏起來。

「妳沒事吧？」里卡多一臉關切。他一直在密切注意高山症的症狀，後面的四輪傳動車裡還帶著氧氣瓶。

我點頭。

「頭痛？」

「沒有，我沒事，只是……想把一切收入眼底。我才不會忘記。」

「妳不會忘的。」里卡多微笑，又聳聳肩，意思是「因為忘記是不可能的」。

他當然是對的。就彷彿我們來到這裡走的那條黑色道路像是通往外星球的高速公路一樣——遠離喬爾和我的重力，以及我們失去的一切。來到這裡就是要遺忘我的痛苦，滿足一個夢。

連恩一定會很喜歡的，我心裡想，這片世界邊緣的土地，有它自己的尖銳風聲大合唱。

「我們要去找別人了嗎？」里卡多最後說，比著身後的四輪傳動車。他指的是和我同住一間青年旅舍的另外三名遊客，他們對於找到路上的溫泉很有興趣，對我的小鳥則興致缺缺。

我不想離開——我可以一整晚待在這裡，以星辰為屋頂——但是溫泉很快就要關閉。「謝謝你，」我跟里卡多說，「帶我來看。我一直想看到它，想了好多年了。」

「要是我們動作快，」他說，「可能還可以看到幾隻紅鶴。」

接下來幾天我和里卡多駕著四輪傳動車出遊，接連幾次的奇遇——野生小羊駝和駱馬，羊駝和鹿，大批的鳥類。我們一起探索，在火山腳下野餐，健行去看潟湖。我盡享大峽谷和銀練似的河流風光，廣褒無垠又如詩如畫的高原，而且我浸潤在里卡多的專業中。對於他帶我看的每一個不可思議的地方，我會永遠銘記在心。

我第一次的歐洲以外的旅行，而我現在向世界睜大了眼睛。

「那妳的下一站是哪裡？」

這是我在這裡的最後一晚，接下來我就要向西到阿里卡三天，再南下到阿他加馬沙漠，途中會經過更多國家公園。之後，到聖地牙哥住三晚，再飛回家，結束我為期三週的旅行。我跟阿倫在普特雷的一家酒吧裡，他也是青年旅舍的遊客，邀請我出來喝一杯。我說好，因為我經常看到他，而他似乎滿友善的。再說我想要有人陪伴。

這幾天來我們隨興聊了聊。阿倫是開普敦人，在巴西的里約工作，正獨自在南美旅行。魅力十足又機智，他似乎對我有興趣，也逗得我開懷大笑，可是……他就是有點太過完美了。他高大健壯，活力充沛，很會哄人，常常擠眉弄眼，很像我初識皮爾斯時那麼無可挑剔。我比較願意看一個人的怪癖吧，我覺得。如此一來，起初的頭暈眼花一旦開始消退，你就不會太過震驚。

我概述了我的行程，接著問阿倫他有何計畫。他跟我正好是相反方向，他要跨越國界去玻利維亞。他說想要的話我可以一起來。如果情況不同的話——如果我對喬爾不再那麼戀戀不捨——我或許會考慮，做點瘋狂的事情。

但是我知道要戒斷喬爾的辦法並不是找個人來替代他，所以我向前探身，輕啄了阿倫的臉頰一下，謝謝他請的美酒，祝福他一路順風。

一星期前在去希斯洛機場的路上，回憶有如海嘯襲捲而來。我滿腦子只想著跳下火車，衝回家去，告訴喬爾我仍然多麼愛他。即使是到了機場，我也一直扭頭回望，懷疑是否會看到他在人群中穿梭，想要趕到我的身邊，跟電影演的一樣。

而坐上飛機之後，幾乎是飛到智利的整個航程中，我一直自問如果他真的出現在機場，我會怎麼做。我會臣服在誘惑的瘋狂力量之下，就在離境大廳親吻他嗎？

但最終我明白了是我錯過了重點。喬爾不會出現在機場，因為他要我們繼續向前。我又回想起在餐廳的那一晚，他緊緊抓著我的手，勸我為自己去看見一個更美好的未來。我覺得最美好的還在將來。而儘管我想像不出有什麼時候是沒有他也可以的，我知道他一心一意只想要我幸福快樂。所以我跟自己做了個約定，等飛機在智利降落之後，我會努力一步一步往前進。往後的幾週應該是關於我的人生以及我可以有什麼樣的人生，因為到目前為止，我真的沒有概念。

那根餐廳的甜點匙就擱在我的背包底部，我帶著它是當作一種提醒。提醒我人生——要是我還能相信的話——就在這裡，等著我享受品味。品嚐試驗，越多風味越好。

我回到青年旅舍，把那隻鳥的照片傳給連恩、費歐娜和大衛——

今天看見了獨角獸！

接著我坐在床上，從背包中拿出筆和明信片。

我的手微微顫抖，寫下了頭兩個字。喬爾。

儘管我決心要向前邁進，今天我卻被最強的一股欲望衝擊，想要告訴他我的感受。這是稍早前我泡在溫泉裡，像隻烏龜沐浴在水中時發生的。我兩隻眼睛都盯著在天空中盤旋的猛禽，轉瞬間就有一部電影開始在我的心裡上演。雨果婚禮的那座湖。喬爾慫恿我在隔天早上去野泳。我們在回程中偷溜以及接下來做的事。

因為我們那天確實找到了一片田野玩樂。我們停在一處路邊停車區，手牽著手沿著漸漸成熟的小麥田邊緣狂奔，再一起摔落在被陽光烘烤的田壟間，作物有如熱騰騰的繩子擦著我們的皮膚。事後我們仰躺著，瞪著天空，天空上正好有猛禽在盤旋。

而我不由得思索。我們做的每一件事有多痛，像是又苦又甜的序曲，預告了我現在正在做的一切。而且感覺就是不對，沒有和他同享。所以我做了。我牢牢握著筆，給喬爾寫了一張明信片。

雖然我可能不會寄出去，卻是一記隔著重洋吹送的飛吻，發自我的心，飛進他的心。

78 喬爾——十八個月後

黃昏巡禮。我現在是個滿不錯的衝浪客了，因為我定期去康沃爾，而華倫把我推進不同的水線裡，叫我划水，同時盡量別害別人送命。

我看著旁邊，對他豎起了大拇指，露出鹹鹹的笑。現在才五月，海水還沒有機會變暖。即使潛水衣的料子有五釐米厚，破碎波還是冷得我無法呼吸。

但是波濤極多，而且夏季的人群仍未達高峰。

我在短板上坐起來，看著海浪翻翻滾滾而來。我相中了一道波浪，划水，起乘，向左。隱約知道華倫在我的右側，在眉飛色舞的幾分鐘內，我不再需要去思考。海水變成了雷霆，恍如一架軍用機飛過，震耳欲聾。

我讓它淹沒一切。過去、未來，以及其間的所有事。

衝浪完後，我們去酒吧。我迷失在人群中，跟某人攀談起來。最後回到她的住處，距離紐基幾哩的一間毫無特色的雙併屋。我完全不清楚她是住在這裡或是如我一般的過客，但是我們的性交不賴。沒法和凱莉相比，但也夠好了。就像海浪，幫助我遺忘。

隔天早晨我發現她在客廳裡，嬌小，深色頭髮，穿著晨袍喝咖啡。她住在這裡，我恍然大悟。到處都有加框的照片，咖啡几上有鮮花，門廊上是成雙成對的鞋子。

極度尷尬的沉默。我好久沒有做這種事了。

她羞澀地微笑。「咖啡？」

「其實呢，我最好……」我一隻大拇指笨拙地往肩後指，像在搭便車。

她臉上綻開某種表情，可能是鬆了口氣。「對，我也想這麼說。我並沒有要找什麼——」

「我也一樣，」我趕緊說。「抱歉。」

「不必！千萬不要。我有點……想忘掉某人，所以……」

「喔，好。」我的心思打了個嗝，又停住。「我是說，不是好……」

她緊張地笑，我真的能看見她的腳趾蜷曲。（我對女人真的有這種影響，這些日子以來？）

「沒關係，我知道你的意思。」

我瞧了瞧她壁爐上的相片。她以前是長髮，一定是最近才剪短的。「那是妳的……？」

「小兒子。對，他現在五歲。」她把咖啡杯握得更緊了。她慢吞吞地喝咖啡，彷彿是在拖延時間。「當時跟他爸有點分分合合。」

「喔，我希望我沒有——」

「沒有。我是說，理論上已經是分了，只是我就是好像沒辦法……忘掉他，知道嗎？」

我的胸口有什麼在收縮。「其實我懂。」

「你有孩子嗎，約翰？」

我笑了半聲，正想糾正她，又作罷。「沒有。」

沉默緊接而來。與隔壁共用的那道牆後傳來嬰兒的哭聲，以及模糊的吵架聲。

「抱歉，」她過了一會兒後說。「我太粗線條了。昨晚我過得很開心。」

我望了她一眼，好奇以後是否都會這樣。一連串的半吊子關係，缺乏真實感情的夜晚。永遠也不會像我和凱莉那樣。

「沒關係，」我說，伸手去拿外套；我昨晚丟在扶手椅上。「我想我們是同病相憐。」

她向前傾。「你真是個好人，約翰。真的，像你這樣的人不夠多。」

我穿上外套，回以笑容。嗯，起碼是有溫情的。

「不要，」我跟華倫說，在我終於回到他家後。（漫長的步行，公車，計程車。）

他微笑。「就知道你不是去市場。」

「我不是。什麼市場？我沒有。」

華倫舉起雙手，彷彿我亮出了手槍。「忘了我說的話。喂，下星期還繼續嗎？」

華倫下週六要跟我一起回埃佛斯堡，爸終於同意要辦烤肉會。有生以來第一次，我們大家會聚在一處，彼此熟絡。整個家庭。

「我在離開前提醒過爸。」

「正式跟他見面會很奇怪。希望是好的那種奇怪。」

我沒告訴華倫我最擔心的人是道格，因為他通常都會表現得像個混蛋。

六個月前，在天心和華倫的鼓勵之下，我終於去看了醫生。我知道那時我已經不會是誰有興趣的計畫了，所以拒絕了黛安娜的提議。但是我發覺我的健康上面有了微妙的進步，完全是靠每週幾次對著史蒂夫揮拳。而且知道我的事的人也支持我。時機感覺正好。

這位醫師比我在大學的那位更有同理心，他仔細聆聽，直接就幫我找了一位心理諮商師，而現在，一週兩次就醫，循序漸進，我開始梳理腦子裡的一團亂麻，開始沉思將來。

這比我想像中要有挑戰性多了，但話說回來，也需要如此，才能讓我不去想凱莉。她的死就像隻昆蟲在我的腦海裡，是一隻只需一丁點幽微的光就會攪動的蛾。我不能允許自己去執迷她眼下正在做什麼。因為萬一去想，我就會被再一次失去她的念頭毀滅。

所以我反而只專心在體能上，在心理健康上，在隨之而來的益處上。像是和我爸、和道格改善關係。當個好舅舅。再次執業當獸醫的可能。我一直在逐漸增加每晚的睡眠時間，最終目標是不再畏懼睡眠。我在學習烹飪，減少咖啡因。

凱莉會為我高興的，我覺得。而這就是最浪費的地方。是的，我可以努力去過一個凱莉會引以為傲的人生，但是我的夢變成了一道鴻溝，遼闊得我們沒有希望能跨越，這一點卻總是會粉碎我的心。

因為儘管她決定不自救，我卻沒有辦法袖手旁觀。

我仍然想念她。所有的那些小事，像是我說笑話時等待她的笑容，在她下班回來後把臉埋進墨菲的脖子裡，她在電視前睡著時一面點頭。那些親吻她的刺激時刻。醒來聽見她邊洗澡邊唱歌。

她在浴室裡殘殺掉的最後一首歌是〈我會永遠愛你〉（*I Will Always Love You*），在我們最後共度的那個早晨。兩天後，愛瑟發簡訊來說凱莉不回家了，我走進浴室，就杵在那裡。努力召喚她的聲音。她的毛巾從杆子上滑落了，在地磚上變成了一團乾爽的布。她最愛的一瓶椰子洗髮乳仍擱在架上，在我的沐浴膏後面，蓋子打開著。

我拿了起來，拿著一會兒，顫巍巍吸了一口氣，再把蓋子蓋好。

之後的幾個月我都這麼做。每天早晨吸進它，我才能心裡裝滿她開始每一天。

79

凱莉——十八個月後

我每天早晨會在木棧道上看到他。我們都待在拉脫維亞西北角的同一區，住在樸實的海邊木屋，松林在這裡和波羅的海接壤。這裡地方很小——旅客也只有十二個人。有天早晨我在黎明沿著海邊散步回來，聽到他和一位賞鳥人聊天才發覺他是英國人。

這裡有許多賞鳥人士，我並不是其中之一，但是候鳥經常會在地球上最蠻荒的極端地區降落，我能了解連恩為什麼深愛這裡——它的荒涼有催眠的力量，這裡是令人屏息的偏僻地方，一整片沙地，森林覆蓋，海天一色。

我來歐洲兩星期了——去年秋天從智利回來後我第一次出國。我想要再次用孤獨包圍自己——我在書上看過的遼闊沙灘，我在白日夢中想像的松林。我的智利嚮導里卡多在我離開南美之前也推薦給我許多其他的地方，但是都得等一等，我得先把存款累積起來。愛瑟和蓋文的第一個孩子再兩個月就要出生了，他們請我當孩子的教母，所以我現在是先找時間出國——因為一旦孩子出生了，我一點小事都不想錯過。

我們都是早起的人，芬恩和我。昨天他跟禮品店的人自我介紹，我正好排在他後面，默默記住了他的名字。他的木屋跟我相隔兩棟，每次我經過，他都會用拉脫維亞語和我打招呼，混雜的發音跟我的差不多可笑。他是自己一個人來的——至少我沒見過有人和他在一起。

在我的倒數第二晚，我坐在木屋外的長木椅上，喝啤酒吃麵包夾起司，欣賞著風景。天空佈滿了棉花糖似的雲朵，太陽像個柳橙被硬生生擠進了大海裡。

我剛寫完給喬爾的一張明信片。現在有好幾張了，收進一個信封裡，放在愛瑟家——是個時空膠囊，裝滿了我的各種想法，我的歷險。我交給她保管，以防我出了什麼意外。因為如果真出了什麼事，我需要確定喬爾能有個途徑能再次了解我的心。

明信片寫好了，我用手機捕捉夕陽，傳給了連恩。可惜你沒來？我特意加了一個表情符號，因為他總是對表情符號抱怨連連。

然後，聽到夾腳拖走在木棧道上。

我轉身就看到芬恩朝他的木屋走。他舉手招呼。

我微笑，放下啤酒。「嗨。」

他謹慎地露出笑臉。「妳是英國人？」

「對。」

「啊，那我得為我蹩腳拉脫維亞語道歉。」

我笑了。「我也一樣。」

他吐氣，抬頭看天。「今晚很美。」

「美極了。」

我以為他會繼續走，他卻盤桓不去。「妳會住很久嗎？」

「我後天就走。」我遲疑了一下。「你要喝啤酒嗎？」

笑意沾染了他的眼睛，他走過來。「好啊。不會太打擾的話？」

「不會。除非你有別的計畫……」

「我差不多就是要做妳正在做的事。」他哈哈笑。「我最愛看夕陽了。」

我開了一瓶啤酒，遞給他。

他謝了我，坐了下來。六呎多，金髮，表情坦率，藍眸炯炯有神。他穿著短褲、夾腳拖，戴一頂棒球帽，模樣悠閒。

我看了眼啤酒，覺得一股期待的心情在抽動，在我的心窩裡。

「那……」

「……凱莉。」

「凱莉，我叫芬恩。」我們握手，他的手好大。「妳是來賞鳥的，還是來尋找孤獨的？」

「兩者都有一點吧。不過我不算是賞鳥人士，比較像是鑑別鳥類的。」

他哈哈笑。「說得好。那妳是來度假的？」

「對。你呢？」

「一樣。」眼睛發亮，他點頭。「對了，妳的T恤不錯。」

是喬爾送給我的牽引機T恤，差不多是三年前的聖誕禮物了。我終於又能夠穿上它了，微笑著回想他的笑容。我覺得更勇敢了，最近在想起他的時候。

我的思緒仍常常飄向他——想他現在在做什麼，跟誰一起消磨時間，他夢到的事情。他是否找到了工作，或是找到了有興趣的人，或是在生活上有了不同的展望。但是漸漸地，一點一滴的，記憶的尖銳邊緣開始變鈍，傷得我比較少，感覺更像擦傷，而不是刺傷。

「謝謝，」我對芬恩說。然後，為了不必解釋，我說：「你來這裡多久了？」

「快一星期了。妳呢？」

「這裡只有三天。我順便去了愛莎尼亞和立陶宛。」

芬恩一臉佩服。「都在我的願望清單上。」

我微笑，跟他說了更多，說在森林裡看到鸛，在湖面上看到老鷹，說我在愛沙尼亞的一處沼澤迷路，而夜色正要降臨。

芬恩聽著聽著身體前探，非常專心，眼睛流露出幽默感。「唉呀，我需要多多旅行。」他在我說完後喝著啤酒說。

「有什麼阻止了你嗎？」這個問題我聽了一輩子，現在換我來說，感覺有點古怪。

他扮個鬼臉。「錢。年假。太有條理。啊，我討厭真實生活。」他喝了一大口啤酒。「聽起來妳好像是滿胸有成竹的，凱莉。我好羨慕。妳是有什麼秘訣？」

「其實這對我也是全新的嘗試。你知道的嘛——因為太害怕所以沒能好好利用我的青春，等到眼看就要四十歲了才手忙腳亂。」

芬恩換了張笑臉。「啊。妳在這裡享受平靜的落日，我卻跑過來用存在危機攻擊妳。好吧，倒帶——跟我說說妳的事，至少接下來的半小時別讓我說話。」

「半小時？」

「我會幫妳計時，」他說，低頭看錶。「先說說妳的另一輛車為什麼是牽引車。」

「我的時間到了嗎？」

「不知道。」芬恩的眼睛在發亮，有如外海中的船燈。他身體前傾，手肘架在大腿上。他對我的笑話笑個不停，深挖我的故事，一直提問。他既風趣又懂得自貶，笑聲怡人，英俊得讓人屏息。

他問到我的工作，提出了許多在砍樹、沼澤林地和棲地管理上的聰明問題。閒聊時我才發覺我並沒有像我以為的拿他和喬爾比較，我並沒有拿他和任何人比較。說不定這代表著我是在給他公平的機會，也或許代表著我仍然認為喬爾是無人能比的。

「那你呢？」我問芬恩，意識到我已經說了好一陣子了。「你是做什麼的？」

他看著膝蓋，只看了一下，隨即抬頭看著我。「我是生態學家。所以我才會來這裡。來看候鳥遷移。複習一下我的吃飯的本領。」

我瞪著他。「你……你應該早點說的。」

「我想聽妳的事。」

太多問題躍入腦海。「那你其實……哪一類的生態？」

「嗯，我是一家顧問公司的。很多時間都待在荒野。調查，評估，報告，諸如此類的。」

「你喜歡嗎？」

「喜歡，」他說。「非常喜歡。這是我注定要做的事情。」

我知道那種感覺，我心裡想。我們一塊瞪著海洋，現在已披上了黑紗。

他告訴我他在布萊頓出生長大，有個大家庭，許多的朋友。他愛狗，也愛浪漫喜劇，熱愛美食。他對科技是一籌莫展，在DIY上極為拿手，是一個盡量不在小事情上費神的人。

「那如果妳不介意我問的話，」他說，低頭瞧著我們腳底的松針地毯，「在家裡是不是有人在等妳？」

我的心思飛到喬爾身上。我想像他在他的花園裡，兩手插進口袋，抬頭望著星空。

我在想，只有一秒鐘，我們是否看著天空上的同一點。

然後我的視線回到芬恩身上。「不再有了。」

後來我和芬恩接吻了，嘴唇冰冷，隨後變得熾熱，背景是波羅的海。這一吻感覺既陌生又美好，喚回了遺忘多時的亢奮。喬爾之後就沒有別人了——而我現在努力在忘記他，忘記他的觸摸帶給我的一波波感受。因為我喜歡芬恩，而我已經知道這會有個美好的結果。

該放下了。喬爾說這就是他要我做的事，而今晚在星光下親吻芬恩似乎就是個開始的好地方。

然後，因為我想要，因為感覺正確，我請芬恩進我的小屋。曾經有一段時間我無法想像我會想要和不是喬爾的人在一起，而這幾乎比放下還要讓我害怕。我害怕被下意識的比較糾纏一生，我永遠也無法控制——因為怎麼可能會有人像喬爾那樣吻我？

但是和芬恩在一起提醒了我驚人的好有好幾百萬種。他自信，我很快就發現了，在我們的親吻變得火熱之後。他真的很拿手——大膽無畏，堅決有力，不怕說出來。而到最後就是這種自信救了我們，因為芬恩的火熱是我無法忽視的，是會直接燒進我對喬爾還可能留下的任何想法的。我們連一次都沒停下來呼吸，而這是最令人興奮的驚喜，芬恩能夠挑動我擔心我可能已經永遠失去的那根心弦。

隔天早晨我們在第一道陽光中起床，坐在一片沙灘頂端的岩石上。這裡只有我們，看著空氣轉變為杏黃色，太陽逐漸升起，彷彿我們發生了船難，在只有自己的荒島上。天空中，一群候鳥從我們的頭頂掠過，拍翅的動作有如一道激流。芬恩指出各種不同的品種，我幾乎跟不上，但不僅是因為鳥很多——我也覺得暈眩，同時心中竊喜我的身邊居然有這個人，魅力十足又專心致志，一隻溫暖的手牽著我的手，臉上綻放出幸福洋溢的笑容。他今天黎明時用吻喚醒了我——短短的幾秒鐘輕吻就變得更激烈。

我們早晨在海邊度過，手牽著手散步，好似在一起許多年了。不時互望一眼，抵著樹木親吻。中午時我們開車到當地的一家咖啡店，芬恩勇敢地在櫃檯以拉脫維亞語點餐。

「你點了什麼？」我低聲問，在他回到我搶佔的桌位之後。

他哈哈笑。「我根本不知道。」

結果食物美味極了——兩份小山一般高的沙拉，飲料，夾滿了鮮奶油的蛋糕。我們緊接著在下午到附近一條河游泳——可能是頗為不智。光線逐漸黯淡，我們又開車循著松雞小徑深入松林，車窗搖下來。雖然我們沒找到想看的那種鳥，還險些在迴車時卡住，我們卻似乎沒辦法不哈哈笑，而我忍不住想：*我真的可以愛上你*。

不過，我仍盡力不要有什麼期待，因為我的心裡有很小的一部分永遠都會是喬爾的。

二十四小時之後，在里加的機場，我低頭看了眼手機，看見了芬恩的簡訊，心裡樂開了花：

嘿凱莉。好久沒這樣做了（！）所以不太確定有什麼規則……不過我可以說認識妳太棒了，而且我很樂意，很樂意再和妳見面。妳有興趣的話。

然後是又一則簡訊：

我是感覺……呃，滿美妙的。

再一則：

（應該加上妳如果沒有同感——也一點不傷感情！不過還是抱著希望。）

我考慮要關掉手機，等回到家，過個幾天之後再回覆。但是大約偷偷微笑了五分鐘，重讀了他的留言之後，我才發現我不想等。

所以在廣播開始登機時，我敲了回信：

我也覺得認識你很棒。再見聽來不錯。你那兒還是我這兒？！

80 喬爾——兩年之後

基倫停在一道花園牆邊，不是想呼吸新鮮空氣就是來嘔吐的。我猜真相就快揭曉了。

「你他媽的都幹了什麼？」他喘著氣說。

我利用這個空檔，按著膝蓋，吸飽了空氣。我的肺葉仍很燙，卻是那種舒服的燙。就像是笑到流淚一樣，或是笑得肚子痛。

今晚是第一個我希望能固定下來的週三夜跑。基倫帶著阿福，就是我們拯救的那隻狗，最後被基倫領養了。（可惜，我其他的那些狗年紀都太大了，沒辦法跟著我們慢跑。）

我瞧了瞧基倫。「你還不是一樣。」

「喔，謝了。等我倒下之後踢我一腳。」他的臉紅得像大黃，皮膚因出汗而滑溜。「我快死了，兄弟。」

我引用史蒂夫的話。「痛苦只是虛弱在離開身體，知道嗎？」

「我告訴你我知道什麼，」他大口喘息著說。「你這個自大——」

我笑了。「抱歉。實在忍不住。」

我們恢復了慢跑。我可以跑得快很多：改善飲食，跟著史蒂夫訓練，再定期和華倫去衝浪，這些都對我的心肺功能有了化腐朽為神奇的功效。但是我很享受今晚的輕鬆步調，因為這是一個和基倫談天的機會。

史蒂夫、天心、華倫以及我的心理諮詢師都認為時機恰好。

「我一直在思索你跟我說的話，在很久以前說的。」

「是我同意跟你來慢跑的時候嗎？」基倫咆哮道。「因為我後悔了。」

我們跑到了馬路的盡頭，進入了一處停車場，風景不錯，但是夜深了，停車場空蕩蕩的。附近有一張長椅，可以眺望埃佛斯堡。站在這上頭能看到河流，以及教堂的尖塔。在屋頂海的對面有少許閣樓窗戶，亮著燈，有如小小的救生筏。

儘管現在是十一月，空氣中充滿了冰霜，我們的身體卻都夠暖，可以休息個五分鐘。所以我在基倫身邊坐下，他已經累得靠著椅背，活像是中了槍。

阿福坐在我們旁邊的地上，幾乎沒在喘氣，這隻強壯的混蛋。

「我一直在考慮要回診所，」我謹慎地說。「當然前提是你願意收留我。」

基倫坐直了。「好極了。那還用說。真是天大的好消息。」

「我需要研究研究職訓。」

「早就辦好了，兄弟，八百輩子以前。我會發電郵給你。是什麼讓你改變主意的？」

我今年夏天終於在酒吧裡喝著啤酒把我作夢的事告訴了基倫和柔伊。我如坐針氈，手心出汗，唯恐說了無法收回的話。但是他們似乎滿能接受的（有什麼疑慮也在介紹了華倫之後很快就消失了）。我感覺到的寬慰是發自肺腑的。

我低頭凝視著埃佛斯堡。燈光流動，企業的煙囪噴出照明鮮亮的煙。「健身。睡得比較好。走出我的腦子。領悟到躲起來並沒有用。」

不過，凱莉跟我不能並肩坐在這裡，感覺還是傷痛。自我改進到毫無瑕疵為止，但是如果你愛的人到處都看不見，就一定缺少一點什麼。

不過我並不是真的這種情況。如果凱莉現在是幸福的，雙眼牢牢從她的命運上帶開，這才是最重要的。

基倫狡猾地笑。「那你並沒有……我是說，這個跟女人無關？」

「沒有。」

「多久了——兩年？」

「對。」

「你有她的消息嗎？凱莉？」

我搖頭。

「沒跟蹤她？」

「呃——」

「網路上，網路上。」基倫趕緊說。

「喔。沒有。」

「對，你可能是對的。」他俯視埃佛斯堡。「到頭來也只是在折磨自己。這就是問題所在，在現代。你沒辦法真的逃開過去，因為全部都在網路上，每天瞪著你的臉。那你有在找吧？」

「找什麼？」

「別人啊。你願意的話，我可以幫你介紹。柔伊認識一大堆的人。」

「謝了，」我說，感覺內心有些茫然。「不過你們說得對。」

「喬爾，」他說。「你打算等多久？」

六年，基倫，我可以這麼告訴他。凱莉還剩下六年。我甚至還沒辦法去考慮再次認真的機會，也許永遠也不會。

但是你要如何解釋一夜情和偶遇是你真正做得到的，而不讓人聽起來像蛇蠍心腸？

基倫仍在我旁邊呼吸粗重。「不敢相信我終於可以不用再擔心幾時能把我最好的獸醫弄回來了。」

「鬆了口氣了吧？」

基倫冷笑。「哈，這份工作可是有條件的，知道吧。」

「比方說呢？」

「比方說不准譏嘲你的老闆跑得比一般的九十歲老人還慢。」

「這一點是可以改善的，」我跟他說。「我認識一個人。」

那晚，我又夢到了凱莉，而這個夢讓我被喜樂淹沒，讓我緩緩醒來，臉上還兀自掛著笑容。

三年之後，在一天清早，凱莉坐在海濱步道半途的一張長椅上，雙眼閃閃發亮，戴著一頂草帽。她的目光飄向了大海，而且她拿著一只旅行馬克杯有一口沒一口地喝著。

看樣子像是海邊的城鎮，背景有一家飯店，電線杆之間掛著燈泡。她一定是住在那裡，我猜想，不然就是去旅遊。可是她沒有行李，而且也沒有同伴。

只有墨菲在她的腳邊，以及那輛雙人嬰兒車。

她正輕輕地來回推動著嬰兒車，臉上的笑容讓我知道她幸福滿足。

而因為知道了這一點，我也一樣滿足。

81

凱莉——兩年之後

「我討厭離開你。」我嘆口氣說，準備要在十一月底的一個陰濕的週日夜搭火車回埃佛斯堡。

「那就別走。」芬恩光著上身躺在床上，剛洗過澡，身上有柑橘香皂的味道，撐著一隻手肘，假裝在看我收拾行李，不過他的眼神卻寫滿了邀請。我有一半的心思想投降，跪在他旁邊等待他的吻，卻又想起了我確實是非走不可。在床上親吻芬恩而不至於更進一步的發展，目前為止還是不可能的事。

他坐直了起來。「我是認真的，搬進來跟我住，凱。妳和墨菲。好嘛，這樣子太可笑了，來來回回的跑。搬來布萊頓。我愛妳，有何不可呢？」

有何不可？會是芬恩的墓誌銘，我覺得。他也是這樣子被帶大的。最壞還能怎麼樣？以後再擔心吧。懇求原諒可比徵詢許可要好多了。他什麼都說好，極少拒絕。和喬爾是那麼的不同，不像他那種靜默的、輕描淡寫的保留。

也和我是那麼的不同——芬恩在許多方面都是我的相反，不過和他在一起讓我變得更有冒險精神吧，我覺得。我們總是在戶外，最近這些日子，而且我們可能冒險過了頭了，像是跳傘，演唱會，參加海外婚禮。有一次他在週間的一個早晨開車北上來看我，我們在一起才幾週之後他就為我辦了驚喜生日派對。芬恩的整個世界都放在快速撥號鍵上，連在空房間裡都能交到朋友。

大家不停跟我說跟一個能和妳互補的人在一起是好事。不能總是陰而沒有陽，他們說。而我相信他們是對的。

有時我發現自己在心裡犯嘀咕，要是喬爾和芬恩相識不知會是什麼情況——他們是否會對彼此有戒心，或是一拍即合。

可是，和喬爾一樣的是芬恩也是考慮周到，總是興致勃勃。他傾聽我的話，在我說話時幫我按摩腳，記住很小的細節——像是牛奶和咖啡我偏愛咖啡，我愛覆盆子和萊恩．葛斯林[10]，總是掉雨傘，受不了龍舌蘭酒。

他讓我想到喬爾的地方都是讓我很安慰的，而不像喬爾的地方都是很迷人的。比如他對酸浩室音樂的熱愛；他的自然書籍比我多多了，幾乎佔滿了他的整間客廳；他可以眼皮子也不眨地吃下蘇格蘭帽辣椒。他有一種說出飛行中鳥類的天賦——真的，隨便哪一種——外加秘密的，非常低調的烘焙才華。他對於當地的以及地區的政治也很熱衷，總讓我想起葛麗絲。

這不是芬恩第一次要求我同居。他的論點是他的公寓是他自己的，所以我搬過來住更合理。公寓座落在海濱，是一棟攝政王式大廈的頂樓，規模極小，但是距離海邊只有幾分鐘的路程。從公寓的兩個房間就能看到海。

而且我很喜歡這裡。我愛極了打開窗戶，聆聽海鷗的叫聲，呼吸帶鹹味的空氣。我對在這裡過夜的頭幾個週末的記憶是很原始的——我們幾乎不離開臥室，離開也只為了吃喝、小解或沐浴。我們吞噬了公寓中的一切——何必浪費時間去採買或是上館子呢？——一起洗半具嘲諷意味的泡泡浴，試驗芬恩的iTunes上的所有東西，用彼此的大腿當枕頭，談論著未來。

才六個月的時間，所以，沒錯，我們進展得很快。但是快也可以很刺激——像是飛機就要起飛，或是雲霄飛車正要下墜。很可怕，卻讓人眉開眼笑。芬恩只經過兩週就跟我說他愛我，所以幾週之後在他提出同居的想法時，我也不應該意外的。

我仍然想到喬爾，有時候，特別是回到埃佛斯堡時。我甚至走進去咖啡店幾次，坐在他的靠窗位子裡，點一大片的托瓦姆凱。我想過他怎麼樣——是否快樂，目前在做什麼，他作夢情況可有什麼改善。妲特跟我保證他從我們分手後就沒來過，所以我不需要怕會遇見他。這樣也好，因為我完全不知道我會怎麼做，會說什麼，遇見他的話。

偶爾我發現自己在懷疑我是否做得夠多——我是否應該要再努力抗爭——為我們兩個。也許他需要從我這裡得到更多，我卻讓他失望，在最緊要關頭辜負了他。

可後來我把我們讓對方走的理由全都想過了一遍，我又一次設法感覺平靜。讓它安頓下來，讓傷心悄悄地在我的心中沉睡。

慢慢地我明白過來了，喬爾漸行漸遠了。而他空出來的地方站著芬恩，燈塔似的一個人，承

⑩ 萊恩．葛斯林（Ryan Gosling, 1980-）是加拿大演員，作品有《手札情緣》、《樂來樂愛你》、《芭比》等，曾獲第八十九屆奧斯卡金像獎最佳男主角提名。

諾會百分之百愛我。

「香檳？」芬恩在廚房裡喊。

冰箱裡的那瓶是很貴的，是芬恩的生日禮物，一位搭飛機環遊世界的大學朋友送的，她總是在免稅店購物。

因為我要搬到布萊頓了。我說好。到頭來，我實在想不出一直拒絕的理由。六個月夠長了，我提醒自己，而芬恩說他認識很多人，能幫我找到工作（我一點也不懷疑）。我會想念爸媽，那是當然的，還有愛瑟和蓋文以及他們漂亮的寶寶狄萊拉．葛麗絲。但是他們都喜歡芬恩，所以我相信他們都會很高興。而且，說到底，芬恩是對的——來回奔波漸漸顯得有點荒謬了，因為我想要和他在一起，真的。我對他的感覺有多強烈……簡直就是化學反應。

所以我說好，而他臉上的喜悅可以點亮一整片大陸。

他又出現在臥室裡，只穿著一件T恤，彷彿他覺得此情此景值得一點正式打扮。他帶回來那瓶香檳，以及兩只酒杯，扭開了瓶塞。香檳噴湧，流到了地毯上，我笑著看他罵髒話，從床上那堆毛巾裡丟了一條給他。總是會跟著我過來這裡的墨菲狐疑地嗅了嗅那片濕掉的地方。

「喏，」芬恩說，遞給我滿滿一杯，「這麼說吧，我真的很高興在拉脫維亞的海灘上遇見妳，凱莉．庫柏。」我們舉杯慶賀，我喝了一口。剛從冰箱裡拿出來的，冰得要命。

我凝視他藍汪汪的眼眸。「我也是。找到你真的是賺到了，芬恩．彼得森。」

「這半年是我一生中最美好的時光。」他說，笑容充滿了房間。

我也回以笑臉。「乾杯。」

週一凌晨，我驀然甦醒。昨晚我必須搭夜車回埃佛斯堡，因為在搬到布萊頓之前，正常生活仍必須繼續。

我套上帽T，往小屋花園走，墨菲跟在我的腳後。我眨著眼睛望著漆黑的夜空，今晚一顆星也沒有，可能是因為光害，也可能是被雲遮住。

我的心裡也有一片烏雲。並不是罪惡感，不全然——比較像是一種默默的不安。

我沒和芬恩說過喬爾的夢，也不打算說。可如果我們要共度一生，我實在沒辦法不去考慮芬恩是否有權知道。

努力想像他會如何回應，我發現自己在想他只會一笑置之。並不是說他不當一回事——而是他不會執迷於他無力改變的事情上。他的人生觀是「順其自然」，很哲學。他不太擔心錢，或是守時，或是別人怎麼看他。我已經知道他認為不需要挖根刨底，拿手電筒把每一個暗處都照亮。他會打從一開始就接受答案是不存在的——或者，就算存在，也是像空氣一樣轉瞬即逝的。

我可能還剩下一年，或十年，或五十年。芬恩和我正在創造我們自己的未來，而想著自己來日無多就讓一切都相形失色。喬爾的夢已經逐漸黯淡了，緩緩消失到我的記憶的陰影中。

不。我不會拿一件每天都似乎更縹緲的事情來害芬恩擔憂。

初相識時，芬恩問我和喬爾為什麼分手，我告訴他，說得滿老實的，我們要的東西不同。芬恩微笑，頗有同感，說他和前女友也一樣。然後我們就繼續散步，再也沒重彈此調。

82

喬爾——三年後

「再來兩次！」

「不要，我恨你。」

我能看出史蒂夫是不會放開我的，除非我能再使勁做兩下仰臥起坐。軀幹像著火，我順從了。然後我倒在一片汗水及怨怒中，開始大聲呻吟，說要退出會員。

「好，好。」史蒂夫把一瓶水往我的臉上推。「你想要輕鬆？那就躺在床上別下來。」

「我真後悔下了床。」我咆哮道。拒絕了水，翻個身，全力忍住嘔吐的衝動。

史蒂夫同意暫停五分鐘的虐待，讓我喘口氣。

「怎麼樣啊？」他問我。

「什麼怎麼樣啊？」

「水療啊，白痴。」

我今天早晨從那處靜修中心回來，就是凱莉為我買的那張早已過期的禮券。靜修中心仍然生意興隆，為有壞習慣的客人擠果汁，按摩他們的重要器官。有瑜伽課和冥想課。針灸，唱誦。幾個需要打赤腳的儀式，還得有一下沒一下地搖鈴。

我老覺得是欠她的，即使過了這麼久，起碼也該要表示表示。她在那年聖誕節對我的情意，她代我許下的希望，最近我偶爾也敢自己有所感了。儘管知道將來會發生何事。

「有點蠢，」我跟史蒂夫說。「不過我感覺不賴。夠怪的了。」

「他們讓你睡得像個寶寶嗎？」

「我始終就不懂。寶寶的睡眠是出了名的差勁。說到這個，艾略特好嗎？」

史蒂夫和海麗在兩個月前生下了第二個孩子，是個小男孩。

「還是個暴君，簡直就是穿著嬰兒裝的妖怪。我覺得他從出生開始就沒有閉眼超過五分鐘過。不過倒是喜歡不穿襪子，」他又說，帶著笑容。接著，「你不會是……？」

「沒有，當然沒有。」

我們吵過，史蒂夫和我，為我作的夢，要是我再夢到我的教子女，第一個就得通知他。無論好壞，你都直接告訴我。我和天心、華倫也達成了同樣的共識。看來大多數的人都會想知道。

我短暫懷疑，有時我就會這樣，假如凱莉當初想要知道真相，那麼我們今天又會是哪種情況。我們會結婚，有了孩子，有了自己的家庭嗎？我是否有機會改變命運的安排——

「好，」史蒂夫說，一躍而起。「波比跳。起來。」

「噢？還不到五分鐘欸。」

「喬爾，我是怎麼跟你說的？一打盹就完蛋。」他非常刻意強調這兩個字。還用大拇指和食指比出一個L字母，舉在額頭上。

就怕我還沒有從他這十次的比劃裡了解箇中含義。

其實在靜修中心他們並沒有讓我睡得像個寶寶，儘管又是針灸又是反射療法的，還有噁心的大量精油。近來我在這方面是好多了，但是我一到別的地方過夜還是會緊張。

這種緊張不寧給了我一股強烈的欲望想要把自己淹死在酒缸裡，但是我不想喝個大醉，它只會提醒我太多的過去，太黑暗的時刻。我必須阻止自己衝向最近的二十四小時便利商店，所以我就在天黑後在園區遊蕩，裹著厚厚的外套圍巾，戴著帽子。

最後一晚，渴望幾乎消失了，我撞上了一個差不多跟我一樣的人。

「對不起！真對不起。」

她咒罵，拉掉耳機。「你嚇了我一跳。」

時間是午夜過後，零時之後。她只穿了件T恤和運動褲，以及最輕薄的開襟毛衣。

「對不起，我沒想到會……看到別人。」

我在早餐時曾見過她幾次（默默地懇求咖啡，大聲嘀咕可頌在哪裡）。有一次在冥想課，兩次瑜伽課，在半曲體時視線相遇，我們都強忍著不笑出來。

「那妳是為什麼來的？」我問道。

她靠著我們互撞的地方的那面磚牆。「罄竹難書的罪惡。」

我微笑。「聽起來滿嚴重的。」

「大家都是這麼說的。」她扳著手指數落。「沒有一日五蔬果，相當嚴重的咖啡因癮，三十好幾了還對瑜伽一無所知，這幾天我被教得相信這樣也是一種犯罪。你呢？」

我把她一覽無遺。金髮掠過她的肩膀，粉藍色的眼眸。嘴唇被凍出了靛青色。「啊，我比較像是……答應了別人我會來。所以。」

她微笑，並不追問。「對了，我叫蘿絲。」

「喬爾。」

堅定的握手，正面的視線接觸。

「那，喬爾。你是……出來呼吸新鮮空氣的嗎？」

「其實呢，我是在抗拒飲酒狂歡的衝動。妳呢？」

她又笑了，比著耳機。「睡不著，所以……聽點正能量。」

我微笑，回想起早前讓自己不再作夢的嘗試，決定就不跟她說我反覆不斷的失敗了。

結果，壓根就不需要。

「其實有點奇怪，是不是？」她說。「宣稱我有多愛自己，毫無止境。其實是反效果，要是我聽太久的話。」

我笑了。「對，有點像搬石頭砸自己的腳。」

她以一隻手拂開空氣。「啊，他們可能不會逼你那麼做的。跟這裡大多數人比起來，你就像個健康寶寶。」

我被她的誇獎弄得手足無措。

「我只是想說我非常清楚我現在正好是健康的相反詞。死亡，我的樣子像死亡。而且連身體都還沒熱起來，因為我真的沒有這麼冷過。」她抬眼望天，牙齒輕輕打顫。「誤判了。」

我微笑。「怪了，我也正要問呢。」我脫掉了大衣，披在她肩上。「來。我可不想看到那些梵唱白白浪費了。」

她瞪著我。我幫她把衣領拉緊，她略微發抖。衣領也裹住了她的頭髮，像緞帶般垂在她的臉上。

「晚安，蘿絲。很高興認識妳。」

我走開了，穿過了花園，沉浸在寂靜的夜裡。希望部分的岑靜會滲入我心底，沉澱下來。

83

凱莉——三年後

我們去了佛羅里達——另一個里卡多的建議——待了兩星期，探索濕地和自然保護區，在白沙灘游泳，跟路上認識的人交遊。我都數不清在這裡時芬恩開啟了多少的交談了，這個人的個人魅力是與生俱來的。他連去度假都能交到朋友，我在青春期剛開始時就差不多喪失這種本領了。

在我們最喜愛的新古巴餐廳吃過一頓露天晚餐之後，芬恩提議去散步，這是在明天回到較冷氣候之前最後一個享受悶熱夜晚的機會。所以現在我們手牽著手在邁阿密海灘上漫步，朝……嗯，海邊走。

「飛走了，對不對，凱莉？」芬恩說。

一時間我以為他說的是鳥——兩星期來留下的習慣——後來才明白他指的是假期。「不敢相信星期一要上班。」我倒是不介意。幾個月的尋尋覓覓之後，芬恩的一個朋友的朋友知會了我們有一份自然保護區的工作，就在布萊頓之外三十分鐘的車程之處。我現在非常喜歡那裡，差不多和沃特芬一樣喜歡。

一小部分的我對於離開埃佛斯堡，不需要時時刻刻害怕會遇見喬爾而感到放心。我老是害怕我會不知道該說什麼——萬一碰到他的話，我會產生不想要有的感覺。有時我覺得如果他看見我坐在咖啡店裡他的老位子上，或是我剛好戴著他送我的耳環，他可能會認為我始終沒辦法真正忘掉他。然後我又開始胡思亂想他是否是對的。

芬恩的東西和我的一樣多——甚至是更多——所以我在搬進去時對自己的雜物不像和喬爾同居時那麼緊張。並不是說喬爾在意我的箱子擋住了他的門口，或是東西丟得滿公寓都是。不過，搬來和芬恩同居對我卻不那麼要緊。我們把我的東西盡量塞進抽屜櫃子裡，在芬恩在頭一晚安排的喬遷派對之前——不過嚴格說來不是喬遷派對。黃昏才沒多久，感覺上半個布萊頓的人口都擠進了公寓，喝酒抽菸跳舞，好似大家又回到學生時代。派對開到一半時，芬恩已經把我們相遇的故事告訴了十來個人，我看著他，心裡想：我不敢相信你為我做了這些。

佛羅里達的高潮是和芬恩朝夕相處。雖然他現在是工作的淡季——調查工作主要是在春夏兩季，他的工時變得漫長，忙得不可開交——我們卻似乎在閒暇的時間裡也從不停下腳步。芬恩是個喜歡交際的人，而我們的公寓總是有人造訪，或是打電話叫我們到附近的酒吧去喝酒。週末都被家庭聚會預訂了，因為芬恩有兩個兄弟一個妹妹以及數不清的表親。我們在週間的夜晚和朋友共度，去酒吧餐廳和現場表演的場所，幾乎是馬不停蹄地趕場。可是我們從一開始就是這種狀態——向前奔馳，幾乎不停，偶爾瞄彼此一眼，確定另一半仍在，再繼續向前突進。

我不介意——一個生活如此充實的男人哪裡會是一件壞事呢——但是有時我會希望只有我們兩個，彼此取樂，就如同拉脫維亞那珍貴的頭三十六小時。因為芬恩是個非常值得品味的人。他大方、搞笑、堅持己見、聰明睿智，有時候我就是不想要跟別人分享。但是我知道這種心態很自私，而芬恩在這方面絕不是個自私的人，況且，人生也不是如此這般運作的。

「凱，」芬恩這時低聲說，在我們抵達海邊時。我們本能地彎腰脫掉了夾腳拖，讓我們褐色的腳沒入沙子。「有件事我想問妳。」

我轉身看他，他單膝下跪，從口袋中掏出了一個盒子。我的一隻手飛向了嘴巴，附近某處傳來一群行人的怪叫聲，緊接著是歡呼聲。

「我一點也不知道該如何求婚，」他低聲說。「所以我就想古老的方式可能是最好的。凱莉，我愛妳，直到天荒地老，海枯石爛。妳願意嫁給我嗎？」

「好。」我要時間慢下來，同時也要時間加速。「好，好，好。」

而就在這裡，在高樓大廈和棕櫚樹之前，在最烏雲罩頂、最壯觀的天空下，芬恩和我同意要一生廝守。

84

喬爾——四年後

我在M25公路的一處服務站，萬萬沒想到我的過去竟然在這裡追上了我。

「喬爾？」

我轉身，看到梅莉莎，感到一陣意外的喜悅。「哈囉。」

她注視著我一會兒，隨即把她身邊的花美男介紹給我。「里昂，這位是喬爾。」

我小心翼翼地和他握手，不知他是否寧可揍我一拳。但是他沒有，他只是要笑不笑似地和我招呼，可能也是我活該。

梅莉莎笑了出來。她抹了那種桃紅色唇膏，只有牙齒完美無瑕的人才能駕御。「沒事，我說起你來當然是讚譽有加。」

我瞧了里昂一眼，想表達的意思是你可以改天再打我，我保證。

「去買點咖啡，」他說。「馬上回來。」

我們就在大街中央面對面，洪水似的遊客吵吵鬧鬧地經過。

「妳……妳好嗎？」

「很好。」她微笑。「其實我們正要去希斯洛。」

「真好。要去哪個漂亮地方嗎？」

「巴貝多。」她伸出手讓我看見她的戒指。「度蜜月。」

「哇，真……恭喜。」

她的長髮剪短了，我看到她外套和圍巾底下的花朵圖案連衫褲。已經為巴貝多做好準備了，真不愧是梅莉莎。看到她被深愛著又容光煥發真好，和跟我在一起判若兩人。

她像是有話要說，卻又不知從何說起。於是，一向有紳士風度的我率先發難。「里昂不錯吧？」

「嗯，」她說，「比你好。」

「好，好的開始。」

「只是開玩笑。他很棒，真的很棒。」她渴望地看著他走去的咖啡店。「那，你是要去哪裡？」

「喔——康沃爾。沒有巴貝多那麼富有異國風情。」

「起碼也是度假。」

「呃，不是——我其實是要搬過去。重新開始。」

「哇。我還以為你會在那間公寓裡住到死呢。別生氣。」

她的招牌粗率幾乎掀起了我的一種懷舊感。「怎麼會。」

「那是受了什麼刺激？」

「家務事。說來話長。」

她歪歪頭。「那你沒跟那個住樓上的女孩在一起？」

住樓上的女孩。

「沒有。她……有對象了。我想已經結婚了吧。」（其實我知道。道格告訴我了——原來他和蓋文有一位共同的朋友。）

梅莉莎點頭。而且可能是我們有交情以來的頭一次，沒說俏皮話。「那你是在那邊找到工作了嗎？康沃爾？」

「對。」

「你要回去當獸醫？」

「對。」

她又點頭，這次動作較慢。迎視我的眼睛，定住不動。「嗯，恭喜。」

我覺得出奇的感動。「謝謝。」

幾秒過去了，她上前來擁抱我道別。她的手臂又圈住了我，感覺怪怪的，好似重新發現了一件最愛的衣服，呼吸到一種熟悉的味道。「那些糊塗老太太沒了你要怎麼辦？」

我吞嚥了一下。我住的街這一年的情況不太好，在死亡率上。「可惜，現在只剩一位了。」（艾瑞絲仍活著，一如往常般頑強。）

梅莉莎放開了我。「而你沒有和誰約會？」活像她不太相信我不是為了別的理由搬去康沃爾的。

我嘆氣。「我是很想，梅莉莎，可是妳要去度蜜月了。」

她哈哈笑，笑聲沙啞，讓我有點想念。「知道嗎，你跟我當不成朋友實在是很可惜。」

「我還以為我們是朋友。」

她徘徊了一會兒，我這才明白她覺得很難說再見。「那，多多保重。盡量找個好女孩。」

「我找到了，只是沒成功。」

最後一個調皮的眨眼。「喬爾，我還能怎麼說呢?我現在有老公了。」

我在紐基租了一棟房子，距離華倫家只有十分鐘，有個小花園，還有一間客房。我在穿越德文後在一處園藝中心停車，買了一籃子的盆景，裝飾我的新客廳。我也買了一個窗口花壇，因為儘管我是為了有個新開始才搬來的，我仍然少不了能讓我想起凱莉的東西。

剛過下午不久我多少算是整理好了，所以我就繞到華倫家去。

「道別很難嗎?」他問我。

「天心哭慘了，她下週末要過來，帶著孩子們。」

「能看到她真不錯，」華倫說。「你覺得呢，搬到這裡來?」

「緊張。不過是好的那種。」

「那是最好的一種。我這輩子好的緊張就不夠多。」他微笑。「準備好要迎接星期一了嗎?」

「大概吧。」一年多來我一直在基倫那裡兼差，我打算接下來的半年我會一面在康沃爾執業，一面去布里斯托上進修課程。

「不知道我有沒有說過，不過我以你為榮，小子。你真的很有起色。」

「謝了。」

「還有你搬來這裡，跟我一起……呣，意義重大，真的。」

我點頭。「浪好嗎？」

華倫看手表。「現在？」

「對。」

「好。」

「要不要去衝一下？」

「那還用說。」

那晚我夢到了凱莉。

我又是在正要告訴她我愛她的當口醒來。

我的臉上全是淚，肩膀也因傷心而抖動。

85

凱莉——四年後

芬恩和我在夏天結婚，都同意漫長的訂婚期不合我們的胃口。光是想要祝賀我們的人就必須辦一場遠遠超過我們預算的喜宴，所以到最後是由芬恩住在農場的妹妹蓓瑟妮為我們操辦的。她在穀倉梁上掛了彩旗，在乾草堆上撒野花，為我們烤了蛋糕，蛋糕上裝飾了可食的花朵。到處是動物，空氣溫暖，夜色降臨時瓦片之間小燈泡明亮燦爛，兩百位賓客在跳舞歡笑。

晚餐中芬恩講述了在拉脫維亞和我相識以及之後兩年的經過，就如同在宣讀一封情書。他是個天生的演說家，把人人感動得又哭又笑——看著整棟穀倉波動著情緒，這會是我終生難忘的一件事。而我父母的歡喜、愛瑟有關葛麗絲的美麗演說，以及妲特醉醺醺和伴郎擁抱親吻，這一天就是最純粹的快樂，最完美的形態。

但我仍然希望時間偶爾可以放慢，好讓我停下來回味現在，而不是總是趕著做下一件事。我想要多花時間手牽手走在沙灘上，或是在沙發上擁吻，或只是並肩走在市區。和喬爾就是那樣，而我有時會覺得難過，我似乎都沒有和芬恩這麼做過。

我們在澳洲度我們延期的蜜月——芬恩在伯斯有親戚，所以上星期是和他們共度的。在陽光下喝醉，在海裡游泳，張臂歡迎開闊的空間和壯麗的海邊。家鄉正是冬天，而儘管我對於冬季總感覺一種堅忍的吸引力，我也不能否認換上短褲和夾腳拖讓人極為歡欣鼓舞——尤其是我最後幾天的工作都穿著青蛙裝在和大自然搏鬥。

我今天早上醒得很早，芬恩仍在睡，我不想吵醒他。他的樣子好英俊，好祥和，褐色的赤裸胸膛就在我的旁邊。

所以我一個人溜進浴室，五分鐘後，我默默流下幸福的眼淚。

我們沿著天鵝河散步，消化早餐。今天早晨一切都是藍色的——天空，河水，摩天大樓的玻璃外牆。芬恩在說要帶親戚到某處吃晚餐，感謝他們的款待，在我們飛回家之前。我在聽，卻神思不定，時而聽見時而不聞，掙扎著要專心。

「芬恩，」我說，在接近水邊時。他戴著棒球帽和墨鏡，正在為稍後選擇哪家餐廳而傷神。

他轉向我。「對，妳說得對。我想海鮮可能太沉重了，我們可以改去一家希臘餐廳？」

「芬恩，我有事要告訴你。」

可能是出於直覺，他握住了我的手。我喜歡感覺戒指套在他的無名指上——我還是覺得很新鮮，成為凱莉．彼得森太太，我自己的手指上也戴著戒指。

「凱，哪裡不對？」

「沒有不對，」我小聲說。「我懷孕了。」

最輕柔的抽氣聲，然後是最溫暖的吻，臉頰淚濕，肩膀因不敢相信而發抖。他把我包進懷裡，我們就這樣站了幾分鐘，而四周的生活悄悄蛻變，變得富饒，充滿了新的色彩，光明燦爛。

他輕輕退開，低頭看著我，摘掉了墨鏡，好讓我能直視他的眼睛。「妳是幾時……幾時……？」

「今天早晨。我最近一直覺得噁心。」離開英國之前我把驗孕棒收進了行李箱裡，只是以防萬一。

我們從一開始就談過生孩子的事。芬恩來自一個相親相愛的大家庭，他一點也不隱瞞他想要有自己的孩子的心願。我也一樣，只是我對於他並不視為問題的事情感到緊張——比方說他要如何減少社交生活，我們的小公寓如何塞得下一個孩子，或是墨菲是否能適應這種劇變。更不用說我能不能懷孕了，因為我都三十好幾了——我讀過太多恐怖報導，關於令人畏懼的生理時鐘的。我們嘗試了五個月了，所以我現在感覺到的放心和感激是言語無法形容的。所有事情一下子蜂擁而來，我只能希望我們可以調適得好，對即將來臨的改變，未來不同的生活型態。

「凱莉……我好愛妳。這是天大的好消息。」

「我也愛你。我好興奮。」

「妳感覺還好嗎？妳確定想散步？天氣滿熱的，我們可以回——」

「我沒事。」我笑了。「其實新鮮空氣還滿有幫助的。」

「真不敢相信我居然沒發覺。」

「最近這幾天才懷上的，我不想燃起你的希望，以免空歡喜一場。」

他咧嘴笑。「嗯，我們應該有個計畫的。不過……應該是什麼樣的計畫呢？我一點也不知道下一步要做什麼。」

「我也是。不過這也是其中的一個樂趣吧。」

「我們要通知每一個人嗎？告訴他們？」

我想告訴喬爾。這個想法既迫切又驚人，但是突然之間我明白了。

喬爾已經知道了。他知道許多年了。

我覺得對妳來說最好的日子還在將來。

「凱莉？」

我把喬爾從心裡放開，捏了捏芬恩的手。「等回家再說吧。我滿喜歡把這件事當作我們的秘密的，至少保留個一陣子。」

他微笑，伸臂攬住了我的肩。「那，我們至少應該要慶祝。妳能吃什麼——蛋糕？」

我微笑。「我的早餐都還沒消化呢。而且老實說，我有點想吐。」

「會很怪嗎？」芬恩一會兒之後問我。「我是說，除了噁心……妳覺得怎麼樣？」

我甚至不必想。「我覺得很幸福。」

而且就是這樣——唯一的、也是最好的描述。

86
喬爾——五年後

「而最後，我想感謝我的三個孩子。你們每一天都讓我很驕傲，你們三個。」房間裡迴盪著喃喃的贊同，酒杯向著我們的方向舉了起來。

今天是爸的七十大壽，所以我們在那間寒酸的舊橄欖球俱樂部為他祝壽。寒酸舊橄欖球俱樂部該有的東西這裡一應俱全：一臉意興闌珊的DJ在播放道格的披頭四音樂，差勁的自助餐，包括鮪魚和雞肉（另外還加上白香腸），一堆人靜靜成群結隊而站，忍耐著不把飲料一下子喝完。我光用看的就知道白酒是溫的，而這裡百分之八十的對話都和會計有關。不過，這是爸的派對，是道格主辦的，是不可能會有得獎的雞尾酒和伊卓瑞斯．艾巴[11]來表演的。

也可能我會覺得一切都在預料之中是因為我早就夢到過了。兩星期之前，在一個好似持續了一輩子的夢裡。

眾人演講之後我在後面的一張桌子找到了天心和哈利安珀。哈利幾乎五歲了，專心看書。安珀現在十二歲了，牢牢地戴著耳機。

聰明的女孩子。

我捕捉到她的視線，無聲地說：「好嗎？」

她從iPad上抬頭，聳聳肩。「無聊。」

「要怪就怪妳另一個舅舅。」我挪動嘴巴，指著道格。她咧嘴笑。

我靠著椅背，抓了一把烤花生。「還好嗎，小妹？」

天心咬著嘴唇，調整了海綠色洋裝的肩膀部位。「還真熱鬧，是吧？他很開心，對不對？」

我瞄了一眼爸，他在跟一群羽毛球友說故事，他們似乎都聽得津津有味。天知道是什麼故事。他險些丟掉羽毛球的那次？「當然。看看他。從二〇一〇年預算案之後就沒看過他這麼生龍活虎了。」

天心微笑，輕啜一口酒。縮了縮。「喔，這玩意是溫的。」

「你好嗎，哈利？」我問我的外甥。

「好，」他溫順地說。（其實他並沒說錯：哈利是我見過最乖巧的孩子，難怪我們只有一半的血緣關係。）「快看完了。」他舉高他的活動遊戲書，主題是外太空，專業得嚇人。

「好書，」我鼓勵他說，然後向我妹做鬼臉。「要命喔，天，現在就給他家庭作業？」

她舉高雙手。「別怪我。是他要帶的，他死也不肯放下。」

「妳生了一個天才，」我低聲說。「我們可不可以利用他在YouTube上賺錢，然後過退休生活？」

⓫伊卓瑞斯．艾巴（Idris Elba, 1972-）是英國演員、導演、製片、音樂人、DJ。二〇一六年被《時代》雜誌列為最具影響力之百大人物之一。

她輕輕推了推我的胳臂。「真謝謝基倫和柔伊也能來。」

我看著朋友和他太太，迷倒了一對年紀比他們大一倍的夫妻。就連史蒂夫和海麗也來了（不過我有種不夠光明正大的感覺，史蒂夫是來拉生意的。稍早我逮到他恐嚇兩位八旬老人彎腰碰腳趾。）

「哈囉，你們兩個。」華倫在我旁邊坐下，拍我的膝蓋。

我很高興爸邀請了華倫，我還以為他不會呢，但是最後他只是聳聳肩，說可以，彷彿我們只是在討論一個舊時的相識。他或華倫似乎都沒有那個力氣為媽，或是我，來場比武。實在是太累人，想勝人一籌：老實說，我不覺得他們兩個還有那麼血氣方剛。

我最終還是跟爸和道格說了，作夢的事。他們是最後兩個知道的（並不是因為他們能理解，或是特別在乎）。談話簡短生硬，而且從此就沒有再討論過。誰知道他們信還是不信，但至少我對他們兩人都是坦承不諱——可能還是我這一輩子的頭一次。熬過和凱莉的分手讓我在許多方面都無所畏懼，或許還有一點冷酷無情。許多事情到現在都只不過是一陣清風，我發現，在熬過那種經驗之後。

請你……相信別人愛你，喬爾。

華倫開始跟哈利說太陽系，安珀漫不經心地倚著我。我伸臂摟住她，親吻她的頭頂。而這一次她居然沒有假裝嘔吐，或是叫我走開。

我對天心微笑，她也回以笑容。很順利，我們在說，我們做得還行。

派對之後，華倫回康沃爾，我留下來住幾晚。隔天，我開了大約一小時的車到鄉下去，我約定了和某人見面。

我站在酒吧的另一邊，一眼就看見了她的白金色頭髮。她佔了最好的位子，靠近壁爐。她看到我走近就露出笑容，我彎腰擁抱她。感覺輕鬆正確，不如我擔心的那麼彆扭。

「抱歉，我遲到了嗎？」

她的眼睛是冰藍色的，但是笑容卻溫暖飽滿。輕鬆的穿著，T恤上的字我若是不瞪著看就看不清楚，外面罩著件太妃糖色的開襟毛衣。「沒有，是我來早了。」

蘿絲幾個月前透過診所聯絡我，問我是否記得她。我當然記得。建議在我下次到她那一帶時見個面。

「乾杯。」我們碰杯，她的白酒和我的萊姆蘇打水。

「那，妳在那地方待得怎麼樣？」我問。我們相識的第二天早晨我天沒亮就離開了，我又開始想凱莉了，所以我想回家。

「嗯，我繼續瑜伽課，而且現在一天只喝一杯咖啡了。」

「了不起。水果和蔬菜呢？」

她一手拂過頭髮，空氣因她的香水而暫時變得香甜。「還是少得可憐。你呢？」

「喔，我的問題更……」我沒說完。我能看見自己對蘿絲敞開心胸，可是我還沒有完全準備好。我能說什麼呢？

「在你的腦子裡？」

我點頭，啜飲飲料。

一陣停頓。她的眼睛很迷人。「咳，我們會去那裡都是因為有某種的問題吧。」

「沒錯。」

「或者套用我前夫的話，他在我回家時說的：妳去那種地方是去給人修理的，不是去度假的。」

我微笑。「唉唷。」

她縮了縮，隨即笑出聲來。「那是……我說我離婚了的笨拙說法。」

「喔，不好意思。」

「不用，不用。」她喝口酒。「也夠好笑的了，我還是去了那個地方才讓我看到光明的。」

我挑高一道眉。「正能量的力量？」

「對！值得乾一杯。」

我們又碰杯。

「那妳是獸醫？」我說。

「是啊。喜歡我的小花招嗎？」

她寄到診所的電郵上假裝我們是在某個我聽都沒聽過的會議上認識的，我上網搜尋之後發現是她虛構的，但也透露了蘿絲・傑克森是一名獸醫。

我們聊了一會兒工作。我暫停一陣又再回頭當獸醫，她的執業和我的。下班時間外包的優缺點（她的診所這麼做，我的則否）。同情心疲憊。治療野生動物。聖誕節也要待命。我喜歡她的坦率，她的幽默感，喜歡我偶爾逗笑她時她碰我的手臂，喜歡她溫暖的笑容。

「那你知道我離婚了，」她說，在我們終於聊到沒話說之後。「那你呢？」

「單身，不過……」

她以指尖押住杯墊推著玩。「沒在找對象。」

我皺眉。「抱歉。一時半刻說不清楚。」

「是心裡有人了嗎？」

我想到了凱莉。「不是，」我誠實地說。「不過我只是不確定是否準備好要再認識某個人……在那個方面，還不行。」

她微笑。「行，謝謝你這麼坦白。」

之後我們就喝酒。蘿絲告訴我她有那晚的一齣喜劇的票，不知能不能邀請我去看。如果她不是那麼直接問我的情況的話，我大概可能會去，但是我發覺我很高興我們就此結束。

因為我喜歡她。我被她吸引，是凱莉之後沒有過的現象。而我不想搞砸，不想因為粗心大意而把這次機會變成免洗筷，用過即丟。

如果這表示錯過和她的機會，那也只是我必須冒的一次風險。

「我想要保持聯絡。」我說，在準備要離開時。

蘿絲微笑。「像筆友嗎？」

我縮了縮。「抱歉。我說話沒經大腦，實在很遜。」

「遜到不行，」她說。「慶幸你非常有魅力吧？」

我不確定「有魅力」是我此時此刻最好的形容詞，但是她的誇獎雖然過於慷慨，我還是不爭辯就接受了。

「喔，我差點忘了，」她說，站了起來。「這是你的。」

她把兩年之前我在靜修中心披在她肩上的外套遞給我，她剛才一直把外套捲起來放在旁邊的椅子上。我壓根都沒發現。

「留著吧。」我說。

她眨了一兩次眼睛，隨後伸出了一隻手。正式的道別。「好。就……打電話給我吧。我是說，想要回去的話。」

「好。」我和她握手。直視她的眼睛，露出笑容。

87 凱莉──五年後

雙胞胎今天第一輪餵奶之後，芬恩去上班，我推著嬰兒車帶著墨菲去海邊散步。

我們奮鬥了好久才終於讓兩個孩子在差不多同樣的時間裡餵奶睡覺，但是我們終於快要從頭幾個月的混亂中探出頭來呼吸了。我們覺得疲倦不堪，而且不只一點的頭暈眼花──我是說，我們還沒有從生了雙胞胎的震驚中恢復過來──不過，我們總算熬了過來，毫髮無傷。

尤恩和蘿冰今天滿五個月，我仍然不太敢相信。我還是會伸手去摸他們，懷疑他們是否真的是我們的。

他們剛出生時，芬恩的龐大社交網自行送上門來。親戚朋友支援我們照顧孩子，做飯，消毒，清洗，遛狗。而現在我們度過了艱難的五個月，我越來越覺得被滿滿的愛包圍，未來充滿了芬芳。我把孩子抱在胸前時，他們洗過澡的溫暖體重感覺像是我自己的心臟在體外跳動。

我們住的單行道狹窄，停滿了汽車，而且上班日的車流很多，但一走到海濱大道，我就只需要眺望著大海，感覺被平靜淹沒。

謝天謝地，我平常坐的那張長椅不算太濕。葛麗絲和班在布萊頓相識的那晚隔天早上就坐在這張長椅上，帶著熱茶和培根三明治，以及兩顆如小鹿般亂撞的心。我會知道是因為她拍了自拍照，幾個月後貼在臉書上（我們認識的隔天！），而我記得背景是那家飯店。

我坐下來，喝著芬恩早晨上班之前幫我煮的低咖啡因咖啡。他現在每天都會這麼做，因為這比讓我推著雙人嬰兒車走進我們那條街盡頭的咖啡店要輕鬆多了。我也帶了一片托瓦姆凱，因為新手媽媽如果不能用蛋糕來當早餐，那還能吃什麼？我們最近常常吃——自從有天下午我不在家芬恩發現了我的食譜，為了給我驚喜而烤了之後。我也不忍心告訴他這塊蛋糕有什麼故事。

我用腳搖晃嬰兒車，對著寶寶做鬼臉，調整他們的帽子和襪子。我拿著旅行馬克杯喝咖啡，吃著蛋糕，剝了一塊給墨菲。

然後有種感覺，感覺他在附近。感覺太強烈了，我猛地轉身，掃瞄人行道上的人，尋找他的臉。

我回頭俯視雙胞胎。妳瘋了，喬爾不在這裡。怎麼可能呢？我有好幾週沒想到他了——沒有好好想他。有可能是睡眠不足，是黑魔法在玩弄我的心智。

懷孕期間我經歷過嚴重的失眠，夜晚有如無邊的湖泊，原封不動的一分一秒需要我自己涉水渡過。為了不讓自己瞪著天花板，我會下床來穿著睡衣在公寓裡繞圈，墨菲在我後面小跑，像是知道我需要一點精神上的支持。

有時我們會一塊坐在客廳窗前，我在腦海中和葛麗絲說話。而有時——只是偶爾——我會想像喬爾也醒著，我們在同一時間從不同的窗戶向外望著同一片密密麻麻的璀璨星辰。

但是為了窩在我子宮裡的寶寶，也為了蜷縮在床上的芬恩，我不能任由思緒飄向未來太遠。

如果說這兩年來教會了我什麼事的話，那就是活在當下才是最重要的。

芬恩和我昨晚一塊喝酒——是打從雙胞胎出生以來我們第一次在一塊好好小酌一杯。芬恩想要鄭重其事，就開了一瓶不錯的紅酒，倒進了喬爾六年前的聖誕節送給我的瓶子裡。我們也用那兩只酒杯喝——我讓自己有片刻時間想像著喬爾的笑容，同時說：這麼一來妳就可以常常坐在露天咖啡座，在地中海的某處。

芬恩必定是察覺到我的思緒飄蕩，因為他用腳推了推我，問我怎麼了。我微笑說沒事，因為我真的沒事。我們成功了。我們跋涉過為人父母頭幾天的泥濘沼澤，而且在彼岸登陸了。感覺應該要舉杯慶賀。而且也似乎在這一刻想起喬爾是正確的，在我的心裡向他舉杯，感謝他給予我的一切。

88

喬爾——六年後

「昨晚夢到華倫，」我在早餐時跟基倫和柔伊說。他們來康沃爾度週末，他們的兒子（現在是青少年了）被安全地安置在基倫的父母家。

「快點告訴我們。」柔伊命令道。她撕開可頌，攻擊奶油。剛洗過澡又全套化妝，她是那種對於宿醉免疫的討厭鬼。

但是基倫就是一臉打擺子的病容。「等等，」他說。「是好夢還是惡夢？」

「好夢。」我壓低聲音。「他認識了某人。」

「那種認識嗎？」柔伊說。

「對。」我微笑。「她看起來不錯。我們在海邊，她被他的笑話逗笑了。他們牽著——」

「早啊。」皮膚灰白的華倫出現了。他昨晚在這裡留宿，寧願在我的沙發上醉倒也不想走路回家。

「喬爾有消息。」柔伊說。說真的，她和華倫就像是血親，他們互相接話，有同樣的幽默感，不過柔伊對於熬夜的能耐遠遠超出了他。

「是喔？」華倫說。「你有沒有——」

「壺裡。」我比著爐子。（我自己喝綠茶。仍然在控制咖啡因。）

「說吧。」他冷冷地嘟囔。倒了一杯咖啡，什麼也不加，一屁股在我旁邊坐下，用兩隻手抱著頭。

「很難過嗎，老哥？」基倫問他，帶著微笑。

「這就是我不再喝酒的原因。」華倫的每個字都黏在一塊。

「對，那個野格炸彈真的應該要有年齡上限的，」我說。「至少也要禁止大量購買。」

華倫朝我揮手，可能是要打散昨晚的落敗記憶。「你有什麼消息？」

「其實是你的消息。我夢到你遇見一個女的。」

他抬起頭。「嗄。」

「唷，一個女人。你有半年的時間把自己整頓好。」

他雖然宿醉嚴重，仍面露笑容。「天啊。她長什麼樣子？」

「像是滿不錯的。至少願意為你的笑話笑。」

「在這附近嗎？」

「很難說，不過我們是在海邊。」

他呻吟。「好一陣子了。搞不好不會持久。」

我清喉嚨，壓低聲音。「我不覺得。你們……手牽著手。」

柔伊怪聲歡呼，華倫縮了縮。「確定是我嗎？」

「對。」我吃完了可頌，喝完茶，在共同的宿醉中感覺到愉快的自大。我昨晚睡覺的時間比我這許多年來都要長。「所以是值得期待的事，對吧？好了。有人要跟我去跑步嗎？」

他們差不多是把我轟出去的。

我把體能訓練的癮頭帶到沿岸小徑去發洩，感受小腿和肺部的灼熱。風刮過來有如一把刀子，泥巴在我的腳下轉動。

我的思路飄向凱莉。我想像她吃早餐，孩子們坐在高背椅上。她跟她先生一起笑著什麼，一面擦掉雙胞胎下巴上的食物。她容光煥發，被附近窗子射入的陽光照得一張臉在發光。

我的胃抽了一下，很嫉妒不能是我。但我又想起了為什麼不能是我的一切原因。至少她是快樂的，而現在我也找到了某種平衡。

我知道，我們在一起終究是做不到的。

我讓肺葉充滿了冰冷的大西洋寒風，繼續跑步。

89

凱莉——六年後

我瞪著手上的請帖。「我還是不能相信班要結婚了。」

「妳會覺得奇怪嗎？」

我微笑，讓一絲哀傷隱退。「到婚禮那天葛麗絲就已經走了九年了，我反而覺得那樣更奇怪，你聽得懂的話。」

「我懂。不過蜜亞是很棒的人。」

「我愛蜜亞，而且葛麗絲也會愛她。」

尤恩和蘿冰快滿一歲半了，坐在我們之間的沙發上，被CBeebies兒童台迷得目不轉睛。我俯身，漫不經心地撫摸尤恩的頭髮。

「而且婚禮像是滿酷的。」芬恩說。

那是肖迪奇的一處車站建築，開放式酒吧。蜜亞從事廣告業，搬進了嚇人的時尚圈。

「我可能會利用機會去看爸媽，讓他們和尤恩和蘿冰相處幾天。」媽總是嘮叨我，要我多回去，而他們有時間就來布萊頓。

芬恩微笑，把蘿冰抱到大腿上，低頭吻她的頭頂。「好，妳媽會很高興的。」

我又低頭看著請帖。「其實我有點驚訝他們會允許孩子參加。他們知道孩子會攪亂婚禮吧？」

「我猜愛瑟一定是對班耳提面命了。」

我哈哈笑，俯身撫摸墨菲。他靠著我的膝蓋，下巴放在我的大腿上。「有可能。」

「別擔心孩子了，我都不敢確定他們應該要讓我們去參加婚禮呢。我們夠酷嗎？」

沒有比養孩子更能讓你覺得是貨真價實的成人了。我們危險的社交生活，我們的假日——那些沒有孩子的標記——幾乎感覺是屬於別人的了。

在雙胞胎出生後不久，我有時會發現自己翻閱從前的照片，只是提醒自己往事真的發生過。在向芬恩坦白之後，我有天晚上回到公寓，發現他把我們最精采的照片放大成黑白照，加了框，掛在牆上。我們的第一次自拍，背景是夕陽，我離開拉脫維亞的那天早晨。我們兩個在佛羅里達一處自然保護區的木棧道上，曬成小黑人，笑容燦爛，對著鏡頭豎起大拇指。我們在邁阿密的最後一頓早餐——歐姆蛋和濃咖啡——我們訂婚後的隔天早晨。在坦布里奇維附近繞繩下降。跟一群朋友在唐斯丘陵的山頂上暢笑。但是其中最吸睛的是那一幀先於一切的照片：我的黑頂鴴，棲息在智利火山的山腳下。

「我是說，那樣的婚禮要穿什麼服裝？」芬恩在說。「我是該穿套裝呢，還是大家都穿睡衣之類的？」

我希望他會穿套裝——他有一套專門為婚禮準備的套裝，藍灰色的。他通常都會搭配花襯衫，有時戴墨鏡，而他的樣子……嗯，如果有搶新郎風頭這種事的話，我滿肯定芬恩會每次都勇往直前的。

「嗯，這麼酷的活動就是有這點好處。我們大概可以穿青蛙裝出席，還像是在引領風潮呢。」

「不敢相信我們已經把班的婚禮稱作『活動』了。」芬恩說。

「會有戴耳機的人。」

「安全檢查。」

「社交媒體封鎖。」

「我愛妳。」芬恩說，隔著雙胞胎的頭頂。

我微笑。「我也愛你。」

「我不知道……」他話沒說完，看著地下。

「什麼？」我說，驚喜於這個突如其來的感情流露。最近這樣的例子太少了。我們現在老是話說一半（你做了——，我只是需要——，我們應該快點——），而雖然我們的性生活暫時算是恢復了，我們卻毫不隱瞞有選擇的話，晚上終於躺到床上，我們是寧可閉上眼睛睡覺而不是撲向彼此的。

「……要是我沒遇見妳，我真不知道會怎麼樣，凱。妳是我這輩子最大的福氣——妳和雙胞胎。」

我探身吻了他的嘴唇，心中冒出了一點火花，而我想今晚也許我還是可能會撲向他。

之後我們寬衣解帶，結束這一吻，在被子底下迫不及待，四隻手既熱又濕。也許是因為已經幾星期了，也許是因為我們最近無論做什麼都得全力衝刺，反正就是感覺有滿滿的能量，像發了狂一樣。那份熱力和活力把我帶回到拉脫維亞的第一晚。

事後我翻身依偎著他，正要低聲說我們真的應該要多做幾次，忽然刺耳的哭聲從隔壁房間傳來。

芬恩笑了起來。「啊，總算，孩子，」他咕噥道，仍喘息不定，皮膚汗濕，「時間抓得剛剛好。」

90

喬爾——六年半之後

我正要和道格去諾丁罕跟我們的表哥路克和一些親戚敘舊。兩年前我又和路克聯絡上了。搭起橋梁感覺很好，而我想要多多益善。意外的是，對一個天生愛抱怨的人來說，我弟居然也有同感。

路克在被狗攻擊之後並沒有回學校求學，他的家人在事發後一年左右搬到了中部，讓他能有機會逃避不愉快的往事。現在他是位有名的主廚，將兩家餐廳帶入了米其林的殿堂。我們在他目前的餐廳吃過兩次飯，來了個男生之夜。

我還沒把我作夢的事告訴他，至少是沒有把那一個特殊的夢告訴他。我要先和他熟絡起來，在我剖開靈魂之前先打造出一段關係。

但是我大約在一個月前夢到今晚。（焦點：路克帶我們去一家藍調酒吧，我們得到貴賓級的接待；道格真的醉得東倒西歪。）

我們等著火車到站，我弟開始焦躁。他穿了週末的制服：牛仔褲，我懷疑還熨燙過，以及一件稍微太緊的T恤。「好想抽菸。」

「你到現在還沒戒？」

他聳肩。「只有應酬的時候才抽。」

「可是你卻好想抽菸。」

道格聳肩。「喔，我是想說爸在擔心你。」

我微笑，好奇道格會不會有不把批評直接打回去的那一天。「擔心什麼？」

「說你太瘦了。」朝我的方向投來嫌惡的一眼。「我也覺得。」

「啊，沒事。」

但實話是我最近不太對勁。時間在加速，一年一年飛逝，有如車窗的風景倒飛。我一直在想凱莉，懷疑越來越讓我心焦。我做了正確的事嗎？我應該再聯絡，最後一次嘗試救她嗎？

我最近反覆作一個夢，這還是第一次。是關於凱莉死掉的夢，而且越來越真實。我每次都渾身是汗驚醒，喊著她的名字。

道格別開臉。「那就好。我只是跟路克前天通過電話，說你這輩子終於第一次開始表現得正常了。」

我對著弟弟的側臉淡淡一笑。他和我是那麼的不同，然而，怪的是，我並不想要別的弟弟。他的粗魯竟然讓我覺得安慰，在我想到即將來臨的混亂之時。

91

凱莉——六年半之後

他和他弟弟站在對面的月台上，下巴埋進外套裡，兩隻手塞進口袋裡，就和他以前一樣。他看來好瘦，我心裡想。稍微有些魂不守舍，不像他自己。或者該說，那個我以前認識的他自己。將近七年了。但是中間的時光已經消逝了，而我也只能看見我上次看見他時的樣子，在餐廳中隔著桌子面對我。忘了我。做妳想做的事，而且還不止。

我的心裡像有根弦繃緊了，我只能祈禱他會抬起頭，看見我。

我為了班的婚禮請了幾天的年假，但是芬恩這星期在伊普斯維奇工作，所以我一個人帶著雙胞胎從爸媽家到倫敦。芬恩會在黑衣修士橋站接我們，而我已經等不及了——分開三晚之後的重聚，多一雙手幫忙。這是我第一次獨自帶著雙胞胎旅行，所以我抱著尤恩，蘿冰則坐在單人推車裡。

我不想大聲喊，驚動了孩子——以及月台上的其他人。喬爾正忙著交談，就在我以為他可能永遠也不會抬頭時，他抬頭了，而我又一次被他衛星般的凝視弄得無法動彈。

我從來沒有忘記你，喬爾。

世界瓦解了，聲響變成回音，周遭變成迷霧，我能看到的只有喬爾，能感覺到的只有胃在旋轉，在我們將彼此收入眼底時。

但幾分鐘內我的列車就進站了，燈光閃動。

不，不，不。準點——偏偏在今天？

我默默喚著「喬爾」，但是火車把我們分隔開來，而四周的人群也開始移動。我也需要移動了——開往倫敦的列車每半小時才一班，時間已經很緊迫了，而延遲意味著讓芬恩枯候，再急急忙忙找計程車，心慌意亂，唯恐錯過了婚禮，還可能會被一隊裝扮成「湯姆．福特」模特兒的門房擋駕。

我別無選擇。我們必須上車。

車廂中的溫度感覺窒悶，彷彿空調系統失靈。幸好，我們的座位是四人座，靠窗，而唯一的乘客是位面容慈祥的退休人士，如果我的兩歲孩子決定要使性子，她似乎不會太過介意。查問過她之後，我站起來打開了上層的窗戶，再把尤恩放在我旁邊的座位上，把蘿冰抱上我的大腿。

但是我一直是緊繃著的，急於知道是否能瞥見車外的喬爾。起初我的眼睛只落在陌生人身上，但是最後我找到了道格，心頭一驚，因為他現在只有一個人。

然後有人拍我後面的車窗

我轉身，是他。可愛、發光的他。他一定是從天橋疾奔過來的。

我的眼中湧出淚水，默默地說哈囉。

妳好嗎？他也以嘴形問候。

我用力點頭。你呢？

他也點頭，隨即遲疑。妳快樂嗎？

我吞下眼淚，屏住呼吸一秒。之後我又點頭。

因為我要如何為他畫出全景，道盡盤根錯節的真相，在哨音響起，火車即將離站的車窗後？我要如何在五秒鐘之內表達我全部的感受，當著我的孩子以及一名好奇的陌生人面前？

窗戶的另一邊喬爾一隻手掌平貼著玻璃，我也伸出手做同樣的事，突然間，我們既在一起又分隔兩地，就和我們一如既往的情況一樣。

然後是催人的響亮哨音，我們的手緩緩地、痛苦地被剝開。喬爾開始小跑步，想要跟上火車，但當然是不可能的。我的心繫在他身上，一根繩很快就會斷裂。然後最後一刻他挺起上半身，從我們頭頂上敞開的車窗丟進來什麼東西，落在我的大腿上，有如一顆墜落的懸鈴木種子。

我緊緊抓住，隨即焦急地抬頭，但是車站只剩陰沉的門面了。他消失了，可能是此生的最後一面。

我低頭瞪著大腿上的蘿冰，她仰臉看著我，像是在決定是否要嚎啕大哭，而我忽地想到她一定是有點嚇著了，窗外的陌生人瞪著急迫的眼睛，聲音模糊。所以我把她抱緊，覆住她的小手，輕輕捏了捏，讓她定下心來。

「我愛妳。」我對著她亮麗的暗色頭髮低聲說。

「妳還好嗎？」老太太悄悄問我，眼睛同情地瞇著。

我點頭，卻沒說話，我怕一開口可能會失控。

「那個是逃掉的？」她只這麼說，聲音輕柔得宛如遊絲。

我瞧了瞧旁邊的尤恩，他瞪著對面的窗戶，被飛逝的眾生相深深吸引。

唉，人生啊，稍縱即逝。

我只眨了一次眼睛，釋放了幾滴熱淚。而她緩緩點頭，因為我們都知道沒有什麼可說的了。

在火車駛入黑修士橋前幾分鐘，我把紙巾攤開。

上頭只草草寫了七個字。

我會永遠愛妳，凱

92

喬爾——八年後

我在河彎處等她，在夢中我看到的那棵歪脖子柳樹旁。雖然今天的空氣清新，光線卻溫和，色調柔和，透著同情，彷彿它知道即將來臨的情況。

我抬頭看著枝椏散亂的樹，有如紀念碑般雄偉，想起了凱莉的縮寫名刻入了它的肌里。我想像著字母C在未來的許多年裡縮時播放，被陽光照暖，被寒霜覆蓋，直到最後在一層層的地衣下漫漶。

我沒有和凱莉愛的任何人說起今天。她對我唯一的要求是不能把我夢見的事說出去，而我也不能冒洩漏秘密的風險。所以儘管萬般無奈，我始終遵照她的意願，否則的話，過去的八年就會毫無價值。

我猜她一定會來看望她的爸媽，帶孫兒來看外公外婆。我確信只要她回埃佛斯堡就會回到沃特芬，有如一隻候鳥般被它吸引。

一年半前我在火車站看到她，她就盤據著我的腦海。如同一陣微風，低訴著我的回憶。

我等待著，天氣越加陰沉，鄉間的濕氣如淚水般滲出。寒冷抓捏著我的皮膚，天空漸漸佈滿烏雲，對面的河岸上光禿的樹木低下了頭。

多少年了，我祈禱我的夢是錯的，凱莉不會現身，我會一個人站在這裡直到天黑，光線褪去一分，幸福感就增加一分。

因為即使我們分開了，我就是無法想像明天醒來她卻不在了，不知道她在某處幸福快樂著，過著多采多姿的人生。那天我在火車上看到她，我想打破車窗，爬進車廂，告訴她我會永遠愛著她，我無法想像沒有她的世界。

我看著手錶在倒數。我想要阻止地球運轉，準時踩下煞車。

拜託讓我是錯的，拜託。

可是現在空氣中起了一種變化，是腳踩在濕地上。而我的心像是被挖空了，因為她來了。

她哼著歌，繞過最後一處河彎。她沉浸在風景中，裹著大衣和圍巾，彷彿她只是另一個在冬天出來散步的人，彷彿今天就和十一月的每一天一樣。

但是當然不一樣。因為我已經能聽見救護車的警笛聲響徹沼澤，直升機的旋翼有如蜻蜓轉動。我是幾分鐘前打的電話，不願讓她損失一秒鐘。我需要確定我能做的事都做了。

即使她現在暫停下來，喜悅地看著一隻翠鳥疾衝，我仍因希望而顫抖。希望她會向後轉，吐口氣，繼續走。

回頭，凱莉。還有時間。可是妳需要現在就調頭。

「喬爾？」她看見了我。

我們面對面，我的心臟破裂。而有如一小時之長的那一瞬間，我依依不捨地看著她，不願放開。

但她的眼睛已經在發問了。所以我盡可能輕柔，點了頭。對不起，凱莉。

最溫柔的微笑，一聲低低的「喔」。

接著她伸出了一隻手。

我最後一次握住了她的手，時間停止了，我感覺到她皮膚的溫暖穿透了她的羊毛手套。我用另一隻手臂環住她的背，平靜地把她拉進我的懷裡。她二話不說，臉頰貼著我的肩，可能是想尋找安慰。然後我吻了她的頭頂，最後一次告訴她我會永遠愛她。

之後，該說的話都說完了。但是在另一段人生，我們轉身一齊走上步道，手牽著手，向著目送我們回家的夕陽而去。

而現在，來了——我懷裡的身體變軟，模糊的喘氣聲，感覺像咳嗽。我盡可能溫柔地把她放到地上，拂開她臉上的頭髮，鬆開她脖子上的圍巾，眼淚落在圍巾上。

許多年了，我卻仍沒準備好說再見。

十。

我的心臟敲擊出秒數。

九。

「凱莉，」我低聲說，「我在這裡。我哪裡也不去，好嗎？別離開我。」

八，七。

情急之下我脫掉了她的手套，摩挲她的手，好像是覺得可以阻止她溜走。

六。

說不定可以。「加油，凱莉，別放棄。我在這裡，別離開我。」

五。

然後，可能是出於我的想像，但是我發誓我能感覺到她想要抓緊我的手，彷彿她是奮力要活下來。

四。

我的心臟振奮了，眼淚流得更兇。但是我仍繼續低語，捏她的手。「別離開我，凱莉。救護車來了。別放棄，好嗎？」

三，二，一。

但是最後我知道了。她不能回答我是因為她走了，所以我嘗試了一切的方法讓她恢復心跳，這時附近某處救護車趕到了。

幾分鐘後，直升機變成了一隻鳥，在樹頂上空盤旋，帶走了她。

我盡力了。現在只剩下等待了。希望得心痛，祈禱她能熬過來。

尾聲

93
喬爾

凱莉那天因為心臟驟停而去世，驗屍結果查不出潛在的心臟毛病，所以死因是突發心律不整死亡症候群。

我打電話叫救護車並沒有留下線索，也沒告訴急救人員我的姓名，所以誰也不知道我在凱莉的最後一刻陪著她。但是幾份新聞報導卻寫道是一名路人發現她的。幾天之後，基倫傳給我一個連結，是當地報紙上的一篇文章。芬恩在請求打電話叫救護車的人出面，好讓他能親口感謝他們的善行。

我當然沒有聲張。我不想給芬恩任何理由懷疑凱莉跟我在他們結婚後仍藕斷絲連。她自始至終都是位忠實的妻子，她當然是。她愛他。

我不確定是否有人注意到我溜進教堂。最後一分鐘才坐到最後一排，發現竟然坐在班和他的太太蜜亞的旁邊。他們現在有了自己的孩子，夫妻兩人在倫敦經營一家廣告公司。班和我在第一首聖詩唱到一半時就互相擁抱，而那首歌是〈美麗光明物〉（*All Things Bright and Beautiful*）。

我竭盡全力迴避芬恩的視線，我想像不出我的此生摯愛還能找到比他更好的人。他當然是悲痛萬分，從頭到尾都坐著，雙手捧著頭。凱莉的雙親坐在他旁邊，也一樣心碎悲痛。

芬恩也把墨菲帶來了，他現在好老邁，微微有點關節炎。他的動作僵硬，掙扎著躺下來，但是長了鬍鬚的眼睛仍一如以往的忠實。

我不得不別開臉不看墨菲，否則我會崩潰。

最後，芬恩站到教堂的前部發言。他走到前面，花了整整一兩分鐘才撫平情緒。他一開始說不出話來，沒說幾個字就哽咽，但等他終於說得順暢，教堂就像被光照亮了。他告訴我們他和凱莉相遇的故事，他們有過的歡樂，他們不可思議的人生，他們兩個美好的孩子。「他們說每個人都會有一個人，」他最後說，聲音顫抖。「對我來說，那個人就是凱莉。」

我在最後一首聖歌前離開了教堂，毫不懷疑凱莉最後的八年過得有多麼充實，她得到的愛有多麼豐沛。

人人向火葬場緩緩移動，我又繞了教堂一圈。我不想碰上凱莉的父母、妲特，或是她的任何朋友。接著我回到紅豆杉樹之間，愛瑟要求我和她在這裡見面。

她一個人過來。一張臉藏在一副巨大的墨鏡下。我們擁抱。

「我真的很遺憾，」我一開口就這麼說。「葬禮很溫馨。」

「謝謝。我覺得凱也會喜歡的。」

我想像著中殿裝飾的花朵，編織進她的柳條棺木裡，撒遍了棺木頂端。空氣充滿了芬芳，因愛而變得甜美。

「不去火葬場嗎？」我問愛瑟。

「不了。凱會諒解的。我對那種事不太行。」僵硬的呼吸。「先是葛麗絲，現在又……」

「我知道，」我柔聲說。「很遺憾。」

我察覺到在她的墨鏡下一抹勇敢的笑。

「其實，我是有東西要給你。」她從手提包裡抽出了一個厚厚的信封，交給了我。「凱莉寫給你的明信片，喬爾。在你們分手之後。她……交給了我，要我保管。總之，她要求我拿給你，如果她死了。」

我的嘴巴做出各種無聲的形狀。信封感覺沉甸甸的，有如我的手上握著的是磚頭。

「她要你知道……她有多快樂。」

我摸索著信封。一定有……多少——二十張明信片？三十？

「可以重來的話，我還是會這麼做，」我那時說。「即使什麼也不能改變。我還是會一下子就愛上她。」然後我的聲音破碎，再也說不出話來。

漫長的沉默，只有鳥兒在唱歌。

「唉，那個神秘的路人始終都沒有露面。」愛瑟最後說。

我打起精神。「是啊。」

她把墨鏡推到頭頂上。「不過知道有人陪著她也不無安慰。就是——在她的最後一刻。」

我迎視她淚汪汪的眼睛，點了一次頭。就這樣。

「你會來守靈嗎？」

我搖頭。「我想我就在這裡結束了。」

「好吧。」她頓了頓。「謝謝你，喬爾。」

「謝什麼？」

她微微聳聳肩，好像她是希望我知道。「為你做的一切。」

我在愛瑟走開之後仍留在墓園幾分鐘。天空也在服喪，一片陰霾。但我正邁步要走，一束陽光切穿了雲層。

大地在我的腳下明亮起來，一隻知更鳥停在我旁邊的墓碑上，歪著頭。

「我會永遠愛妳，凱。」我低聲說，隨即將信封塞進外套裡，轉身回家。

93

凱莉

我今天早上在想我遇見你的那天。記得嗎？那次你忘了付錢，我給了你一片蛋糕，嘰哩咕嚕地說話，兩隻膝蓋都軟掉了。

總之。我們現在一天到晚在吃托瓦姆凱，我和芬恩和雙胞胎——很傻，我知道，可是我就是喜歡找出一些記住你的小事情。

你應該知道芬恩……他是個很棒的人，喬爾。跟你這麼說感覺很奇怪。但是請你知道我不是說來傷害你的。我只是想要你知道我很快樂——知道我們八年前的決定是正確的，儘管心碎，當時感覺那麼的錯。

總之，我這個週末在埃佛斯堡，現在就要到沃特芬去。我會想著你的，在我沿著河邊散步時。

因為我仍愛著你，喬爾。我的心有一部分永遠是你的。即使是我走了之後，無論會是哪一天。

致謝

我要感謝我在AM Heath了不起的經紀人蕊貝卡・瑞奇，謝謝妳代表我做的每一件事。任何作家有妳這位夥伴都會是個幸運兒。謝謝妳。

我也非常感謝Hodder & Stoughton的各位，讓我覺得受歡迎，並且如此熱情地推許這本書。尤其是金柏莉・阿特金斯，妳的熱心，妳睿智的編輯，妳和我一樣關心我的人物。抱歉害妳哭！同樣也感謝梅德琳・伍德菲爾，以及娜塔莉・陳、愛麗絲・摩爾利、麥迪・馬歇爾和貝嘉・穆迪。以及出色的版權團隊，特別是蕾貝嘉・佛倫、梅麗絲・達哥格魯、葛麗絲・麥克倫以及漢娜・傑拉尼歐——我要向你們向全世界的讀者介紹《但願夢裡沒有你》這本書的努力致敬。還有凱若琳・梅斯、傑米・哈德—威廉斯、露西・黑尤、凱瑟琳・沃斯里、理查・彼得斯、莎拉・科雷、瑞秋・薩里、愛莉・伍德、愛倫・提利爾和愛麗・惠爾頓。以及海柔・歐爾姆，謝謝妳的利眼審稿。

我也要感謝在Putnam的塔拉・辛・卡爾森和海倫・李察，謝謝妳們在編輯上的鉅細靡遺及真知灼見——與妳們兩位合作實在是莫大的愉快。另外也要感激莎莉・金、伊凡・黑爾德、克莉絲汀・包爾、雅萊西絲・魏爾比、艾胥莉・麥克雷、布蘭寧・康明思、梅若笛絲・卓斯、瑪伊亞・包道夫、安東尼・雷蒙多、蒙妮卡・科爾多瓦、愛咪・施耐德以及珍妮絲・庫爾吉斯。

我也要鄭重感謝CAA的米雪兒・克羅斯。

同時我也非常感謝愛瑪・儒斯在獸醫專業上的一切建議。如有舛誤當然都是因為我的疏忽。

最後，感謝我的親友，尤其是馬克。

19

旦願夢裡沒有你

he Sight of You

旦願夢裡沒有你/荷莉.米勒作 ; 趙丕慧譯. -- 初版. -- 臺北市 :
春天出版國際文化有限公司, 2023.12
面； 公分. -- (Lámour Love More ; 19)
譯自 : The Sight of You
SBN 978-957-741-779-4(平裝)

73.57　　112018010

SBN 978-957-741-779-4
rinted in Taiwan

作　者　荷莉・米勒
譯　者　趙丕慧
總編輯　莊宜勳
主　編　鍾靈

出版者　春天出版國際文化有限公司
地　址　台北市大安區忠孝東路四段303號4樓之1
電　話　02-7733-4070
傳　眞　02-7733-4069
E－mail　frank.spring@msa.hinet.net
網　址　http://www.bookspring.com.tw
部落格　http://blog.pixnet.net/bookspring
郵政帳號　19705538
戶　名　春天出版國際文化有限公司
出版日期　二〇二三年十二月初版

定　價　499元

總經銷　楨德圖書事業有限公司
地　址　新北市新店區中興路二段196號8樓
電　話　02-8919-3186
傳　眞　02-8914-5524
香港總代理　一代匯集
地　址　九龍旺角塘尾道64號 龍駒企業大廈10 B&D室
電　話　852-2783-8102
傳　眞　852-2396-0050